業苦の恋

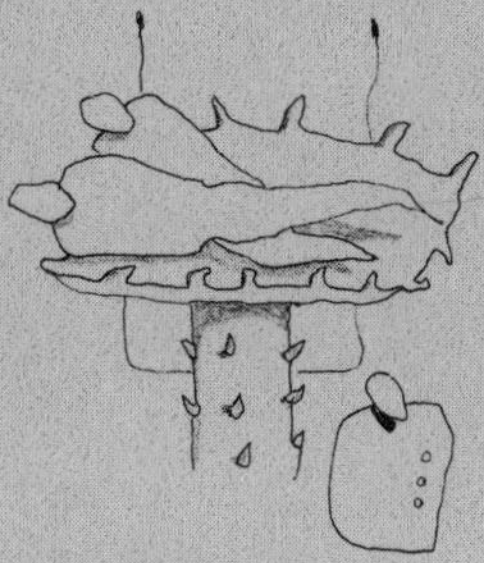

関口　彰

鳥影社

『碧鈴』同人旅行、大菩薩峠にて。

（上は下村康臣、右が響平）

（中学二年から二十代半ばまでの日記）

業苦の恋　目次

装画　佐藤忠弘
装丁　加藤光太郎

業苦の恋

散華《さんげ》の木

電車から朝のホームへ押し出された人の波は、黙々と階段を上る。そして改札を抜けて解き放たれたように散って行く。井高《いだか》は駅を出ると一息ついて顔を空の方へ向けた。晴れ渡って空気が尖って感じられるほど陽ざしが遠くなっている。十一月に入っていた。

目の前には黒の詰め襟姿の生徒たちが道いっぱいに広がり、背中を波打たせ歩く。

井高は、靴音を立て急ぎ足でいくつもの生徒の群れを追い越して行った。いつものことで知った顔を見掛ければ、言葉を掛けながら、校門の前まで来た。

若い教師の中村が左腕に腕章を着けて立っていた。

「おはようございます。今朝の当番は先生ですか。ご苦労様です」

中村の表情が意味ありげに見えた。その時グラウンド中に響き渡るような大声が、

「お前は自分のすることがわかってんのか。お前一人だけの問題じゃあすまないということが、わかってんのか、ええ……」

校門まで二百メートル以上はあるというのに、井高の所まで聞こえて来た。罵声に近かった。声の主が誰であるか、その形相まで浮かんでくる。体育教師の二川《ふたがわ》がまたやっている、と思いながら井高は歩度をゆるめて、グラウンド奥の体育教官室の方を見た。二川の前に学生服姿の生徒が小さく見える。今日は朝練がないのかラグビー部員の姿はない。

「いいか、都大会の決勝まで、あと二試合だというのに、こんな時によくそんな勝手なことが言えるな。辞めると言ったって、タイミングがあるだろうよ。それにお前は一年生の中ではリーダー格で、先輩らは一番お前を信頼しているのも知ってるだろう。それがこの時期に辞めさせてくれなんてお前、よくそんなことが言えるよな。自分の都合でそんなことをしていいのか。ええっ」

怒りは頂点に達して、心中のマグマが全開の音量で噴き出している。誰にも止める手立てなどないから、体育教官室から同僚の教師が出て来る気配はない。登校する生徒たちの中には立ち止まってじっと見る者までいる始末だ。

二川のがなり立てる声は止むどころかますますヒートアップしている。井高は、教官室が近づくにつれ、罵声を一身に浴びる生徒が誰なのか気になった。歩きながら眼をこらしたが、樹木の蔭になって見損なった。

本校舎のエントランスホールへ入ってから、井高は上履きに履き替え、そのまま右の通路を進んで、生活指導室のドアを開けた。三輪が薄汚れた柔道着を脱いで、着替えている。

「おはようございます。ガンガンやってたでしょう、二川先生。頭きちゃってんですよ。だって先生、江沢《こうざわ》良平は中学ラグビー部ではポイントゲッターだったんですからね」

「ああそうだったの、道理で今朝の二川さんのボルテージは高かったはずだよ。それにしてもあの子は特進のクラスでも感じのいい爽やかな子だけどねえ、あんなにやられて……」

「いやあ、いずれラグビー部のリーダーになってゆく子ですからね。二川先生だってそう簡単には諦めませんよ。でも良平は成績がガタ落ちで、その悩みからでしょう」

三輪はズボンのバンドを締めながら言った。

井高は机の脇へカバンを置くと湯沸かし器に近づき、青磁の湯飲み茶碗へお茶を注ぎ一口、二口飲みながら想った。江沢良平という生徒のことについて、教えてはいなかったが印象深い出来事があったからだ。

夏休みへ入る前の生徒総会の時のことで、全校生徒でむせかえる体育館は、ドアを全開して行われていた。生活指導室はその隣にあるため、マイクの音量を上げての司会者の声は、指導室に居る井高にも手に取るように判った。生徒会主催のため、三名の係の教員以外、担任や副担の姿はない。生徒会の役員がすべてを取り仕切っている。井高は期末考査の採点をしていた。成績出しの教科会議が明日に迫っている。生活指導部長の役職にあるので、彼にはクラス担任はなかったが、現代文の授業を三クラスほど持っていた。

生徒総会の議事進行は順調らしく、司会者の声とともに拍手が沸き起こり、次々に承認されているようだった。井高は答案用紙を一枚一枚めくりながら、採点の確かめに入っていた。会議もそろそろ終了するかと思われた頃、にわかに館内が騒がしくなった。司会者のボルテージも上がっている。その時、誰が音頭を取りだしたのか、「関係者、関係者、関係者……」との声で館内が一つになりだした。井高が聞き耳を立てると、「イダカ、イダカ、イダカ……」今度は自分の名前が連呼されている。椅子から腰が浮きかけたが、いつものことと思い直し採点の確かめをやっていると、ドアがノックされ、生徒会係の市田が顔を覗かせた。

「先生、生徒たちが携帯のことで先生に質問があるというんですが、出て頂けますか」

「だいぶ騒いでいたから、何かなと思ってましたが、そうですか、行きましょう」

井高は立ち上がると、苦笑いを浮かべながら市田の後にしたがって体育館へ入って行った。館内からどっと歓声があがった。生徒たちにしてみれば、ちょっとしたパフォーマンスから要求がかない、面白がっているふうでもある。

井高は急ぎ足で壇上に立った。司会の生徒からマイクを受け取ると、

「だいぶ騒いでましたね。私の部屋まで筒抜けでした。何か携帯電話のことで私に質問したいとのことですが、それじゃあ、まず質問者は手を挙げてください」

静まった館内から四、五名の生徒の手が挙がった。井高は一番声の大きかった生徒を指した。三年生で見慣れた顔だが名前は知らない。

「うちの学校は携帯の規則が厳しすぎないすか。朝のホームルームで先生が集めちゃってますが、中坊だったら仕方ないけど、それって僕ら高校生にあてはめなくっても自覚を持った行動取れれば、そこまでしなくってもいいんじゃあないすか」

「ええと、どうだろう。いま手を挙げた他の人たちも内容的にはこれと同じかな?」

井高が館内全体を見廻すと、

「はい、はい」前の方から手が挙がり、井高が指さすと、別の生徒が立ち上がった。

「校則、校則ってうちの学校はうるさくないですか。それで、いつも校長先生が全校集会で言ってる自主的にとか、自主性を持った行動なんて、先生、育つと思いますか?」

わっと拍手が湧いた。いいぞ良平、四方で声があがり指笛が鳴った。余裕を見せてい

た井高の表情がしまった。彼は少し間を置き、どよめきのおさまるのを待って語りだした。

「君は良平君と言うのか。たしかに君の言うことは一面を突いた意見です。校長先生がよく言われる、その自主性を育てるのは学校教育の大事な使命だからです。だけど今のうちの現状では、君たちの自主性に任せられるほど、携帯に関しては安心してはいられないということを判ってほしい。君たちも知っているように、一週間前も携帯によるカンニング事件が起きて、停学者が出たり、授業中のメール遊びや、携帯にまつわるいじめも頻繁に起きている。担任の先生が朝集めていても、そのルールを守らない生徒が起こしているわけだが、これをもし自由にしたらもっと事件は起こるだろう、と先生方は皆思っている」

江沢良平がまた手を挙げた。

「先生、未提出の者が事件を起こしているんなら、大部分の他の生徒は関係ないんだから、そっちの生徒の対策を考えればいいんじゃないですか」

「出来ればそうしたいが現状は難しいねえ。携帯の所持に関しては、自己申告だし、忘れてきたと言えばそれまでだし、担任の強制検査なんか毎朝のホームルームで、大事な伝達事項がいっぱいある中でとても無理だろう。

それでね、今日はいい機会だから日頃携帯について私の感じるところを言っておきたいんだが。携帯電話ほど便利で重宝なものはないけど、それだけに若い君らにはこれほど毒性を持ったものはないと思っている。今はたしかに君らに限らず、電車に乗っても、道を歩いていても、車の運転でも携帯をしている。そんなに毎日の生活の中で連絡しあうことがあるだろうか。私は必要なのは五分の一ぐらいで、ほとんどが無駄なお喋りやメール遊びだと思っている。ちょっと暇だからとか、携帯してつながっていれば友達との関係が安心ということなんだろうなあ。

そこでね、さっき言った毒性の件だがね。人間というのは一つの個なんだ。どこまでいっても一つの個だから、孤独はつきものなんだけど、その孤独から逃れるためにはどうしたらいいか。そこで君らだけでなく大人だって苦しんでる。自分という人間が好かれるためにはどうしたらいいか。そうじゃないか。あんなこと言ったから友達に嫌われたとか、こんなことしたから軽蔑されたとか。悩み苦しむわけだよ。その孤独の時間、その苦しみに堪えることで精神面での成長や逞《たくま》しさがつけられるんだ。だから、すぐ携帯を掛けたりしてその苦しみから逃げようとしたら、人間としての成長が得られると思うかい？　見せ掛けの絆より、孤独になって苦しむ時間が君らには必要なんだ。四六時中、音楽を聴いていたりゲームで遊んでるのは、いま盛んに鍛えなければいけない君らにとって、携帯は毒でしかないんだよ……」会場は静まりかえっていた。

井高はそんなことを思い起こしながら冷めたお茶を口に運んだ。

「先生、そろそろ職員朝礼始まりますよ」

三輪の声に促されると、井高はゆっくり立ち上がり、手帳を持つと生活指導室を出た。


翌朝、井高は校門へ立つ当番日に当たっていた。いつもより一時間早く家を出ると、七時少し前には腕章を着け日誌を持って、校門へ向かうつもりで指導室を出ようとした。その時、内線電話が鳴った。日誌を長机に置くと急いで受話器を取った。

「先生、大変なことが起こっちゃったよ。江沢という生徒が今朝方、四階のビルの屋上から飛び降りて、自殺だよ、困ったあ、困った……」

怒鳴るような声が聞こえて来た。

「ええっ、あの江沢がですか、ラグビー部の……」

「そうだよ。きのう二川さんが怒ってたあの子だよ」

高校教頭の岩田の声は急に小さくなったが、それよりも井高は、あまりに突然な話で左足の関節から不意に力が抜けた。

「校長室でね、対策を考えたいんで上がって来てください」

内線が終わると同時に投げ出すように受話器を置くと、思わず声が出た。

「ああ、早まったことを……ああ、なんてことを……」

井高は部屋の中を行ったり来たりしながら、気持の動揺を抑えようとした。取りかえしのつかないこの不祥事への対処となると、親の出方次第では裁判まで行くかもしれないとも思った。昨日の二川の江沢をがなりたてる声が思い起こされた。二川はどのように江沢の死を受けとめるのか……。井高はやりきれない気持のまま部屋を出た。

「井高先生、井高さん……」

大きな声で呼ばれた。校長の下柳が向こうの事務室のドアの前に立っている。

「やあ、とんだことになりましたな。今また警察から電話が入って、江沢のことで話を聞きたいと言ってきたよ」

「本当に困りました。昨日の件がありますから。それでいま教頭に呼ばれまして……」

「だから関係者でね、対応策を相談しようと思ってね。とにかく、これから、新聞社だの、クラスの父兄だのって、電話がどんどん入るかもしれないので、事務室の電話の対応を事務長に話してきたんだが、下手な対応して突っ込まれたら困るしね……。井高先生は江沢という生徒は知ってるの？」

「はい。教えてはいませんが、少しばかり。性格はしっかりしている子だと思いましたが」

「しっかりしているように見えても、今の子は大事に大事に育てられてる温室育ちで、抵抗力がないんだろうなあ。私はきのうの二川さんの件は知らなかったんだけど、教頭の話だとだいぶ激しくやったらしいね。やっぱりそれが直接の原因かね」

「ええ、私もきのうの朝、二川先生がかなり激しくやっているのを見ましたが、十分それは考えられます。でも、江沢はだいぶ成績が落ち込んでいるという話も聞きましたから、担任からもそのへんのことを聞いてみる必要があるんじゃないでしょうか」

「そうですか。成績が落ち込んでましたか。教頭も言ってましたが、中二に弟が居て、父親はラガーマンだそうだね。昨日の説教の件は弟が家で話したでしょう、おそらく」

二人は話しながら階段を上がって二階の校長室へ入って行った。常務理事や中学、高校の教頭、そして高一学年主任の原田らが顔を揃えている。空いているソファーへ井高が腰掛けると、向かい合わせの岩田と顔が合った。メガネの奥からピリピリした神経が感じられる。校長の下柳が口を開いた。

「いま、事務長と相談して電話対応の一本化と、問い合わせに対しての話の程度をどこまでにするかを打ち合わせてきました。とにかくマスコミの……」

「校長先生、それもそうですが、用は急を要しますから、江沢の自宅へ、先ずお悔やみかたがた自殺の状況を聞きに行かないと……」

常務理事の急き込んだ物言いに同調する面々の顔が向けられたが、

「担任の住谷《すみや》先生はまだ来てないんですか?」

校長は理事には応えず、大様な態度でソファーに腰掛けながら学年主任の原田へ問い掛けた。

「住谷先生は今日は研究日に当たってまして自宅へ電話して、大至急学校へ来て欲しいと連絡しました。三、四十分掛かると言ってましたが、もうまもなくだと思います」

その時、ドアがノックされて突然、二川が入って来た。一同の厳しい視線が青ざめきった顔に注がれる中、二川はうつむいたままで、そろそろと校長の席の方へ寄っていった。するといきなり床へ両膝を落とし両手をつくと、深々と頭を下げ、土下座の格好を取った。

「申しわけありません。本当にこんなことになるとは。取り返しのつかないことを起こしてしまいました。まったく私としては、まったく……」

後は声にならず、顔は伏せたまま号泣している。それを見かねて二川と親しい中学教頭が席を立って、声を掛けながら肩に手を置いたが、二川は踞《うずくま》ったまま動こうともしない。いつもの体育着姿ではなく背広を着込んでいた。肉付きのいい六尺からの体軀のため、肩から背中へかけて背広地がはち切れそうになっている。一同が見かねていると、泣き声はいくぶん治まってはきたが、嗚咽する小山のような姿は滑稽さをこえ異様に見えた。

「二川先生、二川先生、いいですか、先生の気持は判りました。後でゆっくり先生から事情はお聞きしたいと思いますので、この場はいったんお引き取り下さい。今は緊急事態ですので、善後策をこれから相談しなければなりません。お判りですか」

一段とボルテージの上がった校長の声が響いた。二川は立ち上がると、涙や洟《はな》でくしゃくしゃになった顔で深々と一礼した。そしてハンカチで顔を拭き、部屋から出て行った。

一同がほっとしたのも束の間だった。入れ替わりに住谷が入って来た。二川に劣らず蒼白い顔で悄気《しょげ》返り、メガネの奥の目に落ち着きがない。校長の方へ向かうと、

「遅れてすいません。教頭先生から連絡をもらいまして、すっとんで来たんですが、あ、すいません。あの、一年特進のクラス担任として、こんな大変な不祥事を起こしてしまいまして申しわけありません」

あらかじめ用意してきた言葉から担任としての重圧におののいているふうで、井高は彼の別の一面を見たように思った。

「聞くところでは昨日、江沢君がだいぶ二川先生にお説教されたそうですね。朝のホームルームではどうでした？」

「あのー、教室へ行ったら元気はなかったです。顔を伏せたままでした。クラスの者も

皆んな知ってましたから、刺激しないようにしていたと思います」

「昨日は特別に何か目立つようなことはなかったですか？」

「別に目立つようなことは……」

校長の緩やかな問い掛けに井高はいたたまれず、ソファーから身を起こして訊ねた。

「聞くところでは、江沢の学力が二学期になってかなり落ちたというじゃないですか」

「はい、一学期の特進での総合成績は真ん中ぐらいだったんですが、二学期の中間は四十一人中、たしか三十八番でした。学研の模試でも学内ではそうとう悪かったみたいです」

「その原因は何ですか？」

「部活がきつくて勉強出来ない、って言ってました。中間が終わってから、ずっと元気がなかったように覚えてます」

「特進クラスじゃ、ラグビー部との両立でついて行けなくなったんでしょうな。相当本人には重荷だったはずですよ」

岩田教頭が割り込むように言った。

「そのことで本人は悩んでいたようです」

「先生にそれを漏らしたんですか？」

再び井高が訊いた。

「下位者面談をやった時、相当苦しんでました」

「その面談をいつやったんですか？」

「えーと、今日は木曜日だから、月曜日です」

「と言うことは三日前ですか。で、その時先生は本人にどう応えてやったんですか？」

生活指導の取り調べの癖で、井高は畳み込むように問い掛けた。

「……」

住谷は下を向いたまま顔を上げない。

「まあ、その結論がラグビー部を辞めたいと、きのう二川さんの所へ行ったわけだ」

岩田がにがにがしい顔で吐き出すように言った。

「それにしても、二川先生にすれば都大会の準決勝までできて、再来週の日曜は決勝ですからね。そんな時期に、期待してた子がいきなり退部願いを持ってきたら、あれだけの練習に明け暮れしてますから、力が入ってしまったのも無理からぬところでしょう」

中学教頭関川のその発言は理事に向けられていた。日頃から二川と親しい彼にすれば、援護射撃をせずにはいられぬ心境に見えた。常務理事が居丈高に言った
「校長、事情はだいたい摑めたので、学校としてはどのように対応をしてゆくか、江沢

家の出方次第ですな。二川先生は暴力を振るったんでもないから、ここは冷静に対処すべきでしょう。とりあえずは、家庭の方へ出遅れてはいけませんよ。早速に出向いて、あちらの事情なり、遺書のこともあるんではないんですか？」

今度は有無を言わせず俺の言うことを聞かせる、といった表情になっていた。

「そうですね、わかりました。今朝の一時間目は臨時の全校集会にして、私から今の時点での事情説明をしたうえで、全校一丸となって哀悼の意を示しましょう。岩田教頭は担任とお悔やみ方々、まあ、遺書の件も含めてどんな状況にあるか家の方へ行ってもらいましょうか。それで、今日の放課後の活動はすべて中止にしましょう。臨時の職員会議はやらなければなりませんが、それまでに江沢家の状況が少しでもわかればいいんですが」

「校長、私が行くとなると、今日は変則の時間割になりますから、その手当にしても、いろいろやることがありますので、やはり江沢の家には、私より慣れたところで生活指導部長に行ってもらった方がいいと思いますが」

校長は黙って井高を見た。そして諒解を求めるように首を立てに振ってきたが、井高は一瞬、岩田に鋭い視線を向けると顔を伏せるように下を見つめた。こんな不祥事には、校長代理となればまず教頭が行くのが筋ではないのか、それに江沢家に対しても生活指導部長では礼に欠けやしないかと。しかし、こうした岩田の出方は今にはじまったことではない。井高は自分の方が事を収めるには良いかもしれないと思い直した。

「わかりました。それじゃあ早速、住谷先生と行って来ましょう」

井高は立ち上がると、住谷の肩を二度ほど叩いた。住谷は一礼すると顔を伏せたまま、井高の後に従った。

二人は裏門を出てJRの駅へ向かった。駅の近くまで来た時、井高は思いついたように足を止めた。そこはこぢんまりとお社を祀った神社の傍らだった。

「ちょっと手を合わせて行こうか」

住谷はちらっと戸惑いの表情を見せたが、社の方へ入って行く彼の後に従った。そして拝殿の前に二人して佇んだ。

「本当に死ぬほどのことだから、どれほど苦しんで悩んだんだろうなあ……」

ぽつりと井高の口から漏れた。そして祈る中で事が穏便にはこびますようにと付け加えざるをえなかった。しかしそれは本音過ぎたがゆえに、神社を出てから信号を待つ間、尾を引く不協和音ともなった。

江沢という生徒が印象深い子だっただけに、それをそのまま受け止めるには、井高にとってまだ時間を必要とした。それに井高の人一倍強い自負心を黙らすには、納得のゆかないことが多すぎた。なぜこの担任はひどく打ちひしがれた傷心の江沢を、あの日あのままにしてしまったのか。放課後までには時間があったはずだ。また、担任でなくとも誰かが手をさしのべていたら、みすみすあの子を死に追いやることはなかったかもしれないのだ。

日暮里で常磐線に乗り換え、北千住で下車。また乗り換えると、T駅へは九時前には着いた。住谷は身上書を取り出して番号を見ながら江沢家へ携帯で電話を入れた。

「先生、江沢の遺体は自宅へまだ戻っていないそうです。母方の伯父だと名乗る人が出て、ご両親は警察の方へ行っていると言ってましたが、どうしますか?」

「それじゃあ、僕らも警察の方へ行きましょう」

井高は駅の売店で警察署への道を尋ねた。歩いても七、八分ぐらいで、分かりやすい所だとのことで、二人は歩き出してまもなく、目安の場所となる十字路へ来た。が、それらしい建物が見当たらない。東西に伸びた四車線の車の往来は激しいが、それへ交差する二車線の方はたいしたことはなかった。迷っていると、その二車線の左の車道をこちらへ向かって来る自転車があった。大柄な髪の毛の長い男がゆっくり近づいて来る。井高は尋ねるつもりで待った。

「井高、井高じゃないか。こんな所でどうしたんだ?」

自転車の男が叫んできた。

「あれ善明《ぜんみょう》じゃないか。お前こそどうして？」

「何言っとるか。お前、俺がこの辺に住んでるの知らんかったんか」

興奮すると九州訛りがとびだすのが善明修四の癖だった。井高は大学時代から付き合いの続く彼の今の住まいを思い起こした。井高は傍らの住谷のことも忘れて、ここに居る理由をかいつまんで話した。そして警察署への道を訊ねた。

「警察はもう一つ先の十字路を右に行けばすぐ分かるよ。だけど、高一って言ったら、十六か。うーん、若すぎるなあ。となるとこの辺の生まれだろう、名前は？」

「江沢良平」

「江沢……。江沢と言ったら、この辺では大地主で、江沢一族って言うくらいで、たいていの者は知ってるよ。江沢玄太郎は都会議員だし、その子の父親の名前は？」

「正治郎です」住谷が身上書を広げながら応えた。

「住所はどの辺だ。それで父親の職業は不動産関係か」

善明は身上書をのぞき込みながら、

「やっぱり間違いないな。父親が次男か三男か分からんけど、江沢一族の跡取り息子だよ。井高、お前も大変だな。厄介なことにならなけゃいいけどな」

「ああ、それは仕様がない。これも仕事だよ。ところでお前は？」

「事務所がこの近くなんだよ。家から近いから、運動のためにもいつもこれなんだ。時間があるようだったら、電話くれ。事務所はすぐそばだから、お茶でも飲んでったらいい」

善明は信号が変わるのを見届けると、ペダルを力強く踏みながら去った。

警察署の受付で学校名を名乗り、江沢の名前を告げた。若い警察官は襟を正すようにして、年輩の上司の方へ取り次いだ。すると指示された別の係官が、即座に席を立ってこちらへやって来た。「ご苦労様です」と、礼儀正しく深々と頭を下げ、江沢の遺体が安置されている部屋へ二人を案内した。

天井の高い倉庫をおもわせる一室だった。カーテンで仕切られた二番目の位置に立つと、その係官はカーテンを右手で開いた。電灯の下に白布で被われた遺体らしきものが目の前にある。係官はそっとその白布を剝いだ。

「ああ……」

井高は低い叫びとも溜め息ともつかぬ声を発した。側らに立つ住谷は見た瞬間、二、三歩退いて背中を向けた。そこに横たわるのは、まぎれもない江沢良平だった。仰向けにではなく左下にして横向きになっていたが、見た限りでは打ち身一つ見られない。井高が手を合わせて見すえていると、係官は遺体をそっと仰向けにした。現れ出た顔面の右半分は、赤黒く青ずみきって打撲の激しさをものがたっていた。が、変形をきたすほどでもなく腫れもそれほどではなかった。行き届いた死体処理を感じさせたが、住谷は側へ寄って見ようともしない。また係官が遺体を横向きに直すと、それは眠っているようにしか見えなかった。

その時、井高の背後から忍び泣くような声がした。薄暗くした部屋隅の壁ぎわに佇む人影からだった。すると側らに居た住谷は、ばたばたと走り寄って行き、

「お母さん申しわけありません。担任の私の力が足りなくて、申しわけ……」

仕舞いまで言い切らずに泣き出していた。

けれども母親は太ぶちメガネを掛けた父親と思われる人に、半分支えられるようにして、顔を上げようともしない。井高は緊張で硬直した姿勢を意識しながら父親へ向かうと、

「このたびは大変なことになりまして、何ともお悔やみの申し上げようも御座いません。学校長は臨時の全校集会を今朝ほど開く予定で、生活指導部長の私が代理で伺いました」

父親は小さく肯き、黙って頭を下げた。

「私は良平君を教えてはいませんでしたが、実に気持のいい息子さんで、本当に残念でなりません。学校としましても、お預かりしておきながらこのような結果になってしまい、本当にお詫びの申し上げようが御座いません。後日、理事長や校長がお悔やみかた

がたお詫びに上がると思いますが……」

「良平は、良平はいったい学校で何をしたんですか？」

母親がうめくように言った。

「……」

「ああ、あたしが馬鹿だったんだわ。ラグビーなんかやらせて。良がこんなに苦しんでいたなんて。ああ、死ぬほどまで、こんなことになっちゃって……」

「学校としましても、もっと何か手立てがあったと思います。まったく残念でなりません」

井高は感情の波に押し切られそうになりながら、精いっぱいの言葉を選んで言った。

「お母さん、いけないのは担任の私です。面談の時に成績があんまり落ちてしまってたんで、特進にいる限り部活との両立は絶対無理だと……だから苦しんだでしょう。許してください。私は、私は今、良平君の顔が見られません。本当にこんなことになるとは」

住谷は床にひざまずくと嗚咽をあげながら何度も頭を下げた。

「良平、良ちゃん、帰って来てちょうだい。あたしの、あたしの良ちゃんなんだから」

母親は夫の腕を払いのけるようにして、遺体の方へ駆け寄った。父親が後を追うような仕草をしたが、係官の方が速く、茫然自失となっている母親の体を制止していた。

「母さん、もういい、もういい。ここを出よう。な、そうしよう」

「嫌よ、嫌、嫌だってば。あたしは良平のそばを離れたくないの」

「だって母さん、まもなく良平は家に返されるんだから……。それに家に帰んないと、人が来たりして、大変だから。ひとまずここは出よう」

夫の説得に母親はようやく動き出した。井高と住谷もその後に従った。そして係官の案内する一室へ入ってから三十分は過ぎただろうか、その間、一切の会話はなかった。青ざめてうなだれている母親の体をかばう父親も目をつぶり、ひたすら耐えているふうだった。井高は遺言状の存在を確かめたかった。けれども語りかける言葉もなく、ただそのままに時間をやり過ごしていた。

ドアが開いた。係官とその上司と思われる警察官が入ってきた。

「これから、ご遺体をご自宅の方へお送りしますが、よろしければ車に同乗されますか？」

上司と思われる方が両親へ問い掛けた。

「いえ、車で来ていますから……」

父親は母親を促すようにして立ち上がった。井高と住谷も一緒に部屋を出ると駐車場までついて行った。そして二人はそこで学校へ戻ることを告げ、両親の乗った車に深々と頭を下げて見送った。

井高は学校へ携帯電話を入れなければという意識に苛まれていたが、遺言状すら確認出来ない状態では掛ける気もせず、ポケットの中で携帯を握りしめたまま、駅への道を黙々と歩いた。すると住谷が、涙目の充血した顔を向けて話し掛けてきた。

「井高先生、私は馘首《くび》でしょうか？　馘首にされても仕方のない教師だと思っています」

「うーん、たしかに担任としての未熟さはあったけど、そこまではどうだろう。二川さんはそれならもっと問われなければならないだろう。まあ、一時の感情でそんなに事を急ぐ必要はないよ」

「……………」

「それにしてもよく心の裡を両親に打ち明けたね。担任としての誠実な気持が、少しは通じたかもしれないな。たしかに二川さんは自分の気持を抑えきれずに、前後のみさかいなく突っ走ってしまったけど、ああしたことは僕も含めて教師の最も犯しやすいミスなんだ。自分で長年培ったセオリーで結果を出していればいるほど、強引に生徒をそこへ押し込もうとする。二川さんの場合は特にそんな自分のパターンに陶酔しちゃうような一面があるから」

「良平は苦しかったと思います。特進クラスは成績オンリーの雰囲気ですから、いま思うと、最初からなじめなかったんじゃあないでしょうか。入った時の上位の成績が、二学期の中間あたりからガタンと落ち込みました。本人の話では夏休みなんか、まったく勉強しなかったみたいです。クラスの連中の話では彼女が出来たとか……」

「だけどクラブとの両立が無理なら二年次の組み替えで、普通科の方へ移るという選択肢もあったんだがなあ……」

「江沢家の長男として、もっと高いレベルの学校へ入れたのを、小さい時からラグビーをやらせてたお父さんの気持が強くて、それが仇になってしまったみたいで、本当に気の毒でたまりません」

「そこなんだなあ、だから、少々遠回りしたっていいから、ラグビーをやりたいだけやらせて、一、二年浪人すれば、もともと能力のある子だし、ラグビーで鍛えられた精神力で、医学部だって間違いなく突破出来るんだ。急がせるんだよ、大人たちは。それに教師の側も、どうしても綺麗事を並べて生徒に突きつけちゃうんだ。自分もその一人だけどね。やっぱり大事なのは、生徒の技量をどこまで見抜くかだと思うんだ。その上でどういうアドバイスをしてやるかなんだけど。それを同じパターンで一律に生徒を扱おうとすれば、そりゃあ壊れてしまうようなことが起きても不思議はないんだ……」

井高は語気の激しさを意識してか、彼の方を見ずに高まる感情を道端へ吐き捨てた。

翌日は雨だった。井高は通夜のための礼服をバッグと一緒に下げて登校した。夕刻の通夜には、教師のほとんどが出席することになっていた。

その日、授業は平常通り行われた。学校側の江沢家への対応としても、葬式後には何らかの出方があるだろうから、現段階では静観することで一応の結論をみていた。

放課後だった。住谷から内線があり、これから岡本という生徒と指導室へ伺ってもよいか、とのことだった。通夜は夕刻の六時からで、それまでかなりの時間があった。

住谷が連れてきた岡本という生徒は、良平と同じラグビー部員で、中学時代から一番親しい仲だったという。井高は名前は知らなかったがその生徒の顔はよく見ていた。長机の椅子へ腰掛けた岡本の表情は、さすがに暗い。屈むようにして肩を落としている。

「岡本ね、辛いだろうけど協力してほしいんだ。江沢良平がこんなことになってしまって、学校としても原因となる事実関係が知りたいんだ。君の知ってる事を話してくれないかな」

「はい」

井高の顔を見ずに、小さな声で頭を縦に振った。

「あの日、一緒に帰ったと聞いたけど、江沢の様子はどうだった?」

「元気なかったたし、ブクロのゲーセンへ行くって聞いたら、ミキとマックで待ち合わせてるから、そこまで付き合ってって言うんです」

「ブクロって池袋のことか、それでミキというのは江沢の彼女？」

「そうです」

「うん、それで、江沢は何か言ってたかい？」

「それが、電車に乗ってもドアんとこで、窓から下ばかり見てたんで、いつもと違うと思ったけど、二川先生にがんがんやられたの知ってたんで、まいってんだなと思って、黙ってそのままマックまで付き合いました」

「そのマクドナルドの店はよく行くのかい？」

「練習のない日とか、試験休みとかに、そこを待ち合わせ場所にしてたんですけど、ミキと知り合ったのもそこだったから……」

「そのミキっていう子は、女子校生？」

「M女子校の一年生です」

「良平が死んだこと、彼女は知ってんの？」住谷が口を挟んだ。

「昨日の朝、すぐ携帯を入れて知らせました。そうしたら、放課後メールが来て、良平んとこへ行きたいから、家まで連れてってと言うから、待ち合わせて二人で行きました」

「その彼女も大変なショックだったろうねえ。それで江沢のご両親とは話をしたの？」

とたんに岡本の表情がくずれて、目もとにいっぱい涙をためると二度、三度しゃくりあげた。井高は自分の机の上に置いてあるティッシュペーパーの箱を渡した。岡本はティシュで涙を拭きながらまた話し出した。

「両親とはあんまり話は出来なくて、お線香立ててすぐ帰ったんですけど、帰りに公園でミキからあの日のことを聞かされました……。良平はあの日、本当にまいってたみたいで、ミキとマックを出た後、あまりミキとは行ったことがないゲーセンへ行ったそうです。それでミキが、なんかいつもと違うから、どうしたの、何怒ってんの、と訊いたら、良平が変なこと言い出したらしいんです……」

「どんなこと言ったんだい？」

問い掛ける井高よりも住谷の顔が緊張で紅潮している。

「ミキに『死ぬってさあ、瞬間的だから、痛さを越えたもんだろう。だから、感覚とか意識なんかねえんだよな』『何言ってんの、へんなことばかり言って……』『あの車にパッと轢かれるとかさ……』本気な顔してそんなこと言うから、ミキが『馬鹿みたい、うまく轢かれた場合でしょ。失敗したら一生カタワじゃない』って言ったら、『ああ、それは嫌だ……』『おかしいよ、良平何かあったの？』って言ったら、『言ってもわかんねえ。俺だけの問題だから』良平はあの時死ぬことを考えていたのかもしれないって、ミキが言ってました。だからミキは……なぜもっと解ってやれなかったのかって……公園で大泣きしてました」

そう言う岡本自身も、ミキと同じ立場にあったことが意識されてか、湧き上がる涙を人差し指の腹で払い落とすようにして、顔を上げなかった。

通夜と葬儀は江沢家の自宅で執り行われることになっていた。夕刻の六時に間に合わせようと、井高は校長や教頭等と雨の降る中、校門を出た。小止みなく降る今日の雨は良平の涙雨だ、井高はそんな思いに駆られながら、言葉も交わさずに一番後ろを歩いた。

「遺書はどうなんですかね。怒られた翌日といった発作的なものだから」

岩田教頭が言った。

「そうですね、本人は恨んで死んでいったのではないから、私は残してないように思いますね」

中学教頭が応じた。

「まあ、江沢家の跡取りだから、葬儀が終わってみなくちゃあ、向こうの出方は解らんでしょう」

校長は傘を持ち替えながら、井高の方をちらっと見て言った。

「理事長もだいぶ心配されてまして、明日の葬儀には行きますと、出掛ける前に事務室へ来られました」

事務長が口を挟んだ。

通夜の場へ到着すると、傘をさす弔問客が沿道から広い敷地内にまであふれていた。井高たちは遺族や親族の居並ぶ座敷へ通された。庭に面した広い廊下があり、奥座敷の八畳二間をぶち抜いた中央に祭壇が飾られている。井高は遺影を見たとき、良平にしては影の薄い写真だと思った。

定刻の六時になると、三人の僧侶による読経が始まった。廊下に設えた三台の角香炉へ向かい、雨に濡れながら弔問客の焼香の列が生まれた。中高で机を並べた故人の同級生やその父兄。目立ったのは学ラン姿の在校生だったが、父親の仕事の関係先の者から町の名士に至るまで、思い思いに衝撃の大きさを表情に隠せずにいた。

居並ぶ遺族に衝撃が走ったのは、二川に先導された五十数名のラグビー部員が現れた時だった。キャプテンと共に先頭に立った二川の表情は、緊張でこわばって見えた。彼はぎこちない礼を繰り返してから、震える手で三度目の抹香をつまんだ時、香炉の外へこぼした。が、目を見張る遺族の表情は冷静さを保っていた。坊主刈りした学生服の集団の焼香は粛々と続いたが、中には合掌する両肩を震わせ、泣いている生徒が多く見られた。通夜の儀がすべて終了したのは八時を廻った頃だった。井高たちは親戚、知人等と別室へ招じ入れられた。校長は両親にお悔やみ方々、話の場を見いだそうとしていたが、両親の姿は無く、清めの料理が並べられた静まり返る席へ着いた。ビールがつがれ、言葉少なに会食が始まった。三十分も過ぎたと思われる頃、井高はトイレへ立って部屋へ戻って来た。校長が居ずまいを正し辞去する仕草を見せた。すると校長の傍らへ、六十がらみの目鼻立ちのはっきりした男が寄って来て声を掛けた。

「校長先生でいらっしゃいますか。私は良平の母親の兄で坂田と申します。少しばかりお訊きしたい事があるのですが、よろしいでしょうか」

落ち着き払った丁寧な物言いである。

「あ、良平君の伯父様ですか。このたびはまったく私どもの至らぬことでとんだことになってしまいました。誠に申しわけなく思っております。ご両親にお悔やみを申し……」

「そんなことより、何が学校であったのですか。良平は自殺などするような子ではありません。小さい頃からあの子のことは良く知っていますが、そんな意気地のない子では決してありません。よほどのことがあったのでしょう。それをお聞かせください」

声は急に甲高くなり、辺りの話し声を押し黙らせた。

「学校としましても現在調査をしているところですが、いくつかの要因が考えられるようでして、今のところはまだ明確にお応え出来ないのが現状でございます」

「弟の淳平の話だと、死ぬ前の日にラグビー部の監督にだいぶ激しく怒られたというじゃあないですか。それについてはどうですか？」

「はい。私も二川先生からその件について話を聞きました。良平君がラグビー部を辞めたいと、あの日の朝申し出たということでした。ところが二川先生は都大会の決勝まであと二試合だから、チームの志気の低下を心配して、それを認めなかったわけですが。それに良平君のラグビーセンスの良さを、二川先生はだいぶ買ってたようでして、どうしても退部させたくないという気持が、強く出てしまったということのようです」

「それにしてもだいぶ長い時間怒られていたというじゃないですか。たんなる慰留であれば、声を張り上げなくても普通に話せばわかります。淳平の話だと、教室の中まで聞こえて来るような声だったそうじゃないですか。感情をむき出しにして、罵声や脅しのようなものを慰留と呼べますか？」

「たしかに二川先生の良平君に対する慰留の仕方は行き過ぎていたようです。だいぶ声を張り上げていたということは、他の教員からも聞いております。私の指導が行き届かずまったく面目無い次第で……」

「いいですか、たとえ手を挙げなくてもそれは言葉の暴力というやつでしょう。みさかいもなくえんえんとやられたら、大人の私だって一時的におかしくなっても不思議はないでしょう。違いますか？」

「………」

井高は名乗り出て、調査内容の一端でも説明しようかと、二人の会話の間合いをうかがっていた。けれども、居並ぶ遺族や関係者の二人を注視する張りつめた雰囲気は、自分が介入することで他の遺族からの罵声すら浴びかねない思いがして黙った。

「それに校長先生、良平がクラブを退部することでそんなにラグビー部の戦力低下になるんですか。雰囲気だけの問題でしょう。それともクラブ内で何かあったとか、そのへんの事はどうなんですか？」

「いや、良平君のあの性格ですからみんなに可愛がられていたようです。それよりも学業成績の低下が……。どうも担任の話では、二学期になってだいぶ成績が下降していたようですから、学業面との両立という悩みが一つ考えられるのですが……」

「そうであったとしたら、学校という場がラグビーをするための場ではなくて、第一に勉強だと導いてやるのが、教師の役目ではないのですか。そんな当たり前のことを、なぜ良平のそんな止むに止まれぬ気持を、その監督は判ってやれなかったのか……。情けない。本当に情けない。良平は死なずにすんだんですよ」

激昂した伯父の目からは涙が溢れ出て、野太い声は家中に響き渡った。

「兄さん、もう止めてください。ここでいくら兄さんが先生方を責めたって、あの子は帰って来ません。あの子が死ぬほどの悩みを抱えていたなんて、何でそんなふうになっちゃったのか、私が何で気がついてやれなかったのか、私が、私が……」

突然部屋に入ってきた良平の母親は、伯父の背中に顔をうずめると泣きくずれた。

校長は両手を畳の上について頭を深く下げたまま顔を上げなかった。残る四人も、微動だもせずに膝の上に両手を突いて頭を下げたままだった。


翌日の葬儀は午後一時の予定だった。授業時間は短縮三時間となり、午後の学校活動はすべて中止とされた。

曇り空の下、沿道に連なる黒い校服の一団は、常になく黙々と歩いていた。長い静かな羅列は道行く人たちを不思議がらせた。井高もその列の中にあった。

葬儀会場の江沢家へ着くと、周辺は黒一色の人でうずまり、異様な雰囲気に包まれている。声高に話す人もなく、大方は黙りこくって痛ましい葬儀への意識がのぞかれた。

そして定刻通り葬儀が始まった。静けさの中で、読経と鉦《かね》の音がマイクを通して聞こえてくる。そのうち焼香が始まり、四列がゆっくりゆっくり動き出した。

井高は生徒の並ぶ列につらなり、玄関から広い中庭へ向かって進んだ。彼は通夜の晩では見られなかった庭を眺めた。よく手入れされた赤松やチャボ檜葉《ひば》。見事な石組みの近くには伽羅《きゃら》と躑躅《つつじ》が庭の奥行きを生んでいる。

少し突き出した部屋の一郭を、その列が廻った時だった。何かの香りが強く鼻を打った。井高は線香の香がここまで漂って来ているのかと考えた。が、きりっとした甘さを含んだ薫りは徐々に濃さを増していて、すぐ近くの柊《ひいらぎ》の一木からであることに気がついた。

その柊は反り返った小花をはらはらとこぼれ落としている。まるで朗々と聞こえる読経に合わせているかのようで、井高は不思議な気持で見つめた。おそらくこの庭で、良平の成長を見守りつづけてきた樹木に違いない、そう思った時〈これは散華《さんげ》なんだ〉と、彼は呟かざるをえなかった。

授かりものの李朝

とても偶然だとは思えないような出会いや出来事を、ひとは人生の妙として心の裡に一つや二つ抱えているものだ。私が李朝の徳利を手に入れたのも、まさにそんな感じを抱かせる出来事だった。

東京の私立高校の国語教師になって十年が過ぎた頃、私は焼き物の魅力に取り憑かれていた。きっかけは勤務する学校近くの骨董屋だった。たまに昼食を外でした時や、帰り掛けにその骨董屋にぶらりと寄ることがあって、花瓶やそば猪口《ちょこ》などを買ううちに、そこの主人と親しく言葉を交わすようになった。

焼き物熱はしだいに高じて、夏休みになると六古窯《ろっこよう》への旅に出掛けたり、街の骨董屋を見つけては、せいぜい小遣い程度のものを買って悦に入っていた。だが本当に気に入ったものは、自分の財布の中身と一桁も二桁も掛け離れ、四十そこそこの妻子持ちの教師の身では、これが現実と半ば諦めていた。

その当時、私の学校では海外修学旅行が始まっていた。二百校近い都内の高校でも、まだ海外へ出掛ける修学旅行は少なく、この実施は、社会科の教師等が韓国に何回か旅行しているうちに、ソウルの中央高等学校（韓国独立運動の拠点として知られるが、近年では、映画『冬のソナタ』の舞台でも有名を馳せた）の教員と知り合い、学校間の親睦を深めようという趣旨のもとに、韓国修学旅行を誕生させた。

一九八一年から八五年にかけ四回実施された。私はその最後の打ち切りとなった四回目の修学旅行の二団の団長を務めた。二学年十三クラスを二つの団に分け、秋の実施である。その準備として新学期早々、各クラス二名の修学旅行委員が選出される。彼らは旅行実施まで、月一度の旅行新聞の発行や、旅行冊子の作成にかかるのだが、私はそれまで韓国に二度ほど行っており、その委員会の指導を受け持った。週一回委員会を開き、委員の役割分担を決め、韓国に関する予備知識や見学場所の解説、ハングル講座、中央高校との交歓会等々、資料をもとに取り組ませ、月一回発行の新聞や冊子作りの原稿を書かせた。

ところで当時の韓国は〈漢江《ハンガン》の奇跡〉と呼ばれ、巨額の債務を抱えながら正に発展途上にあった。そのためこの修学旅行は外貨獲得からも、韓国マスコミに取り上げられたり、生徒が乗る観光バスの先頭には必ず二台の白バイが先導した。また行く先々での歓迎ぶりは、生徒たちを大いに感激させたものである。

だから授業に行くと、生徒たちが旅行新聞を見たり、部活動の先輩から聞かされたか、旅行への関心度が高まっているのが感じられ、ついつい授業を忘れ、修学旅行の話をしてしまうことがよくあった。けれども授業中の眠そうな顔とは違い、その話に聞き入る生き生きとした表情こそ、日々ひと摑みの喜びこそ彼らに必要だと実感したものである。

この韓国修学旅行の下見に出掛けたのは、一九八五年七月三十一日だった。五泊六日の修学旅行コースを教頭や団長、副団長等六名と廻ったが、ソウルに戻った五日目の晩は、中央高校の先生方が歓迎の夕食会を催してくれた。金《キム》校長や年輩の先生方は日本語が話せたし、こちらもハングルで応じる教員がいて盛り上がった。そんな席上、私は金校長から「明日の午前中、明洞《ミョンドン》の古美術店を案内しましょう」と言われた。校長とは二度ほど面識があり、私の焼き物好きを覚えておられ、まさかこのようなお誘いを受けるとは思いも寄らぬことだった。

明日の帰国の飛行機は午後二時である。金校長は十一時頃車で来られると、私をソウル一の繁華街、明洞へ連れて行ってくれた。軒を並べた明洞の古美術店は、韓国の現代陶芸家のものばかりで、私の夢見る本物の李朝などあるはずがなかった。何軒か廻るうち、日本語の話せる店主に「昔から李朝が欲しい日本人はいっぱい来て、もう無いです」

と言われた。それは当然のことで、日本の李朝ブームは千利休の時代に始まっており、日本の植民地時代も、柳宗悦《やなぎむねよし》がそれを守るべく朝鮮国内を奔走した話はよく知られている。

それより慈父のような笑顔を浮かべ、いろいろと店を案内してくれた金校長の心遣いに、私は頭が下がる思いだった。そしてひそかに心に期したのは、たとえ小さな輪であってもこの修学旅行の継続により、学校間の親睦を深めることで、国の懸橋になれたらということだった。

帰途は金浦空港から大阪へ向かい、そこから羽田へのコースだった。大阪へ着き、日航のジャンボ機に乗り換え一息ついた時だった。板垣教頭らの座席の前に時おり立つスチュワーデスに、教頭が話し掛けた。

「白拍子とは変わった苗字ですね。ご出身はどちらですか?」

「京都なんです。はるか昔はその関係でしたかもしれません」

彼女は笑いながら応えていた。私は一列後ろの通路側で、その話を耳にしながら、機内をぼんやり眺めていた。

そして帰国した一週間後の八月十二日である。帰りのあの日航ジャンボ機が群馬県御巣鷹山に墜落したのだった。死者五百二十名という大惨事で、死亡者名簿には乗務員の白拍子さんが載っており、四名の生存者の一人、乗務員の落合由美さんを私は覚えていた。機内に持ち込んだ荷物が多かったため、頭上の荷物ケースへ収納出来ず、困惑している私に別の場所へ運んでくれたのが彼女で、やさしくもきりっとした接客態度が印象的だった。

その衝撃が冷めやらぬ九月二日は、二学期の始業式である。生徒が下校すると午後一時から定例の職員会議となった。それがいつもと異なり松平校長の隣に常務理事の顔がある。私は胸騒ぎがした。案の定、会議の冒頭から校長は緊張した面持ちで切り出した。

「今回の日航機墜落の大惨事は、対岸の火事として済まされぬ大問題で、本校の十一月に迫った韓国修学旅行は、見合わせざるをえないでしょう。したがって校長としては国内に変更せざるをえないと考えます」

八十人を超える教員間で、大きなどよめきが起こった。これは当該学年としては到底受け入れられない提案である。実施まで二ヵ月しかなく、これから行く先を決め、コース設定をして見学場所と五百七十三名の宿泊ホテルを見つけなければならない。それに生徒のパスポート手続きは夏休み中に完了している。が、そんな事より一番気掛かりなのは、彼らの大なる期待の修学旅行を裏切ってしまうことになる。

会議は紛糾した。もちろん当該学年からの挙手が多かった。しかし穏やかで常に笑み

を絶やさない松平頼明《よりひろ》校長も今回だけは厳しい表情で、

「これは学校の死活問題に関わるんですよ。私の立場からして軽々に認めるわけにはいきません」

理事長であり校長の立場を強調しながら、修学旅行の意義は行く先ではなく内容だと、一歩も退く気配がない。けれども救いだったのは司会役の板垣教頭が、いつもなら校長の専権事項として打ち切るところ、教頭も韓国修学旅行の推進者だったので、会議は一時間、二時間と続行した。

私の過剰意識もあったが、今回の韓国修学旅行の推進に私は人一倍活動していただけに、どうあっても校長案は受け入れられなかった。それからの三、四十分、私と校長の激論となった。

「私学教育の根本精神とは何ですか？　教育にそれなりの冒険や挑戦がなければ、本校の私学教育は死にます。校長のように危険度のリスクばかり考えてたら、屋外の野球部、ラグビー部活動は即刻中止すべきだし、生徒の心身の鍛練など不可能に近いでしょう。それより何より五百七十三名の泣き顔を校長は背負えますか？」

この最後の言葉には、理事が血相を変えて怒鳴った。

それでも会議は結論を出せぬまま、教頭からの提案で、別室に関係者を集め、話し合うことになった。部屋へ入るなり、ここでも理事から、私の分に過ぎた発言がたしなめられた。しかしここまできて退くわけにはいかず、妥協案の提出までに何とかこぎ着けた。それは海外修学旅行を今回限りとし、韓国へは飛行機を使わず関釜《カンプ》フェリーで行く。但し五泊六日の日程変更はしない、との条件で校長の承諾を得た。

下見に出掛けたのは九月半ばである。関釜フェリーとなれば、東京駅朝八時の新幹線で、小倉駅下車。バスで下関港に戻ると、関釜フェリーで夕方五時の出航となる。釜山港には六時間で着いていても、翌朝八時半の出国手続きまで停泊していなければならない。羽田からの飛行機ならソウルまで二時間だが、今回は二十五時間かけて行くことになる。それも釜山からの出発故に五日間の韓国滞在の行程表は破棄して、三日間に組み換えなければならない。

我々はコース内容の密度をあげるべく検討を重ねながら、慶州まで来た。一息つく感があって、ホテルでの夕食を終えると私は、古美術の店が何軒かあるのを聞き、ぶらりと外へ出た。二軒目だった。暗い道の突き当たりにあったその店は、闇の中に浮き出た感があり、今でも店に入った瞬間がありありと思い浮かんで来る。私は引き寄せられるように奥の正面へ進むと、一つの徳利を手にした。白磁の辣韮《らつきょう》徳利だったが、少し大ぶりで掌を当てて包み込むように持つと、そのふくらみの肌触りが冷やりとする。高台《こうだい》を見た瞬間、ぞくぞくっと来るものがあった。〈本物の李朝だ〉私は鶴首を握りしめながら、店番をする店主の許へ行き、突きつけるようにして、

「この李朝は本物ですか？」

と訊いた。店主は流暢な日本語で、そうだと言う。それでも私は半信半疑で、

「こちらへ来て李朝の偽物ばかり見ているので、こんな所にあるのが不思議で仕様がないんですが、間違いないですか？」

と訊き返した。すると、

「金曜と土曜に新日鉄の副社長さんが来たばかりで、この辺の店の良いものは、みんな買って行ってしまったんですが、これは汚れ落としに出してあったから、昨日の晩に届いたもんです」

と言う。値段を訊くと、十万ウォン（三万円）とのこと。その値段の安さに驚くとともに、また疑念が湧いたので、私は興奮しながら、

「実は利川《イチヨン》の窯場で修学旅行の生徒の記念の絵付けがあって、池順鐸《チースンタク》先生（ソウル美術館の焼き物鑑定をする人間国宝的人物）にお会いするので、これを見て貰うが大丈夫ですか？」

と念を押すと、笑って肯いている。私は夢心地でホテルへ持って帰った。

それから私たちは民族村、パゴダ公園、ソウルオリンピックの建設中のスタジアムを廻り、利川の窯元で池順鐸先生にお会いした。打ち合わせの後、私はおそるおそるあの徳利を先生に差し出すと、

「ああこれは李朝中期のものです。それほどいいものではないですが、納棺されてたものです」

手に取って撫でまわしながら、即座に素っ気ない日本語で応えられた。いつものことだがこの時も先生は、若い頃に柳宗悦や浅川伯教先生のお供をして旅をした話をした。私はそれどころではなく、抑え気味の気持が弾け、喜びの独り占めに少し心が痛んだ。

十一月、本番の修学旅行は、一団と二団の日時を三日ほどをずらしてのハードなスケジュールだった。それでも生徒からの不満は出ず行程は順調に運んだ。

ところが韓国に入って二日目、パゴダ公園でアクシデントを起こしてしまった。それも団長である私自身がである。

そもそもパゴダ公園見学のコースは、外国人観光客、中でも日本人はまず訪れない所で、一九一九年三月一日、日本の植民地からの独立を叫ぶ運動家たちが、ここで独立宣言書を読み上げ、三・一運動の記念の地とされた。言わば韓国の聖地となっている場所である。

園内はそれほど広くはなく、中央に八角亭があり、奥の壁沿いに、高さ二メートルの銅板レリーフが間隔を置いて十枚飾られている。それには植民地から解放までの苦悩の歴史が刻まれ、中には日本兵が銃で韓国民を惨殺するレリーフがある。

そんな場所だけに生徒には、前日のホテルでの夕食の際、パゴダ公園見学でのマナーをくどくどと説いた。と言うのも、二ヵ月前の下見の時、園内にいた老人たちから罵声のようなものを浴びたからで、ふざけあって見学したら、石が飛んで来るかもしれないと脅しておいた。

見学の当日、パゴダ公園に六台のバスが到着した。駐車場がないため沿道に四十分の許可を申請しての見学だった。私は公園の入り口に立って、生徒に敏速な行動を呼び掛けながら、だらしない服装のチェックをした。昨夜の話を感じ取ったのか、一人として担任の注意を怠る者はなかった。学ランの襟ホックをきちんと留め、緊張の面持ちで、列を乱さずに見学していた。私は彼らに注意を払いながら、公園内を見廻っていた。園内には老人が多く見受けられ、彼らはうろんな目で何事が起きたかと言わんばかりに、生徒等を眺めている。緊張の度合いは私の方が生徒以上になっていたようだ。私は尿意を催していたが、我慢していた。そして最後尾の生徒がバスに向かうのを見届けてから、トイレへ駆け込んだ。いつもより長かったはずだ。安堵した気持でバスの方へ向かって行くと、六台のバスの窓から生徒たちがいっせいに顔を覗かせて、私に向かって叫んでいる。一号車のバスガイドが飛んで来た。彼女が言うには、パトカーが来て、いま運転手が交通違反の注意を受けているとのこと。私は聞いて唖然とした。すっかり制限時間のことを忘れてしまっていたのだ。先生方はバスの外でガイドと笑っているし、私は頭を下げながらバスへ駆け込んだ。発車してからも、この時とばかり車内の生徒にブーイングを浴びた。団長としてとんだミステークだったのである。だがこの件は後日、バス会社の社長さんが警察へ出向き、交渉して事なきを得た。

ところで韓国滞在が三日間に短縮されたことでは、中央高校の行事日程に多大な迷惑を掛けてしまった。本来なら一、二団が一日ずらして学校訪問をして、ともに中央高のグラウンドで、サッカーの親善試合と、講堂での両校生徒同士の親睦会が予定されていた。が、帰りの船の関係もあり、それは不可能に近く、三日間ずらしで、滞在三日目の最後の晩を、中央高校とのレセプションに当てて盛り上げようということだった。

中央校の生徒も、日航機の大事故や、関釜フェリーを使っての難儀な修学旅行だということをよく理解していたので、アンバサダーホテルでのレセプションは一段と熱気を帯びた。どの生徒のテーブルも片言の英語や筆談で活発に話し合う姿が見られ、笑い声が絶えず、予定時間も過ぎていた。終いには両校の教員や、有志生徒等が舞台に上がり、肩を組んで「ソウル讃歌」の大合唱となったが、国や言葉は違えど、通じ合える心の歓びを誰しもが感じ合っていた。

そして帰国の途についたのだが、往きの順調さに比べ、帰りの関釜フェリーは海が荒れ、船酔いの生徒が続出した。各クラスの船室を廻って見ても、騒ぐ生徒など見掛けるどころか精いっぱい耐えているといった光景で、ついには私自身も自信がなくなりベッドへ倒れ込んだ。朝方になって揺れもおさまり、朝食時に生徒たちはビュッフェへ集まって来たが、起きられずに食事を拒否した生徒はかなりの数いた。

そして長時間の乗船からようやく解放され、下関へ着いた。朝陽を浴びながら全員無事の点呼の報告は、どの担任の顔からも笑みがこぼれた。

送迎バスを待つ間のことだった。いつも手を焼かせる悪ガキ連中が四、五人私の所へ寄って来た。

「先生、ヒゲ剃ってないじゃん。痩せたよ、疲れたでしょう」

と、珍しくリーダー格のが労《ねぎら》ってくれた。難産だった今回の修学旅行の件を彼らもうすうす知っていた。私はバスに乗り込み一息つくと、悪ガキの言葉が思い浮かんだ。〈これで修学旅行も終わったな〉と、呟いたとたん急に涙がこぼれてきた。

業苦《ごうく》の恋

石榴《ざくろ》のように苦しめ、死ぬな。

——立原道造

Ⅰ　窓下の花

《朝方の夢だった。

私は嬉々として何も手につかず上の空で、ただ部屋の中を動き廻っている。自宅ではなく、どこの家かも分からない。その家に人寄せがあったみたいで人それぞれに動いているのだが、その中に梨都子《りつこ》がいるのだ。廊下で彼女と顔が合ったりすると、心のときめきが止まらず有頂天になっている。そのうちに人の動きがなくなり、その家から人が帰り出した。私も玄関で靴の紐を結んでいると、梨都子が私の前に立った。

「あなたとはとても縁が薄かったのです。私はお嫁に行きます」

そう言って彼女は丁寧なお辞儀をして、玄関から出て行った。

私は夢の中で泣いていたのか、目が覚めて泣いていたのか判然としない。が、寝床か

ら半身起こすと、これは正夢だろうと思った。》
伊河響平《いがわきょうへい》の日記には二十六歳の五月十日となっている。

＊　＊　＊

中野梨都子を強く意識し始めたのは中学三年の時で、一途なその慕《おも》いは十年をはるかに越えていたことになる。彼女は一つ年下で、学年も異なり話す機会がなかった。よく覚えているのは、その日の授業が終わって帰りの掃除になると、彼女は響平の教室の近くへやって来ていた。響平の教室の南窓側には、テニスコートがあり、道沿いには花壇があった。その辺りの掃き掃除を彼女は五、六人で担当して、班長のようだった。響平の教室の窓下にもやって来ると、涼しい目もとに微笑《えみ》を浮かべて、下に落ちた黒板消しを拾っては窓縁《まどべり》へ置いた。クラスの中には響平だけでなく、目立つ彼女にちょっかいを出す連中が何人かいて、それをまた落としては彼女に拾わせた。響平はそれを眺めているだけで何も出来ず、連中のカラカイにも動じない彼女がますます好きになった。たまに校内の廊下で出会ったりしたが、そんな日は天にも昇る心地で一日中落ち着かなかった。彼女は背が高い方で、おかっぱ風の黒髪に色白の目もとの二重が涼しく、鼻筋から口元への整いは、利発さを感じさせた。

梨都子は響平の家からさほど離れていない所に住んでいた。響平は新聞部や山岳部に所属して下校時間は不規則だったが、彼女も課外活動は活発で、生徒会の副会長に立候補したり、運動部に所属していたようで、放課後、ブルマー姿の彼女を見掛けたこともある。

中学三年だった響平は、高校進学を控え、木曜日は英語塾、土曜日には数学塾へ通った。英語塾は津田塾大を出た若い女教師の個人授業だった。母親が担任との面談で言われたことは、英語の成績が伸びれば、近辺のいい進学校も可能になるが現状では、ということで、知人の紹介からこの英語塾へ通いだしたのである。数学塾は、四十半ばの現役の高校教師で教え方も上手く、梨都子の家の近くだった。そこへは中学で顔見知りの六、七人の仲間と自転車で通っていたが、二時間近い授業が終わると、坂の途中で梨都子の家の灯りが見えた。あの中には梨都子が居る。ぼんやりともって見える灯りに心惹かれた。

英語塾では、自宅の一部を学習室に改造した一室で、一時間半ほどの単独の授業である。その女性教師の話し方、態度は二十四、五にしては堂に入ったもので、よく化粧した顔で余分な話はいっさい無かった。学習室の大机の一角で、A四の厚紙に書かれた問題用紙を渡され、それを時間内に解いて説明を受けるという授業だ。

その教師の透き通った張りのある発音は美しかったが、気取った仕草が少年の響平に何か感じさせるものがあった。先生は近眼であるにもかかわらずメガネを掛けず、目を細めて問題文を読んだ。響平がもっとも困惑したのは、出題されたものを解き終えたと告げると、教師は背後に立ち、響平の顔に触れんばかりにノートをのぞき込みながら訂正を書き入れたり、説明を耳元でした。それでも始めのうちは教師の癖と思い、緊張はしたが命じられた課題は淡々とこなしていた。

ところが二、三ヵ月経っても、学校の英語の成績を訊こうともしない教師のあり方に響平は疑問を持ち始めた。

その日は問題を解くのに集中力を欠き、適当に回答欄を埋めていた。制限時間を過ぎても響平の反応がないのに、彼女は痺れを切らし、ノートをのぞき込んできた。例によって響平が顔を動かせば彼女の頬に触れるはずだが、彼女は何も言わずにひたすらノートを見続けている。響平は息苦しさに堪えきれずため息が思わず出た。彼女は姿勢を戻すと、溜まった唾を呑み込むようにして次の問題用紙を差しだした。奇妙な沈黙の時間があった。彼女をちらっと見ると、表情の硬さを改めるようして、何かを言いかけたが、喉の奥が閊《つか》えたのか、二度三度と咳払いをした。

その後にも、こうした同じようなことは何度かあった。ある時、響平は意を決して、彼女の顔がノートに釘付けになったとき、顔を動かして彼女の頬に触れた。すると彼女は何も言わずに顔を離して、ノートを見続ける。響平はじんじんと燃えるように耳が熱く、胸が高鳴り、頭の中は真っ白だった。

結局響平はその塾に五ヵ月近く通って止めた。忘れられないのは、二度ほど彼女の母親が教室を覗きに来た。ガラスの引き戸を半分開けると、大柄な体をのぞかせ、ぐりっとした目玉を向けてきた。もう一度は、引き戸の上の二枚は透かしガラスになっていたが、そこから中を窺うようにして見ていた。

＊　＊　＊

響平はその頃、母屋とは別の離れの四畳半で寝起きを始めていた。離れと言っても、昔建てられた東側に大きめの窓がある一室で、傍らに物置があったから、鼠の物音に悩まされた。食事や必要な時だけ母屋に顔を出すが、親の干渉がほとんど届かない自由な空間は、多感な気質の空想癖をますます助長したと言える。それに家の位置が道の行き止まりにあって、そこからは田圃へと続く細道となり、川土手へ二百メートルも歩けば出られた。だから人に会うこともなく、散歩に出るには都合が良かった。そのせいか机に向かって本を読んでいても、ちょっとした刺激に梨都子への慕《おも》いが掻きたてられると、じっとしていられず部屋を飛び出し、川土手に向かうと、緑の屋根がぽつりと見える梨都子の家を眺めた。

響平が日記を書き始めたのは、中学二年からだが、梨都子を意識し始めた三年では、旺文社の学生日記に記す内容は詳細を究めた。彼女の投げ掛けた視線の一つ一つ、ささやかな反応まで詳しく記しておくことで、何度でも彼女のことを追体験しようとした。

昭和三十年代の半ばと言えば、学習雑誌などでは高校生の男女交際が盛んに論じられ、男女で歩く姿は目を惹いた。まして中学生となると、親や教師に説教されても不思議はなかった。それでも陰では、誰それが山蔭の林で会っていたとか、あの子は妊娠して冬休みに堕ろしたとか、そんな噂話はかなりあった。

中学の卒業式は三月十四日だった。梨都子との別れを意識すると侘びしい気持の朝だった。母親に再三言われて、少しお洒落をしたつもりで家を出た。式は十時に始まり二時間足らずで終了した。午後の謝恩会まで時間があった。響平は担任の役を演じることになっていたので、父から借りた一張羅の紺の背広を着て、廊下で台詞の確認をしていた。窓の向こうの校庭の脇を、二年生が帰って行くのが見えた。その中に梨都子がいた。二、三人で話しながら、響平の教室の方など見向きもせず楽しそうだった。これですべてが終わったのだと、響平は思わずにはいられなかった。

しかし梨都子への響平の思慕は、そこで終わるどころか、ここから陽炎が揺れ立つような危ない青春の始まりだった。

通い始めた県立秦野高校は、秦野盆地の切れ目を東に貫き、平塚線を見下ろす小高い丘にあった。学校周辺は農家と畑ばかりで、幾つもの山の重なりが丹沢山塊の麓を形成して、商店など無いに等しかった。

通う生徒のほとんどは自転車で、響平の小学生時代には、自家《うち》の近くの通りを歩いて登下校する長い列が見られた。響平の叔父もそうした一人で、よく家に寄っては学校の話をした。響平はその高校が町とは反対の方角に位置して、梨都子との出会いを失うことが気に入らない一番の理由だった。

入学すると響平は、バスケット部へ入部した。運動に打ち込むことで、梨都子を忘れることが出来るかもしれない。そんな気持があった。中学時代の山岳部と違って、その部活動は活発で、地区ではまずまずの成績だったから部員も多かった。先輩、後輩のけじめの厳しさに戸惑いながら、二、三ヵ月は部活の仲間に馴染むための努力を惜しまなかった。学習面では二学年から選抜クラスへ入れるものと自惚れて、試験の時だけの勉強ですました。そうした生活の中で、梨都子を忘れることができたかというと逆だった。

クラスの中に七、八人女子がいた。五クラスあってこのクラスだけだったが、彼女たちは町から離れた中学出身が多く、言葉遣いと言いその雰囲気は、素朴で少女っぽかった。一人だけ馴れ馴れしい口振りの目立つ子がいたが、自分のことを時々オレと言った。響平はそんな彼女を無意識のうちに梨都子と比べていたが、彼女の兄は、偶然にも妹の中学の担任だった。

部活動はなかなか休みが取れない。下校時間は七時を過ぎていたし、休日は練習試合が組まれ、近辺の高校だけでなく横浜、鎌倉の高校まで遠征した。

入部当初は部活動のぎりぎりまでの肉体の酷使が、何もかも忘れられ小気味良かったが、先輩のしごきが始まるにつれ、響平には無意味な疲労への拒絶感と部活への興味が薄れてきた。気持に潤いのない毎日の中で、彼は昼休みは部室に顔を出さず、図書室で小説を読み耽った。武者小路実篤であったり石坂洋次郎を読むたびに、梨都子に会いたい気持は募った。しかし日々の夢想は現実逃避でしかなく、感傷に堕して学習意欲を低下させた。

響平が大学ノートに短歌や詩を書きだしたのもこの頃である。本や映画の影響もあるが、それより彼女からのストレスのはけ口だったのだろう。

バスケ部の意地の悪い先輩が、昼休み顔を見せず図書室にいる響平に目をつけはじめた。部室の響平のカバンの本を見たり、返却された化学の落第点の答案用紙を、これ見よがしに置いたりした。響平が反抗的な顔をすると、

――判った風な顔をすんじゃねぇーよ。目が生意気だ、こいつは。

坊主頭で白ぶちメガネを掛けた色白のその二年は、早口でまくしたてた。

一年の部員の中には、先輩に上手く取り入って可愛がられている者もいたが、中には響平に同情して陰で庇《かば》ってくれる同級生が何人かいたので、部活はなんとか続いた。

定期試験の一週間前は、部活動は中止である。響平は解き放たれたように町へ出た。梨都子の下校時間を考え、多い時は町へ三度も出掛けた。響平は梨都子との一瞬の出会いを祈って自転車のペダルをこぐ。坂を上りつめた所に梨都子の家の方へ入って行く脇道がある。その位置から出会いの期待がいっぱいに膨らんだが、夢は適わなかった。かといって彼女を待ち伏せることは出来ず、無為と徒労に心が掻きむしられた。

＊　＊　＊

響平には牛山渉《わたる》という中学時代からの親しい友人がいた。性格は響平とは対照的に温厚で、慎重に論理を継ぐところがあり、かなりの努力家だった。

二人の共通点と言えば、物事に排他的でなく認識欲が旺盛で、とことん議論しても飽きなかったし、喧嘩はなかった。彼は小田原の県立商業へ進み、当初は大学進学を考えなかった。大百姓とは言え、七人兄妹の中で育つ牛山と、妹一人しかいない響平との家庭環境の違いがあったかもしれない。

響平の両親は、どちらも兄妹が多かったから、両親の口癖は〈親の気持は等分にしたくても、数が多けりゃあしてやりたいことも出来ない。それが不幸のもとだ〉と言っていた。また響平の母の育ったお隣の影響も多分にあった。その家は二人兄弟でどちらも優秀で、弟は東大を首席で卒業し、国会議員になり名士で鳴らした。母はそのお隣で習い事をしたこともあって、幼い頃から響平と妹は、大学進学を言われ続けた。

けれども兄妹二人であったことが、将来両親の思惑通りになったかと言えば、妹は二人目の子を妊娠して、まったくの健康でありながら、医者の誤診から三十一の若さでこの世を去った。

牛山は土曜の夕方にはよくやって来た。響平の部活はその日はたいがい早く終わったからで、母の自慢の山盛りの親子丼を二人はたいらげると、きまって話は夜更けまで続いた。

響平の梨都子への慕《おも》いが彼に告白されたのもその頃で、彼も梨都子のことは知っていた。牛山は当初響平の真剣さにたじろぐふうをみせた。兄妹の多い中で、小田原まで電車通学する身に、学業をなおざりにするような恋など考えられなかったようだ。が、次第に響平の熱っぽさに彼は理解を示すようになった。

その年が明け、一月八日のことである。三学期の始業式があり、その日は出身中学の安藤校長に、入学した高校での一、二学期の成績を見せに行くのがこの地区での決まりだった。その校長の印鑑がないと成績表を高校の担任が受け取らない仕組みのため、嫌でも中学へ出向かざるをえない。懐かしい校舎に入り、同級生七、八人が並ぶ校長室前の廊下で、響平は動揺して落ち着かなかった。いよいよ響平の番となり校長室へ入って行くと、安藤校長は響平の顔を覚えていたのか笑顔で迎え、成績表を食い入るように見つめた。

——うーん、これはおかしいな。一〇九番だなんて、こんなに落ちるはずはないだろう。何かの間違いかもしれないから、担任の先生に言って、もう一度よく見てもらいなさい。

いかつい口もとに不興を浮かべ、厳しい目つきで響平の顔を見つめた。当然の結果と思っていた響平には、その言葉は嬉しかったが、帰る道すがら校長の言葉は遠回しの叱責に思えてきた。

＊　＊　＊

三学期に入って響平は成績の落ち込みをなんとか挽回する気持になっていた。せめて週二回の放課後の英語講習に出たいと思い、担当の先生に申し出ると許可された。早速部活のキャプテンにその許しを得ようと、昼休みに部室へ行くと、キャプテンは弁当を食べながら箸も休めずに、響平の顔を睨んで、

——出てもいいが、そのまま帰るなよ。終わったらその講習を受けた分だけランニングやトレーニングやるからな。

と言われた。

その講習のある火曜と金曜は響平にとって厄日となった。講習を終え部室で着替えてから体育館に顔を出すと、例の二年の先輩が寄って来て、

——これからグラウンド十周するぞ。こっちへ来い。

その二年に連れ出された。走り終わって、十分と間をおかずに体育館の脇でダッシュ、フットワーク、兎跳び、腕立て伏せ、スクワットを小一時間やらされた。さすがに息が上がり、膝感覚が無くなり、意識が朦朧としてきた。体育館から同級の連中が代わる代わる顔を出し、「伊河、ファイト、伊河ファイト」と声を掛けてくれたが、倒れる寸前だった。

それでも講習は、無理を言って出させてもらった以上止めるわけにはいかず、出続けたが、部活には三度に一度はそのまま帰宅してしまった。すると翌日は、かならずキャプテンのお説教となり、他の連中とは別メニューでたっぷりしごかれた。そんなことが

何度か続くうちに、響平は一年終了時に退部する覚悟をした。バスケットの面白さが少しは解るようになっていたが、精神的にも肉体的にも追い詰められてしまった。

二月に入り、三年生が顔を出さなくなった。キャプテンも二年に交替していた。その日は英語講習に出て、体育館へ行くと部員たちの姿はなかった。日曜の相模大野の高校との練習試合で、終了後に明日は、弘法山までマラソンと言われていたのを思いだしたが、今から追い掛けてもと判断して、いつも通りのトレーニングで汗を流した。そのうちに部員たちがバラバラと戻って来た。全員揃ったところで新キャプテンが、

――伊河、後からなぜ追い掛けて来ないんだよ。今日のランニング知ってただろう。要領使いやがって……。これから弘法山まで往復してこいよ。みんな山の坂でトレーニングしてきたんだから。と言われた。

――講習に出た後はいつものトレーニングだと思って、グラウンド十五周して、フットワークやダッシュをやっていました。

――誰も見てねえだろう、ええ。手抜きし放題よ。ろくに汗もかいていねえじゃねぇーか。

意地の悪い例の二年が横から口を入れた。響平は黙っていられずに、

――手抜きせず十五周やりました。その後のトレーニングもいつも通りに。汗は時間

がたったので……。

——調子のいいこと抜かすんじゃねぇーよ。

と言うなり、その彼にいきなり横っ面を張られた。響平は痛みより、悔しさと怒りで口ばしっていた。

——バスケ部をやめます。

部員たちが見つめる中、響平は走るように部室へ向かい、着替えると夢中で自転車のペダルを踏んでいた。

これで部活は退部出来ると、響平も思ってはいなかった。簡単には退めさせないと聞かされていたので、呼び出しが当然かかると覚悟した。案の定、その日は三年生の登校日だったが、昼休み、一年の部員二人で呼びに来た。響平はどんなに説得されようと退部する決心をしていた。

部室へ入って行くと、三年生が三人と二年のキャプテンとマネージャーに囲まれるようにして椅子へ座らされた。

——伊河、こんな時期に退めたいんだって、理由は何だよ？

三年の元キャプテンに訊かれた。部室の隅には一年生も何人かいた。響平はこの間のことを話そうかと思ったが、それが直接の原因でもないし、それを言ったからって、判

って貰える相手ではなかったから、

――自分は能力が無いので、このままだと部活と勉強の両立は無理だし、進学出来ないんじゃないかと思って、やめさせてもらいたいんです。

――何だ、そんなことか。お前はモリにだいぶ可愛がられているそうだから、それでやめたくなったのかと思ったけど。だったらお前の努力次第だろう。初めから部活と勉強の両立が大変なのは承知の上で入ったんだから、一年も経たずに音を上げるなよ。

――皆、そういう条件の中で頑張ってんだよ。二年の沢口知ってんだろう。アイツは学年で十二番だよ。学力模試だって三十七番で張り出されていただろう。成績が落ちたからと言って、すぐにやめてえなんか言うんじゃねぇよ。

すると三年で一番怖い笠井が、身を乗りだすようにして言った。

――な、わかっただろう。ちょっとのことぐらいで、すぐにやめたいなんか言うんじゃねぇーよ。今日から練習に出ろ。

三年の元キャプテンは響平の肩に手を置いて、うつむきかげんの響平の体を揺すった。響平は下を向いたまま何も応えずにいると、

――何とか言えよ。どうなんだよ。今日から練習出るのかよ?

二年のキャプテンが言った。

――勉強だけじゃなくて、自分には部活の雰囲気が合わない気がして……。

――部活の雰囲気って、どういう雰囲気なんだ。ええ、言ってみろ?

三年の元キャプテンが言ったと同時に、笠井は響平の襟首を持ち上げて立たせると、上背のある体で力いっぱい響平の顔面を殴った。最初の一発目二発目でマンガに描かれる星の現象が見えたほど意識が飛んでしまい、その後は覚えていない。後で介抱してくれた仲間に六発ほど殴られたと言われた。響平はそのまま保健室に連れて行かれ、そこで寝ていた。

翌日は顔面の腫れが目立ち学校を休んだ。両親は激怒した。母が学校へ行ってバスケ部の顧問の先生と担任に会って来ると言いだして止まない。響平はそれをなんとか思い止まらせた。響平の腹の裡には笠井への仕返しを思いついていた。〈シゲちゃんへ頼もう〉それが一番の良策だと彼は考えたのである。

響平には良文という二つ年上の従兄弟がいた。同じ高校ではなかったが、彼からシゲちゃんが響平の高校で番長になっているという話を前から聞いていた。シゲちゃんとは中学に上がるまで、ベーゴマや草野球などして良く遊んだ。男三人兄弟の末っ子だったせいか、何をしても下手糞でよく負けていた。家は裕福だったが厳しそうで、マンガ雑誌などは買ってはもらえず、響平の家へ時々借りに来た。照れ屋で家の外から響平の名前を呼ぶのだが、隠れるようにしてとても年上とは思えない出方をした。

シゲちゃんと同い年の良文からその話を聞いた時、響平は信じられなかったから、同じ高校へ入っても気にも留めていなかった。

ところが入学してまもなく、生徒会は学校側と長髪許可の問題で揉めていた時で、その日は新入生にも声が掛かり、昼休み生徒会主導の全校集会が開かれた。生徒会長の巧みな弁舌に響平は感動したが、学校側の回答は依然として長髪を認めないとのことで、今後の対策を話し合う場となった。

三年からは「授業ボイコットだ」「このまま居座れ」「校長を呼べ」などと雨天体操場は騒然とした。生徒会顧問の教師や体育科の教師等、他にも二、三人姿を現し、会場の成り行きを見守っている。意見がまとまらないまま、昼休み終了のチャイムが鳴った。この時とばかり教師等が一斉に声を張り上げて、前に並ぶ一年生から教室へ誘導しようとした。

その時だった。「出るな、出るな」と叫んで、ものすごい形相で立ち上がった者がいた。シゲちゃんだった。よれよれの学帽を斜にかぶり、学ランを腕まくりしていたが、大柄な体軀といいその雰囲気は、昔のシゲちゃんとは一変していた。一番後ろで盛んにヤジを飛ばしていた三年生の中からも、同じような連中が五、六人、それに呼応して立ち上がっていた。それでも教師等はそんな怒号を無視して生徒を誘導している。するとシゲちゃんは突っ掛けの上履きを両手に持ち替えると、「センコウは出てけ」と怒鳴るやいなや、それを続けざまに教師等の方へ投げつけた。会場の静けさは一変した。三年も二年も「帰れ、帰れ」の掛け声が湧き上がって鳴り止まない。動きだした一年生たちも戻ってしまった。教師等は居たたまれず、体育科の柔道部顧問一人を残して引きあげざるをえなくなった。

生徒会長は興奮して騒ぎが収まらない会場を、シゲちゃん等にゆだねた。一瞬のうちに静かになると、学校側に再度長髪許可の要求を突きつけて、認められない場合は、授業ボイコットも辞さないとした提案の賛否を挙手で求めた。勢いよく全員の賛成の手が挙がったので、その場は解散となった。

そんなことがあって、長髪問題は二学期から許可されたのだが、シゲちゃんの勇猛振りはその時以来響平の目に焼きついた。

響平はシゲちゃんと校内で顔を合わすことはあまりなかったが、五月の連休明けに自転車置き場で彼を見かけた。仲間と誰かを待っているようだったが、響平に気が付くと、声を掛けてくれた。響平はあのシゲちゃんが、と思うところそばゆい気持がした

——響平、何かあったらオレに言ってこいよ。

が、その時は笑顔を浮かべて肯いた。その後も二、三度出会っている。一度は売店の所でコーヒー牛乳を奢ってくれた。シゲちゃんは会うたびにちょっと照れくさそうな顔を見せた。

そのシゲちゃんに、響平は学校を休んだその夕方、自家《うち》からさして離れていない彼の家を訪ねた。玄関で声を掛けてから、響平は少し離れた所に立っていると、シゲちゃんがサンダルを突っかけて出て来た。

――あれ、どうした、入れよ。

と彼は言ったが、ぐずぐずして入ろうとしない響平を見て、

――何かあったのか？

暗くなりかけて外灯の灯る時間だったが、彼はうつむきかげんの響平の顔をじっと見つめると、

――やられたのか、誰に？

と訊いてきた。

――バスケやめたいって言ったら、むちゃくちゃに殴られて、辞めさせてくれなくて……。

涙ぐんでしまい言葉にならない。

——殴ったのは誰だ？

と、名前を訊いてきたので、笠井の名前を言うと、

——バスケのキャプテンは大沢だったよな。よし判った。オレがナシつけてやるからよ。安心しろ。来週、学校へ行くからな、な。

気負ったふうでもなく、少し笑みを浮かべた顔は頼もしかった。

近道をして田圃道を帰りながら、これでクラブは退部出来ると思った。

幾日か経った昼休みだった。昼食の弁当を食べていると、シゲちゃんが廊下で響平の名前を呼んだ。食べかけの弁当に蓋をして急いで行ってみると、二人ほど仲間を連れていて、響平を廊下の隅に寄せ、

——大沢にはナシをつけたからよ、退部届を部室へ持って行け。響平には指一本、手を出すなって、よおく言っといたから。あとな、笠井にはヤキをいれといたよ、なあ、マツダ。もしまた何かあったら俺んとこへ言って来い。じゃあな。

シゲちゃんは得意げな顔を見せて去って行った。

翌日の昼休み、響平は退部届けを持って部室へ行った。キャプテンはいなかったが、二年の一人にそれを手渡した。彼は何も言わずにそれを受け取った。響平は部室の中に置いてあった自分の荷物を引きあげて教室へ戻った。たしかにこれでバスケ部とは縁が

切れたが、それからというもの一年のバスケ部の仲間には、教室や廊下で遇っても完全に無視された。

II　ヒースの丘

高二になっていた。響平は一組の選抜クラスからは外れた。当然の結果だと思いつつ、中学時代からの仲間に抜かれ、一人置いてきぼりを食った感じだった。

夕食での時だった。二つ下の妹は屈託ない性格の明るさで、その日の事をよく喋った。いきなり梨都子の話がとびだした。

――あそこの中野さん、東京の高校へ行っちゃったのね。あたしなんかと違って頭がいいから。大学進学を考えてのことかしら？

――東京って、どこの高校だよ？

響平はどぎまぎするどころか、反射的に訊ねた。

――成城の方の高校だって言ってた。あたしユカちゃんからだから、よくは知らないけど。

――だって、中野さんの家は、もう、だいぶ歳のいった息子さんが二人いると聞いているよ。もう独立して東京の方に住んでるんなら寄留は出来るし、お父さんは安心でしょ。

箸を止めて母が言うと、父が、

――中野さんと言えば、あの人は早くに奥さんを亡くしたが、亡くなった奥さんという人は品のいい綺麗な人だったと、本家の兄貴が言ってたなあ。

父の言う本家の兄貴とは、梨都子の家のすぐ近くに住んでいた。三百坪ほどの敷地に牛や豚を飼って多くの田畑を持ち、当時は百姓をしながら秦野の町会議員を二期ほど務めていた。

響平は食事を終えると早々に自分の部屋へ引きあげると、倒れ込むように畳の上へ寝ころんだ。〈もう彼女には会えないんだ〉そんな思いに駆られ涙がぼろぼろ流れた。

＊　＊　＊

田舎の男子校は、青春の自意識など意に介さなければ、のどかで日々自分のペースで送ることが出来た。男ばかりのため、意地の張り合いから殺伐とした面はあったが、ほとんどは響平の目に呑気に映った。

牛山と共通の中学時代から友人である小西が、響平の側へやって来た。

――今、担任に呼ばれて職員室へ行ったら、二学期から一組へ移れ、と言うんだ。前に先生がホームルームで、選抜クラスへ行きたくなかったら、それでもいい。自由意思だって、言っただろう。だから俺、あのクラスへ行きたくないって、言ったんだよ。そうしたら、担任の傍へタコが寄って来て、「なに甘ったれたことを言ってんだ。受験を考えてんだろう。厳しい場に身を置かなければ伸びないんだ」って言いやがってさ。

――それでウンと言ったのか？

――頭にきたから、そのまま出て来たよ。

小西は涙を浮かべている。響平は、このクラスへ残りたいと言った彼に感動しながらも、内心羨ましかった。けれども日頃から、一組の担任には多くの生徒が反感を抱いている。英語のリーダーやコンポジションの高圧的授業は誰もが嫌った。一メートル八十近い大柄な体。浅黒い丸顔に太い眉毛。眼光には迫力があり、授業中、よほど英語に自信がなければ顔を上げられなかった。小西の行きたくない理由はそれだろうし、クラスの雰囲気もしめるだけしめて暗かった。

響平は立ち上がると、

――俺が担任に交渉してやるよ。自由意志だって言ったのは間違いないんだからさ。第三者が言った方が言い分は通るかもしれないよ。

小西の心配そうな顔を尻目に教室を出て行った。昼休みの職員室は談笑している教員もいて、響平は自分のクラス担任の机へ近づいた。

――先生、小西の事でちょっといいですか？

担任は一瞬、表情を曇らせたが、すぐに笑みを浮かべると、

――なんだい、小西は行きたくないってかい？

――そうなんです。アイツ、涙を浮かべて本当に行きたくないって言ってるもんですから。先生、これって強制なんですか？

――いや、原則としては自由意志なんだけど。一組の内山先生が小西の英語の力を買っていて、最近学力テストでも順位上げたから本人の為を思って薦めてるんだ。

――そうなんでしょうけど、小西があんなに嫌がってるので、かえって行ったとしても逆効果になることだって……。

――伊河、お前他人《ひと》のことはいいんだよ。小西だって一ヵ月もすればクラスに慣れてしまうんだから。二学期まで時間もあるから考えておけっていうことだよ。

いつの間にか一組の内山が響平の後ろに立って、野太い声で割って入った。響平はそ

れ以上何も言えなくなり、担任に軽く会釈をして席を立った。〈自分のハエも追えずに……〉そんな内山の視線を意識しながら響平は廊下へ出て来ると、余計なことをしたという後悔の念と、自分らしく振る舞っただけだ、といった居直りの気持とで混乱していた。

結局、小西は二学期から一組へクラス替えとなった。

響平は中学時代の山岳部の経験を生かして、高校生になっても友人たちを誘って丹沢にはよく登った。冬山は表尾根コースを取り日帰りが多かったが、春休みや夏休みにはテントを張って連泊した。

その日は、丹沢で撮った写真が出来上がる日だったので、従兄弟の良文を付き合わせての帰りだった。二人で袋から写真を取り出して眺めながら歩いていると、脇道から一人の女子校生が出て来てこちらを振り向いた。梨都子だった。響平は驚愕して思わず顔を見つめた。彼女は響平に気がついてか、珍しく顔を赤らめて歩を速めた。梨都子の照れたような顔を見たのは初めてだったが、響平には自分を忘れずに覚えていてくれたことが何より嬉しく、追い掛けて話したい衝動に駆られた。けれどもそんなことが出来るはずもなく、ただ彼女が土日には帰って来ているのだと確信した。

すると眠りから覚めたように響平の思慕に現実感が出て、再燃し始めるのだった。〈梨都子は東京の高校へ行ってしまったとしても、父親が秦野の家に住んでいる以上帰ってきているはずだ。今まで育った父親の家と、兄弟の家との居心地を想像しただけでも、向こうへ行ったきりになるはずがない〉そう考えざるをえなかった。

響平は土曜日になると成城からの小田急線の所要時間を考え、梨都子の駅からの帰り道を自転車で向かった。しかし会えない。夕方になると、また用事を見つけては同じことを繰り返した。それでも駄目で、力なく暮れなずむ庭へ自転車を止めると、そのまま家へ入る気がせず、田圃道から川土手へ向かい、梨都子の家の明かりを見つめた。〈会いたい。なんとしてでも梨都子に会いたい。顔が見たい。一言でもいい、声が聞きたい。この切なさは地獄だ〉と、ぶつけようのない煩悶に土手を行き来しながら涙にむせんでいた。

散歩の時間も場所も広範囲に及ぶようになった。橋を渡って天神の森へ出掛けて行く。野山の眺めの良い場所を見つけてぶらつく。歩いて行くこともあれば、自転車でも出掛けた。やりきれない空虚な淋しさを慰めるには、自然の中にただ一人あることが、梨都子への空想をより自由にした。苦悩の深さが増すほどに慰安を求める心のバランスを、空想することで補っていたとも言える。

天神の森では、森閑としたお社で掌を合わせ、それから裏手の斜面を登った。その森のご神木ともなっている檜葉《ひば》の巨木の傍らを通り抜け、登りきると眺望の素晴らしい丘へ出た。丹沢山塊を背に受けた秦野の町が、まさに一望となる。響平はこの場所が好きで、〈ヒースの丘〉と勝手に名付けていた。それは小説『嵐が丘』に魅せられての命名だった。あのヒースクリフが群生するヒースの荒野に向かってキャサリンの名を呼んだように、ここへ来ると響平も梨都子の名前を呼んだ。ぽつんと梨都子の家の緑の屋根が見えたが、丹沢の裾野から町をなめるように吹き渡る強風は、いつも彼の叫び声を掻き消してくれた。

別の日は、尾根づたいに山を登って、頂上近くから反対側の小径を下って行くと、山間の向こうに人家が見えだして、その一郭に前田夕暮の生家があった。若山牧水と一時代を画したこの歌人は、響平の高校の二年時に転校している。教科書に載るほどの著名な歌人が、今の自分と同じぐらいまでこの風土に育ち、近くの野山を散歩しながら短歌を詠んでいたことが、響平に言い知れぬ喜びを与えた。

生くることかなしと思ふ山峡《やまかひ》ははだら雪ふり月照りにけり

うつばりに青き煙草を吊したりそのもとにゐて楽しかるべし

出水川あからにごりて流れたり地《つち》より虹にわきたちにけり

夕暮がこの郷土を詠んだと思われる歌を響平は探しだし、山峡がどの辺りの風景かとか、たばこの葉を吊した農家の軒先に立ち止まって見たり、赤く染まった荒々しい濁流は水無川とくずは川の合流した金目《かなめ》川辺りを眺めての歌かと想像した。

そしてこの頃響平は、立原道造や中原中也の詩に魅せられていたが、自分でも詩を書いた。

紫陽花

めくるめく青いパラソルのように
記憶の道をたどる僕がいる
思い出は帰らない
だけどあの山も空も
何百と眺められただろう
歩いている傍らのアザミや月見草に

どれだけ話し掛けていたか
あそこの山ぎわの家の
忘れられた庭には
紫陽花《あじさい》が咲いている
いくつもの輪を奏でるその青い苑生《そのふ》は
折り目正しい涼しさの叡智
おどけた小人達がいっぱい住んでいる
揺すって眠りから起こすと
いくつもの花びらは口をすぼめ
異国のジューン・ブライドの夢を見ていた
と私語をささやく
六月の愁いにうなだれる
僕に向かって

牛山はよく土曜の夕方頃にやって来た。この頃から彼はコミュニズムに興味を持ちだして社会の矛盾を問題にした。一九六四年の東京オリンピックを前にした復興期の日本は様々な問題を抱えながら遮二無二駆け出していたから理想主義の牛山には話題は尽きなかった。彼は堀井とか言う共産党の党員とつき合い始めていた。その堀井の影響を露骨に思わせるような得意げな表情で、

——社会の不合理さに気づかないうちに革命に巻き込まれたくないから、いま勉強してるんだ。

——社会の不合理さって、例えば？

——アメリカとの安保条約さ。岸が強引に条約を結んでしまったけど、安保反対の署名をしたのは千三百万人もあったんだ。国の有権者数の二六パーセントというんだから、大変な数だろう。これがいずれどう動くかだと思う。

——アメリカと安保条約を結ぶのはそんなに問題なんだ。たしかに樺美智子さんが亡くなったりして、国会前で大騒ぎしているのをテレビで見たけど。

——俺たちは当時中三だったから、あまり関心がなかったけど、今アメリカとソ連の軍事力は、世界中の人間を一瞬で殺すほどのものだそうだ。日本が今度の安保でアメリカ側につくことで、ソ連からの攻撃は当然考えられるし、戦争に巻き込まれることは間違いないよ。だからものすごい反対運動が起こったんだ。

——それで牛山は反対運動の一員になってこれから頑張ろうってわけか。

――うーん。そこまでは考えてないけど。問題意識は持っていたいと思うんだ。それに俺ね、親と相談して大学へ行くことにしたんだ。高校を卒業したら銀行へでも就職しようと考えていたけど、大学の四年間は貴重だよ。知らなければならないことを知らないままに社会人になってしまうことを考えたら、自分の人生が寂しいものに見えてきたりしてね。それと、将来自分のやりたいことが判ってきたんだ。

――やりたいことって？

――まだはっきりしてないが、政治とか司法試験にも興味があるし、いずれは日本も共産主義国家になるのは歴史の必然だからさ。

――歴史の必然とは大げさな話だけど、そんなものかな。

――史的唯物論さ。いま勉強始めてんだけど、人間の歴史をつきつめて見れば、永遠の真理によってとか、人間はかくあるべきだとかいった哲学的発展で歴史はあったのではなくて、生命そのものを支える生産様式と交換様式といった経済こそが、すべての原動力で歴史を動かして来た、という考え方なんだ。

牛山は得意気な顔で書棚に寄りかかった背中を起こすと、胡座の足を組み替えた。

――うーん。そういう考え方ってリアル過ぎて面白みがないね。

――歴史の本質的な捉え方の問題なんだ。面白いとか面白くないとかの問題ではなくて、今までの歴史上の価値観の転換ともなるし、ここから新しい国造りをはじめなければならないってことさ。

――それじゃあ、今までの芸術や文化の捉え方も変わるわけだ。それで生産的であるべきだとするなら、不健康で退廃的なものは、すべて否定されてしまうんだ。そうか、だから、ソ連では芸術家の亡命が多いんだ。言論の自由も抑圧されているし……。

――その辺は問題だね。言論の自由とか表現の自由とかに束縛を受けるのは絶対に嫌だな。ソ連なんかでもまだ過渡期的な現象で、いずれ世界が一つにまとまってゆくことで解決出来る問題じゃあないのかな。

――世界が一つになんて楽天的すぎないかい。『資本論』が人類のあるべき方向性を見すえた絶対的真理であったとしても、その思想の実践となったら、今のソ連や中国を見れば分かるように、絵に描いた餅を掲げているようにしか見えないけどね。所詮、有象無象の人間のすることだもの。

――たしかにスターリンにしても毛沢東にしても、指導者としては絶対主義の権化だよなあ。

と言いながら、牛山は上を仰ぐと大きなため息をついた。

――そうだろう、大矛盾さ。俺は権力とか、金とか政治の世界の腹芸とかにはまったく興味がないな。個の自由を大切にする、それがこれからの政治でなけりゃあ嫌だね。

こんな会話が夜の十一時過ぎまで続いた。響平は梨都子の話をしたかった。というより、彼女の話を聞いてもらいたかった。が、とてもそんな話を切り出せる雰囲気ではなかった。すると、

――そう言えば伊河、先週の日曜日だったか駅で中野を見掛けたよ。簿記の検定試験の帰りだったんだけど、彼女、大きな紙袋を持っていて階段の所ですれ違ったんだ。

――やっぱりそうか。実は俺もこの間ばったり会ったんだ。やはり彼女は帰ってきてるんだよ。

――伊河も会ったのか、やっぱり帰ってるんだ。挨拶ぐらい出来たかい？

――こっちは従兄弟と一緒だったし、彼女はこっちを振り返って顔を赤くしてたよ。だから俺のこと忘れてはいなかったみたいなんだ。それでね、ひとつやってみようかと思うんだけど……。

牛山はいつになく興奮気味に身を乗りだしてきた。

――決心したんだけど、彼女に交際を申し込んでみようかと思うんだ。いつまでもじりじりと思い悩んでいてもどうなるものでもないし、気持の整理をしないと何もする気がおきないから。

――うーん。そうだとしても、どうやって彼女に申し込む？

――あと二週間もするとお祭りだろう。土曜は夜宮《よみや》だから、彼女はきっと学校が終わったら実家に帰って来ると思うんだ。それで駅前のどこかで待っていたら会えるんじゃないかなあ。

――その可能性はあるな。年に一度のお祭りだし、普段でも帰ってるくらいだから、帰って来ないはずはないだろう。

――そこで牛山に頼みがあるんだけど、自分一人じゃどうも自信がないんだ。一緒に駅で彼女を待つのを付き合ってくれないか？

――いいさ、彼女に話し掛けて喫茶店へでも誘うかい。

――そこまでゆければいいが、とにかく一緒にいてくれて、あとは自分でやってみるつもりだ。

牛山の力添えは嬉しかった。彼の帰る姿を見送ってから、響平は暗闇の土手の方へさまよい出た。重大な決意を牛山に明かしたものの、今まで一対一で話したこともない梨都子に、いきなり交際を求められるかどうか。それよりも話し掛けることが出来るのかどうか、それさえ半信半疑だった。けれども結果はどうあれ、自分としては梨都子に何か意思表示としての行為に出ざるを得ない、ぎりぎりの情況にあった。

その祭りの日が来た。土曜の授業を終えると、響平は自分の決心が揺らぎかねない不安を覚えながら、そそくさと帰宅した。

新宿からの大秦野駅到着の時刻は、午後二時、三時台で、急行が二本である。梨都子が学校を終え、帰宅してからこちらへ向かうとしても、二時間は掛かると考えた。牛山とは二時に駅前で待ち合わせていた。

響平はパンを一つかじっただけで、私服に着替えると家を出た。だいぶ時間があったので、そのまま駅へ向かわずに町中を通って行くことにした。いたるところにしめ縄が張りめぐらされ、祭り太鼓が四方で威勢よく鳴り響いている。沿道には出店が立ち並び、町の賑わいは普段の三倍四倍だ。

駅前へ着いてから二十分も過ぎた頃、牛山が遠くで手を挙げながら校服姿でやって来た。二人は駅の出口に佇むのを止めて、少し離れた広場の片隅で待つことにした。緊張のせいか、二人とも会話は少なく駅の出口を見守った。一時間が過ぎた。二時台最後の急行が着いた。乗降客が駅から溢れ出て来る。神奈中の路線バスが待機している方へ向かう人並みと、町中へ真っ直ぐ向かう人並みの中に、レモンイエローのワンピース姿の梨都子がいた。彼女は紙袋を下げ、響平たちから少し距離を置いた向こう側を歩いている。響平は梨都子のまばゆい姿に立ち尽くしていると、彼女はこちらを見たように思った。

——伊河、どうする。声を掛けないのか。このまま何もしないで、なあ、行ってしまうぞ。

牛山に肩を押されて響平は歩き出した。梨都子はかなり先を歩いている。前方では祭り太鼓が激しく鳴り出して、御輿《みこし》が駅へ向かって来ているようだ。彼女は人混みに紛れそうで、牛山はしきりに響平を急かせる。が、ついに彼女を見失った。

——わるいなあ牛山、俺どうにも駄目だ。体が動かないいんだ。

牛山は落胆の表情を浮かべ、空を仰ぐように顔を向けると大きなため息をつきながら言った。

——このままで本当にいいのか。彼女はどうせ家へ帰ったんだろうから、これから彼女の家へ行こう。

——いや、そんなことは俺には出来ない。

——だけどあれだけ決心してて、そうチャンスはないだろう。俺が家まで引っ張って行く。

——すまない、許してくれ。これからいきなり彼女の家へ行ったって、どうなると思う。お客が来ているかもしれないし、場違いもいいとこだ。今日はもうこれだけで十分だ。牛山、すまない。

響平は一人脇道へ逸れると、坂をどんどん下って行った。

＊　　　＊　　　＊

夏休みへ入った。母は一学期末の父兄面談で「英語の学力をつけなければ希望する大学などとうてい無理だ」と担任に言われたことで、一番下の弟に家庭教師の相談をしていた。叔父の昇さんは明治大学に在学中で、心当たりの友人に当たってみてやるということになったが、その友人は就職活動が上手くゆかず断ってきた。そのため叔父が、一年間響平の英語をみてくれることになった。

昇さんは週に一回、土曜か日曜ということで、駅からそのままやって来ることもあった。叔父の目からは響平の甘さが目につくらしく、指摘される面が多かった。けれども叔父、甥の関係と言っても歳の差が十歳もなく、気兼ねなく何でも言い合えたので、響平や妹には兄貴分的存在と言えた。

八月の始めだった。牛山がひょっこりバイクで現れた。牛山とは祭りの一件以来、しばらく会っていなかった。気にはなっていたが、梨都子とのあの件で見限られても、仕方がないと思っていた。その日は日曜で昇さんとの学習は四時である。三十分前だったので、母親に昇さんへのことづけをして、牛山と川堤の方へ歩いて行った。二人で土手の斜面に腰を下ろすと、響平はこの間の自分の不甲斐なさを詫びた。彼も響平への思いやりに欠けていたことを口にはしたが、自家撞着に陥った響平を哀れむふうにも見えた。川鶺鴒《せきれい》が二羽、二人を映すかのように水溜まりの近くでうなずきあっている。

会話も途切れがちで気詰まりになっていたが、響平は今の打開策として、梨都子に手紙を出すことを考えていると打ち明けた。牛山は賛成してくれたが、首をかしげながら、可能性となると難しいだろうと言った。牛山に言われるまでもなく、響平も思い通りにゆくとは考えてもいなかったが、意思表示は是が非でもしたいのだと、言わざるをえなかった。

時計を持っていなかったので訊ねると、四時半を過ぎている。響平は叔父の家庭教師の件を牛山に話してから腰を上げようとした。すると牛山は、

――伊河、俺最近つき合いはじめた女性がいるんだ。

と、告白してきた。響平は一瞬言葉を失った。それを語りたくてやって来たのか、とも思った。ますます響平は腰を上げられずに牛山の語るに任せた。

彼の話では、女子校との合ハイに誘われ、そこで知り合ったとのことである。はにかんだ表情などあまり見せたことがない牛山が、昨日は彼女が一人で家へ遊びに来たと語った時は、気兼ねしてか喜びの感情をむりやり押し殺している顔に見えた。さすがに響

平もしてやられたという気持になったが、〈こうあるべきなんだ。これがふつうで、俺は異常なんだ〉と、自分を嘲る気持に変わった。彼はいつも以上に多弁に彼女のことを語り、響平に今度会わせるとも言った。

響平は昇さんのことが気になった。ついには気が咎めだして牛山の腕の時計を見た。五時を過ぎている。響平は牛山に謝りながら、家の方へ急いで引き返し、彼に別れを告げてから、自分の部屋へ飛んで行った。

昇さんは座卓を前に憮然とした表情で胡座をかいていたが、響平がそそくさと部屋へ上がり込むと、無言のまま机に並べたテキストへ視線を向けていた。響平が遅れた理由を告げながら頭を下げると、

――突然に来た友達と今まで何してたんだ？

「………」

――この勉強のことをお前はどう考えてるんだ？　そんなやる気のない姿勢なら、俺は即刻止めてしまってもいいよ。

叔父の冷静さを装った静かな物言いは、脅しとは思えない強い意志の表情に見えた。

――牛山とはしばらく会っていなかったので、そっけなく帰すことも出来なかったし、大事な話もあったから……。

――姉貴の話だと俺の来る三十分前だと言うじゃないか。それだけあれば、お前は用事があるんだから、又にしてくれと言ったって、礼に欠けることじゃないはずだ。響平、お前の甘さだ。いつもその場の気持に流されてしまう、お前の甘さだよ。

「………」

――自分の気持が制御出来ない意志力のないやつは、積み上げるというか、ものを築き上げることが出来ないんだ。勉強が出来るとか、出来ないとか言うけど、特別いい頭に生まれついた者は別だよ。だけど、たいがいは普通の頭で差がつくのは意志力なんだ。響平に一番欠けているのはそれだよ。

――そうかもしれないけど、昇さんが言ってることは、学校の担任が生徒の顔を見れば言ってるお題目のようなもので、最大公約数的言い方だと思う。真理と思えば何かとその既製服をむりやり着せたがるんだ。

――そうか、それじゃあお前は一般とは違うと言うんだ。お前のどこがどう違うんだ？

昇さんは胡座を組み換えると、嘲るような目つきで問い掛けてきた。

――勉強に対してはそう言われても仕方ないけど、人間の資質って様々にあると思うんだ。今のこの時期って自分の可能性を一番夢みたい年頃だし……。

――それじゃあ響平の意志力は勉強より他の何に対してなんだ？

――……今は詩を書いているけど、小説だってそのうち書いてみたいし、お仕着せの勉強なんかより、よっぽど持続力があるから。

――それは前に聞いたことがあるが、それなら勉強はしないで文学にその意志力を注いで、それで世の中を生きて行こうというのか。

――そこまで自惚れてはいないけど、他にだって今でしか絶対に妥協出来ないものだってあるんだ。

――何だそれは？

「………」

――使い古されたことわざだけどな。鉄は熱いうちに打てと言うだろう。その時期を失ったら、後は使い物にならないってことだよ。今、響平が置かれている時期に何をしなければならないか。一番最優先のものは何かということだよ。

――そんなことは判ってるよ。だけど何でもそんな一般論で締め括ってほしくないんだ。自分には中学の頃からずっと好きな女性がいるんだ。初恋なんか小学校時代に終わって、本当に心から好きになった女性がいるんだ。

――付き合っているのか？

——自分の一方的な思い込みだけど、どうしても忘れきれないんだ。

——それはね、俺にだって覚えがあるよ。みんな片思いをして、それを乗り越えて大人としての恋が出来るようになるんだ。今はその女性が絶対だと思う。それは当然なことで、経験だって知識だって、場数を踏んでないんだから初めての女性の印象は強烈だよ。だけどな……。

叔父は胸の内ポケットから万年筆を取り出すと、

——これはな、前からずっと欲しくて買えなかったんだが、この間姉貴からお前のバイト料だと言って貰ったもんだから、それに少し足して買ったんだ。これに譬えればだよ、自分が昔、高校生の頃に使っていた青軸の万年筆をオフクロにさんざねだって買って貰った時は、当時こそはそれが一番のお気に入りだったんだ。だけど今のこの歳になってみたら、その青軸の万年筆を、とても胸に挿して使う気にはなれないよ。どういうことか解るかい。人というのは歳を取るにつれ、精神面も美意識も成長して行くんだ。まして響平のような十代の時期というのは、成長の最中《さなか》なんだ。今はこれが絶対だと思っても、これからもっと素晴らしい人に出会うチャンスはいくらでもある。だから俺の眼から見れば、と言うより客観的に言えばだよ、響平のはまだ青の万年筆なんだ。

——それも一般論だと思う。昇さんの経験談としては判る話だけど、自分はどういうわけか人より早熟だったから、初恋なんか幼稚園で体験したと思っている。今でもはっきり記憶しているけど、その子はいつも大きなリボンを頭に結んで、帰りの挨拶の掛け声をしてる子で、自分には可愛くてしょうがなくて毎日家へ連れてきては、その子が家に帰ると言うと泣かせてしまい、親同士が笑っていたことを覚えている。小学生になって同じクラスになったら口も利かなくなってしまったけど。もうその頃から、『君の名は』だとか『この世の花』だとか、連続ものの恋愛映画が見たくて映画館に通ったし、だから青も赤も緑の万年筆も、好みとするのは体験したつもりなんだ……。

響平は昇さんの表情が少しずつ和らぎ、温厚な目つきに戻ってきたのに安堵しながら、胸の裡をぶつけたくなって続けた。

——今日は、昇さんの授業すっぽかして悪いことしちゃったんだけど、実は牛山が、彼女が出来たという話をしに来たもんだから、いつも自分の話ばかり聞かせているし、聞いてやらなければと思って遅くなっちゃったんだ。でも、自分はその時思ったんだ。牛山の恋を貶《けな》すつもりはないけど、彼が彼女と知り合ったのは、一ヵ月も経たない間で、ハイキングかなんかで知り合って、もうお互いに恋人同士のように家に往き来してるというんだ。それが自分たちの世代の健康的な男女交際というやつかもしれないけど、それこそが、さっき昇さんの言った話と繋がると思うんだ。だけど、俺のはそんな安易に生まれたものではないんだ。彼女はきっと自分にとって唯一無二なんだ。出会ってしまったんだよそういう人に。自分には早すぎたかもしれないけど、二度と出会うことの出来ない女性に、俺は出会ってしまったという気がしてならないんだ……。

「………」

――だから、自分としてはどうしていいか、二律背反ってやつなんだ。俺は同世代の連中から見たらバカだと思う。親だってこれを知ったら……。だけどこの気持だけは、頭でどんなに判っていても、何度自分で決断しても彼女に出会ったりしたらすぐ崩れちゃうんだ。

――響平は情が深いから、それに溺れて流されてしまっているんだよ。普通は失恋すれば誰でも、その疵の痛手に苦しみもがいて、時間が経てば忘れてしまうものなんだよ……。それでその彼女に自分の気持を告白したことはあるのか？

――一度もない。まだ無理だと思うから。だから……。

――それじゃあ蟻地獄じゃないか、こんな大事な時期に。先ずそこから這い出すことが先決だな。このままじゃあどっちにしたって最悪の状態でしかないんだから。

昇さんは腕組みしたまま黙り込んでいた。響平は梨都子に手紙を出すことを言おうとしたが、これ以上の話は、叔父が母親に話すことも考えられるので止めた。そして両親への口封じだけは繰り返し約束してもらった。

Ⅲ　赤い登山帽

梨都子への手紙は、三日、四日掛かって書いた。途中何度もためらったが便箋三枚にわたった。彼女の東京の高校での環境の変化はこちらの想像の埒外だったから、あらたにボーイフレンドが出来ても不思議はなかった。それにこの手紙だっていつ読まれるかも解らないし、歳の離れた姉さんに捨てられる場合だってある。考えれば考えるほど怖気づく材料ばかりだった。

けれども、昇さんが言った〈蟻地獄から這い出すことが先決だ〉の言葉に意を決し、なんとか書き上げた。それをいざ投函する日にも迷いが出て、町を下ってそれとは反対の方向にあるポストへ出しに行った。もし梨都子に出会いでもしたら、手渡すどころか逃げ帰るだろうと思ったからだ。

可能性などないに等しかった。が、百パーセントの否定はあり得ず、彼はわずか五パーセントの可能性でも夢を見たかった。

一週間が過ぎ、十日経っても郵便受けが気になったが、やはり返事は来なかった。頭ではこれで梨都子への慕《おも》いは断ち切れると考えたが、気持の底には、彼女への意思表示が出来たという気持も疼いていた。

高二になってから親しい友人が生まれた。角田《つのだ》宏一と言ったが、独学でギターを覚え、それを唯一の趣味とした。牛山を硬派とすれば、彼は軟派の方で、肩肘張るのを嫌い、正直ぶった本音を吐くところが響平には面白かった。

角田は学校の帰りなどに寄るようになり、そのうち暇を見つけては五〇ccのバイクでやって来るようになった。響平が部屋に居ない時は勝手に上がり込み、放りっぱなしの響平のギターを引っぱり出して弾いていた。話はもっぱら好きな音楽のことやテレビタレント、学校の連中が話題となった。牛山との議論のようなものは一切なかったが、角田とのあけすけなその場限りの話は、鬱積して身動き取れない響平を和ませた。

しかしそんな角田の狭小な自意識と自己本位の合理性は、彼の中で友情がどれほどのものか、問いたくなる場面が何度もあった。

彼は三日とあげずにやって来たが、牛山と出会うことはなかった。角田が来るのは平日だけでそれも夕食の頃には帰って行った。角田との親密さは日に日に増して、響平は梨都子の話も彼にするようになった。彼は響平の熱っぽさを半分からかい気味に、残りはそんな響平を羨ましげに見つめる表情を見せていた。

響平の影響もあり、妹の涼子にはユカちゃんという同級生がよく遊びに来ていた。恥ずかしがり屋ですぐ顔を赤らめたが、響平の母に言わせると、〈ユカちゃんはスタイルが良くて美人さんだから、雑誌のモデルなんかぴったりね〉が口癖だった。

妹が出掛けて居ない時など響平が出て行くと、玄関から離れた所に立ち、蚊の鳴くような声で挨拶して顔を赤らめていた。角田はそんな彼女に何度か出会ううちに関心を持ったらしく、妹さんに紹介してもらいたいなあ、と漏らした。妹にそれを言うと「ユカちゃんはあんまり自分より背の低い人には興味がないみたい」それっきりだった。

響平と二つ違いの妹は父親似の生真面目な性格で、小学生の頃は店で消しゴム一つ買えず、登校の際に響平が買ってやるほどで、中学生になり部活に積極的に参加するようになってから性格も変わってきた。母の手伝いをしながら台所でよく喋っていたが、響平が風呂から上がって着替えていると、

——中野さん、家に帰って来ているみたいね。昨日も坂の自転車屋の所で、中学時代の同級生と話していたけど……。

妹が梨都子の話をしだした。響平は思わず問い掛けた。

——その同級生って誰だい。男?

——そうよ、新藤さんよ。ほら陸上で鳴らした。あの二人、お祭りの日も一緒に歩いているのをユカちゃんと見たわ。新藤さんスポーツマンだから、あの二人お似合いよ。あら、お兄ちゃん、中野さんに興味があるの?

——バカ、そんなんじゃないんだ。この辺じゃ目立つ子だったから。

思わず声に力が入ったが、そのまま食卓に着くとテレビを見やりながら響平は茫然としていた。あの祭りの日、駅前での輝くような梨都子の姿が一瞬浮かんだ。牛山と二人で彼女を追い掛けたが、もし自分が声を掛けたとして、どんな返事が返って来ただろう。彼女はあの時、帰宅せずに新藤との待ち合わせ場所へ行ったのかもしれないと思ったからだ。

響平はなんとか一膳食べ終わると、夕刊をしばらく眺めてから自分の部屋へ引きあげた。これで梨都子への慕いも断ち切れる。すべてが終わったのだ。彼は虚脱状態にあったのか、体の芯に力が入らず畳の上へ寝ころんでいた。哀しいとか悔しいといった感情は不思議に湧いてこずに、ただ涙だけがポロポロ流れた。そして今度の日曜あたり一人で丹沢に登って来ようと思った。響平は叔父に連絡を取り、その日の学習を休ませてもらった。親には友達三人で丹沢登山して来ると嘘を言って、早朝の六時前には家を出た。通常のルートは飽きていたので、駅前から一番バスに乗り、菩提原で下車してから二ノ塔をめざした。急坂で道幅はなく、地元の者のみ知るルートで、表示板など一切見られない。けれども紅葉の始まった裾野近辺には猪の出没が考えられた。去年も菩提原のバス亭で猪に襲われたとの新聞記事を見ていた。登り始めてそれに気がつき、そま道を抜け出るまでは、かなり神経をはらい冷や汗をかいた。仕方なく太そうな枯れ枝を拾い、振り回しては小笹や灌木を叩きながら進んだ。それを抜けるとあとは山肌を登って行く単純なルートで、眺めはすこぶる良かった。

なんとか無事に中継点へ辿り着いた。秋晴れの眼下に広がる町はすがすがしく、ぼんやり遠くを見渡していると、いつの間にか緑の屋根を探している自分に呆れた。そして二ノ塔へ登りきると通常のルートへ入る。そこから三ノ塔へ向かい塔ヶ岳をめざすのが一般に丹沢表尾根コースである。

響平はあまり休みを取らず、かといって急ぎもせず黙々と自分のペースで歩いた。友人たちと登る時は、適当に休憩を入れ、冗談を言い合いながら登っていたが、一人であるため遊びがなかった。それだけに登るのに精いっぱい集中して、何かを考える余裕がないのが嬉しかった。

休んでいる若い女性の三人組に出会った。

——今日は。

と挨拶すると、やさしい挨拶が返ってきて、チョッキ姿の一人が、

——早いのね、一人？

と声を掛けられた。響平が肯くと、

——若さにはかなわないわね。

もう一人が言った。

——あら、あなたお歳なの？

チョッキ姿の女性に言われていた。

追い抜いてから三、四十分ぐらい行った所で、響平は休憩を入れた。吹き上げて来る風の冷たさが体の汗を冷やして心地好く、リュックからチョコレートや蜜柑を取り出して食べた。久しぶりにすべてから解放されているような気分に、〈生きているって、こういうことなんだ〉そんな言葉が口をついて出ると、急に込み上げて来て涙腺が緩んだ。

さきほどの三人組が追いついて来た。彼女たちは響平の休んでいるのを見て「私たちも休まない」と言って、三人は近くの岩場へ腰掛けた。めいめいが水筒の水を飲んだり

飴をなめたりして、その内の一人が響平と同じように、

——ちょうどいい風ね。気持いいわ。

と呟いた。するとチョッキ姿の彼女が、

——一人で来るなんて山好きなのね？

と、響平に訊いてきた。

——この山の下の秦野生まれですから。

——あら、そうなの。それじゃあ何時でも来れるわね。大学生なの？

——高二です。急に山へ登りたくなって来ちゃいました。

するとセーターを脱いでチェックのシャツになっていたもう一人が、

——私の一番下の弟も高二よ。あなた落ち着いているわね。

——サキちゃんの弟だったら、まだヤンチャなんでしょう。だからよ……。高二か、一番いい時ね。私、高校時代が一番楽しかったな。

赤い登山帽の彼女はそう言うと、頬笑みながら笑くぼを浮かべ、空を仰いだ。

——チコは好きな人いたからでしょう。

チョッキの彼女が言った。

——そんなんじゃなくて、ただ漠然とした感じでよ。

十分休むつもりが二十分になっていた。響平が腰を上げると、彼女たちもリュックを背負い出して一緒に行くことになった。なだらかな尾根を行く時の彼女たちの屈託のない話し声。それは響平を陽気にさせた。クラスにも女性徒が五、六名いたが、用事がない限り話をしないのが通常で、まして若い年上の女性との距離を置かない会話など初めてと言ってよかった。三人とは歳が五つ六つ違っていたこともあり、響平は弟分の扱いとなって、烏尾山での昼食の時は、菓子パンしか持って来なかった響平に、彼女たちはいろいろなものを分けてくれた。中でも赤い帽子のチコと呼ばれる彼女は、笑窪が印象的で、何かと世話を焼いてきて、写真も撮ってくれた。

訊くところでは、彼女たちは短大時代のコーラス部の仲間で、休暇を取り合わせて旅行や登山をしていると言う。響平は休憩が長すぎたのも忘れるほど、幸せな気分に浸っていた。登り坂では声を掛け合いながら、平坦な場に出れば、誰となく彼女等は歌い出して、その歌声は出会うハイカーたちに笑顔で迎えられた。

ガレ場に差し掛かっていた。大小の岩石だらけのその道は、道の両側が急斜面で、危険のため二十メートルの鎖場となっている。響平は先頭に立ち、急坂を下りながら後に続く彼女たちを見守った。彼女たちのはしゃぐ黄色い声が辺りを賑わしていたが、一瞬悲鳴に変わった。チコちゃんが鎖に気を取られ、不安定な岩石を踏み外して左膝をぶつけていた。彼女は鎖を握ったまま座り込んで泣きそうな顔をしている。すぐに響平は彼女の方へ登って行くと、ズボンの上から打撲の箇所に手を当ててみた。彼女は痛がったが骨には異常がなさそうなので、彼女のリュックを響平が持ち、チョッキの彼女が手を貸して鎖場をなんとか下りた。

――チコ、大丈夫。歩けるの？

二人の心配顔に、彼女はすまなそうな顔をして、

――ごめん。ドジッチャッテ、いつもあたしこうなんだから。

チョッキの彼女が、チコちゃんを石の上に座らせズボンを上げさせると、打撲の箇所を丹念に見て、

――大丈夫みたい。少し休んだら痛みもひくわ。

響平は腰に下げていたタオルに水筒の水を掛けゆるく絞ると、

――打撲は冷やすのが一番ですから。

とその箇所へ当ててやった。

――ありがとう。大事な水筒の水使わしちゃって……。

チコちゃんは笑顔になっていた。痛みが退いたところで、彼女のリュックを響平が持つということで出発した。チコちゃんは響平の前になり後ろになりながら、いろいろ話

し掛けてきた。そんな会話に響平の体の疲れは嘘のように消え、じめじめした胸の奥へ、ゆったりと陽が差し込んでいるような気持の高ぶりを覚えた。ふと頭の隅でも、話したこともない梨都子がどういう気質の女性なのか考えていた。そうして彼は左足を庇って登るチコちゃんの手を、時折取ってやりながら、柔くてやさしい手の感触に感動し、塔ヶ岳への道のりがこのままずっと続けばよいと思った。

響平たちの会話に、もっぱら聞き役になっていた彼女らから、休憩の声が掛かった。彼女たちは今日塔ヶ岳から丹沢山で一泊して、明日、丹沢で一番高い蛭《ひる》ヶ岳へ登る、とのことだった。響平は塔ヶ岳からバカ尾根を下り大倉へ出る日帰りコースなので、塔ヶ岳で別れざるをえなかった。

塔ヶ岳へ着いたのは三時には少し間があったが、予定よりは一時間遅れた。山小屋へ入って、チコちゃんが買ってくれたサイダーを響平は一気に飲み干した。チコちゃんは笑窪をいっぱいに浮かべ、

——いつか大学生になった響平君に会いたいな。どんなになってるだろう？

と言った。響平は彼女の目の奥に深い意味を感じ取ろうとした。

チェックのシャツの彼女が例によって記念写真を撮った。別れ際には、写真を送ってくれるとのことで、響平は住所を教え、後も振り返らずに塔ヶ岳から駆け下りて行った。

＊　＊　＊

二学期の中間考査が終わった日だった。担任が帰りのホームルームで伝達を終えると、

——試験が終わったから、今日から掃除をやって帰る。それで、先週の日直日誌に芝田は二回も掃除当番をサボって帰ったと書いてあった。だから今日から一週間、一人で掃除をやってもらうから。芝田、終わったら職員室へ報告に来るんだ。

芝田は無口だが喧嘩っぱやく、クラスの多くは彼を敬遠した。響平も彼の目つきは近寄り難く、話もしたことがなかったが、たまたま試験に入る二、三日前、彼の奇妙な行動を目にした。毎日クラスの大半の者が注文する牛乳の空き瓶を、芝田が整理していたのである。たしかにその日は、木箱の外にまで散らばってはいたが、彼は日直でもなく、誰かの目を意識しての行為には思えなかった。芝田にあんな一面があったとは、と響平は忘れられずにいたから、そのことを担任に告げたくなった。ホームルームを終え教室から出た担任を追いかけて、響平はその話をした。すると担任は、

——そうか、へえー、耕一がね。分かった。

にっと笑って行ってしまった。そのせいか芝田の掃除が三日間に減った。

それからしばらくしての放課後のこと、響平がトイレから戻って来ると、廊下の窓ぎ

わに芝田が一人立っていて、彼に呼び止められた。

——伊河、お前四組の連中に狙われているぞ。気をつけろ。じゃあな、借りは返したぜ。

芝田はくずれた中身の入っていないカバンを小脇に挟んで行ってしまった。響平には狙われる理由が解らなかった。気をつけろと言われても、どうしてよいのか。それよりも、芝田の借りを返したという律儀さが新鮮に響いて、彼の男気が心に残った。自転車での帰り道、その男気のことでは中学時代忘れられない思い出があった。

中学二年になりひと月もした頃だったか、別のクラスへ東京からの転校生があった。西田とか言ったその生徒は、実際には二年上だったが、前に在籍した学校でも、そこの校長を殴って退学となり、この中学へ転校して来たという札付きだった。それだけに学年では注目の的になった。

ところが彼の風貌は決して野卑ではなく都会的で、それとなく見ていると、威張るふうでもなく、いたって自然な振る舞いに見えた。響平はトイレなどでよく彼に出会ったりしたが、順番に並び、顔が合うと笑顔を見せたりした。廊下やグラウンドなどでも彼は一人でいることが多く、響平と顔が合ったりすると声を掛けてきた。

そんなことから学校からの帰り道でのこと。いきなり後ろから西田が現れて話し掛けてきた。響平は相手が西田だけに内心かなり動揺したが、彼はあたりさわりのない話をするばかりで、身構えて用心する響平は拍子抜けするほどだ。そして道が町中へ出て来ると、彼は「じゃあな」と言って別れた。その後も何回か彼と帰った。いつもたわいの無い話で、西田は自分の話より響平の話を聞きたがった。母親に西田の話をすると、

——そういう人は皆に怖がられて友だちがいなくて淋しいのよ。普通の友だちになってやったら……。

西田と帰るのを止めろとは言わなかった。母は情が深く、小学生の頃でも、雨が降り出したりすると、よく傘を持って出迎えに来てくれたが、濡れて帰る子を見つけては、響平の傘をその子に貸し与えたことが何度かあった。傘が一度戻らないことがあっても、何も言わなかった。

西田とはかなり打ち解けて話をするようになっていたが、深くは付き合わなかった。いつもの帰り道でのこと、小耳に挟んだ事が気になったので、

——クラスの連中がさ、西田君が学校の番長と勝負するって言ってたけど、それ本当？

——売られた喧嘩だから、仕方ないよ。やるしかないさ。

珍しく太々しい笑みを浮かべて、それしか応えなかった。

四、五日経っての昼休みだった。響平は校庭でいつものように三角ベースの野球をしていると、「おお、喧嘩だ、喧嘩だ」と、大勢の生徒たちが校舎から離れたグラウンドの一番奥の方へ駈けていた。響平もクラスの連中と走った。大きな人波の輪が出来て、その中に西田と三年の三人が向かい合っている。そのうち、三年の二人が後ろに退いて一対一の喧嘩が始まりそうになった。その時生徒達を掻き分けるようにして体育教師が二人割って入った。喧嘩はそれで収まってしまったが、こうした騒動はのどかな田舎の中学ではめったに起きることはなかったから、後々噂は止まず、西田はあの後校外で、三年と決闘したらしいとのことだった。響平はそのことを訊きだそうと思っていたが、いつの間にか西田を見掛けなくなった。彼のクラスの連中の話では、また別の学校へ転校させられたと言っていた。

響平は、学校の渡り鳥になっている西田の淋しい笑顔と話のはしばしに男気を意識した彼の話ぶりが忘れられず、ふっと芝田にそんな一面を重ね合わせていたのである。

その芝田の忠告は嘘ではなかった。一週間もした頃、響平は掃除当番ではなかったので、帰りのホームルームが終わると、そそくさと自転車置き場まで来た。と、四組の市谷が三人連れで響平の傍らへ寄って来た。これか、と察知したが、逃げられず、恐怖もつのったが、仕方なく三人の後について行った。四階の屋上へ出る所の隅まで行くと、後の二人が逃げ道を塞ぐように壁にもたれて立った。

──話って何だよ。

響平が切り出すと、

──二組でいい顔してんじゃねえかよ。格好つけやがって。

「………」

──ヤキ入れてやろうと思ってよ、なあ。

市谷は側の二人にあいづちを求めながら、凄んだ目つきになった。

──何でだよ。そんなことされるおぼえはないよ。

──うるせい。

と言うなり、市谷の拳が右頬へ飛んできた。

それほどのパンチではなかったが、まともに喰らった。

──何するんだよ、理由もないのに。

響平が大声を上げると後ろの二人が寄って来た。その時偶然にも屋上のドアが開いて、トレーニング姿の生徒が三人ほど顔を出した。響平はその機を逃さずに階段を駆け下りた。

それから三、四日経って、昼休みに響平は図書室へ本の返却に行った。ウィンドーケースに飾られた中央公論の『世界の文学・罪と罰』が借りられる日で、手続きを済ませると、すぐには読み出さず赤を基調にしたフランス装の美しい本の感触を味わっていた。そこへひょっこり市谷が顔を出した。

——ちょっとよ、顔貸せよ。

——何だよ、まだ用事があるのか。

——いいから、ちょっと、廊下の所でいいからよ、な。

響平は本を置いたまま席を立つと、市谷の後について行った。廊下の突き当たりの人気のない所まで来ると、彼はポケットから小さな紙束を差しだした。

——これ十枚買ってくんねぇか。

パー券だった。粗末な印刷で三百円とある。〈この前の脅しはこれを買わせる魂胆だったのか〉一瞬市谷の顔を見た。いくぶん顔が赤くなっていて、慣れたふうでもない。

響平はそれを受け取ると、

——これ担任の所へ持って行って、恐喝されているって言うから。

——馬鹿やろう、ふざけんな。

市谷は響平の手からパー券を引ったくると、ポケットへ突っ込んで行ってしまった。

市谷の絡みはそれっきりだった。

＊　＊　＊

丹沢で出会った赤い登山帽のチコちゃんのことが時々思い出された。梨都子を通してしか女性を意識出来なかった響平の中に、大人の女性としての魅力を植え付けられたことは確かだった。あれから響平は妙な自信がついた気がした。女性だからといって臆する必要はないということ、快活に突き進めばいいんだ。そう思うようになった。

心待ちにしていた丹沢での手紙と写真が届いた。でもそれはチコちゃんからのものではなく、手紙に五枚の写真が添えられていた。響平はチコちゃんへの思い入れが強かっただけに落胆したが、それでも写真に写った自分が本当に楽しそうで、どれもが自然に湧き出た笑顔に見えた。便箋一枚の手紙にはチコちゃんから、「大学受験頑張って下さい。いつか又、丹沢でお会い出来る日があるといいですね。その時はどんな響平君になっているか楽しみです」

と言づけがあってその後に、チコは来春挙式のため花嫁修業に頑張っています、と付記があった。

〈こんなものさ、人生って奴は〉響平は日記に書きつけた。ついこの間の心ときめいた思い出も、遠い昔の出来事のように霞んでいた。

角田が、日曜の午後に五〇ccのバイクに乗ってぶらっとやって来た。その日響平は屋根の張り替えで、やかましさに堪えきれず昼食の後、川土手の斜面で、図書室で借りた『罪と罰』を読んでいた。角田はたいした話もなく退屈を感じてか、二、三十分すると帰り際に、

——ああ、そう言えば梨都ちゃんに来る時会ったぜ。今日、花火が上がっていたけど、市民大会だろう。彼女見に行ったんじゃないか？

彼のからかいかとも思い、響平は聞き流していたが、角田が帰ってから、ふつふつと湧き上がる思いに動揺した。梨都子が付き合っているとか言う新藤は、陸上で鳴らした選手で市民大会はまさに彼の活躍の場だ。彼女は応援に出掛けたのかもしれない。でも、もう関係ないんだ。響平はそう自分に言い聞かせながら本を読み続けたが、ラスコーリニコフの心理の輻輳《ふくそう》を執拗に描き出す場面でもあって、集中力を失うと意味不明となり、本を閉じた。ラスコーリニコフの虐げられた生活。その思念の苦闘はまるで自分に乗り移った感があり、しばらく土手を行ったり来たりした。彼女が新藤と寄り添って市民大会を眺めている場面が浮かんだ。梨都子が声をからして応援する顔を想像すると、猛烈な嫉妬《ジェラシー》が湧き上がった。響平は居たたまれなくなっていた。家へ戻ると自転車に乗り、市民大会が行われている小学校へ向かった。

ペダルをこぎながら自分の意志の弱さを呪った。途中で自転車をターンさせて帰ろうかとも思ったが、映画館の前を通り越し小学校の近くまで来た。なんとこちらへ向かって来たのは、赤ん坊を背負った梨都子だ。響平は一瞬顔を合わせたが、通り過ぎた。しかしこのまま行ってしまえば、またいつものパターンで苦しむのは分かっている。そう思ったら破れかぶれの気持になった。自転車を大きくターンさせ戻ることにした。ペダルを夢中でこいで行くと、梨都子の後ろ姿が見えてきた。近づくと自転車から下りて、

——中野さん。と声を掛けた。

——はい。

はっきりとした声で応えた彼女の顔に汗がにじんでいる。響平は激しい動悸を感じながら声を押し殺して、

——私と一日会ってくれませんか？

彼女と初めて口を利く身なのに、何の挨拶も自己紹介もせず単刀直入に切り込んだ。

——私の家は秦野ではないので、なかなか時間は取れませんし、それに私頭が悪いからもっと勉強しないと……。

——そうですか、一時間でもいいんですが、無理ですか？

——ごめんなさい。

梨都子は軽く頭を下げた。

響平は断られたショックを感じるよりも、梨都子と話しながら歩いている事実に酔った。彼女の応対にも嫌みがなかった。ただ彼女と歩調を合わせ自転車を引いて歩く感覚が、緊張のあまり彼女の側へ倒れそうな不安に苛まれた。それでもこの時とばかりに意力を傾け、

――あのお、前にあなたに手紙を出したんですが、読んでくれましたか？

――はい、でもどなたか解りませんでしたから。

その一言にはとどめを差された、と響平思った。

――そうでしたか……。それじゃあ。

響平はどうにも居たたまれずに、自転車へ跨るとその場を去った。

響平は庭へ自転車を止めると、興奮し切った顔で家へは入りたくなかった。いつもと違う山の方へ散歩に出た。

しかし日が経つにつれ完膚無きまでの衝撃は、しばらくの間響平を鬱状態にした。机に向かう気力がなく『罪と罰』を読む日々に明け暮れ、その強烈な作品世界は現実逃避にはもってこいの内容だった。

ラスコーリニコフの社会から断絶した貧苦とニヒリズムによる孤独。それは今の響平

に当てはまったし、ラスコーリニコフの選民意識からの優越感情を響平は否定出来ずにいた。まるでラスコーリニコフになったつもりで、彼は社会悪と感じる金貸し老婆殺害の興奮に浸り、自分を取り巻く絶対的価値観のようなものまでも否定すべく、必死にそれに立ち向かいたい衝動に駆られた。けれどもラスコーリニコフの行為と現実は、ようやく響平に冷静さを取り戻させたが、汚れを知らぬ娼婦ソーニャには、終始梨都子のイメージを重ね合わしていた。

学校でも昼休みになると響平は、その本を図書室に持ち込んだ。読んでいると、角田が顔を出した。

――パンを買いに行って戻って来たら教室に居なかったから、ここかと思って……。

――ああ、一昨日だか家へ来たんだって？　親父に頼まれて親戚の家へ届け物を持って行ってたから。

響平は本を閉じると席を立った。周囲の一人机にはかなりの生徒が頭を傾け机に向かっている。廊下に出てから階段を下ると裏庭の方へ出た。

――ここんとこ元気ないけど何かあったのかい。又、リツちゃんのことだろう。

角田は探るような目つきで浅黒い大きな顔を向けてきた。

――まあな、そんなとこだよ。

――又、レターでも出したか？

――うー、レターじゃなくて本人と話したよ。

――へー、何時会ったんだよ。最近かい？

――この間お前が来た時、アイツに会ったと言うから、あの後学校へ行こうとしたら、途中で出会ったからさ。

――ええ、本当にか……。あれ嘘だったんだよ。そうか。だけど会えたんだから良かっただろう。

響平は唖然とした。〈こいつは真剣な俺の気持をどう考えているんだ。あれだけしょっちゅうやって来ていながら、からかいやがって〉

響平は話す気もなくなり、遠くでキャッチボールしている方へ目を向けていた。

――それで又振られたのか？

「………」

――だけど伊河のエネルギーだけは見上げたもんだよ。俺なんかとっくの昔に諦めて、他のを探しているよ。

――そうだろうな、お前との個性の違いだ。俺、図書室へ戻るから。

響平は角田を振り切るようにその場から去った。

そのことがあってか、しばらく角田は家に来なかった。

日記はここで中断してしまっている。が、年末の最後のページには、一年を回顧した文が一ページ半にわたって書かれている。

それによれば秋も深まった頃、梨都子が乳母車を引きながら姉の子をあやしていたのに出会っている。自転車の響平とすれ違ったのだが、彼女は赤子の方に顔を向けたままだった。

Ⅳ　氷原の火

昭和三十八年の年が明け大学受験となった。響平は文学部受験が就職に不利なことはよく聞かされていたが、学部の変更など考えられなかった。それに文学の道に進むには四年間の時間が必要だとも考えた。なかでも仏文科に絞ったのは、読みだしていた小林秀雄やフランスの詩人に憧れていたからで、有名私大の文学部を四校受験することになった。が、案の定すべて不合格だった。試験に臨んで可能性が感じられたのは一校のみで、あとは力の差を思い知らされた。

牛山は司法試験をめざして、それに有利な大学を何校か受けていたが、やはり駄目で、角田は憧れる学習院大学だけに絞り、学部ごとに受験したが、彼も失敗に終わった。

三人ともまったくの自信喪失と、浪人という孤独な重圧感を意識して、お茶ノ水駅に近い同じ予備校を選択した。

予備校は秦野から一時間半かけて通う。すべて自主的に取り組み、個々人の資質勝負というより、努力以上に忍耐が要求された。怠ればただ一人、誰からも見離され脱落して行くのである。

響平の性格上、目を光らす担任のような存在がないことは気に入ったが、それが本当にプラスに働くかどうかは別問題だった。

そして三者三様のこの予備校通いは、歩調が合ったのは始まった一ヵ月で、それから受験まではそれぞれが思いのままの道を歩んだ。受験コースも異なっていたし、浪人としての背負う重圧感は一律であっても、牛山のように七人兄弟で彼のみ受験浪人の家庭環境と、響平の我が儘が通せるそれとの違いがあったかもしれない。

予備校内の実力テストや模擬試験の結果は月に一度発表された。牛山は徐々に上位に顔を出すようになり、角田は中ほどで、響平はそれより劣った。

響平は一ヵ月、二ヵ月と通ううちに目的への充実感が持てず、単調過ぎる生活でのストレスばかりが意識された。教科の空き時間には自習室へ行かず、屋上へ出て、ぼんやりニコライ堂の方を眺めていた。

授業が早く終わる土曜日の午後は、駿河台下の神保町まで足をのばすと古本屋をぶらつき、小遣いに余裕があれば、中古のレコード屋で安価なクラシックの洋盤を漁った。そしてスカスカになっている心の刺激には詩を書くことだった。今まで書いた詩にも手入れをして、ノートに「森の弦楽」と記した一冊の詩集を作った。川土手や山野を歩いて感傷に耽った詩が多かった。

秋を抱擁する

山や林が見つめてくる
熟れた秋の息づかいは
足もとから僕を染めて
秋は僕を抱擁する

このひと時を色鮮やかに燃えているのは
カシワやカエデ、ウルシやハゼ
この年でしか生みだしえない色を

木々が秘める自我として主張する
もはや光を奪われた林の中では
落下する音が聞こえる
一年かけたクヌギの実が
忘れてたかのように土へ返されるのだ

そして立ち尽くす僕は秋のなかへ
もっと秋のなかへ
木々のたくましい枝となり
僕は秋を抱擁する

その日は朝から腹具合がおかしく、左脇腹下に時々鈍痛がした。午後の日本史の授業を終えると古典は受講せず予備校を出た。新宿駅から座って、本を開いていたのも束の間、そのまま寝てしまった。目が覚めると本厚木駅に来ていた。乗客は少なくなり、つり革を握る人はまばらである。響平は何気なく正面の座席を見た。瞬間声を漏らすほど驚いた。梨都子が座っていたのだ。一瞬彼女の方が先にお辞儀をした。響平はつられるように返したが、あまりの偶然に彼は、平静さを取り戻すまで宙に浮いた心地だった。梨都子はポニーテールの髪型で、白のブラウスに地味なジャケットを着た服装で、目を閉じていることが多かった。

大秦野駅へ着くと、響平は彼女に遅れてドアから出た。梨都子に話し掛ける余裕などあらばこそ、その愛おしさにがんじ搦めになって、後ろ姿だけを見つめて歩いた。そして彼女の緊張仕切った歩き方に別れを告げ、帰宅してからも、氷原で火を見つけたごとく興奮は覚めやらず、車内での挨拶を幾度も反芻しながら〈梨都子はまだ高三なんだ〉と呟いていた。

予備校の講師にも教え方には様々に個性がある。笑いの絶えない話術巧みな授業は人気があった。その教室はいつも満席だが、授業中その講師のジョークによく応える学生がいた。響平は中ほどの席に居て、その生徒を皮肉っぽく見つめたが、カバンを振りながら校内を闊歩して歩く彼を、だんだんユーモラスに見つめるようになった。

五月の模擬試験の結果が張り出された。事務所近くの廊下に多くの生徒が集まりどよめきが起きたが、響平もその中にいた。すると後方から、

——ガツガツしない。これですべてが決まるわけじゃないし、人生は長い。

大口を叩く声がした。振り向くと例の彼だった。響平のにやりと笑った顔に反応してか、

――そうだろう、そうだろう。

と言って、響平に笑い掛けてきた。彼もしばらく張り紙を見ていたが、右手に持ったカバンを大きく振りながら行ってしまった。響平がその彼と友達になったのはそれからまもなくのことで、午後から降りだした雨が本降りとなり、響平がホールの出口で躊躇していたところ、後ろから例の彼に声を掛けられた。

――どう、そこまで入って行くかい？

――いいですか、申し訳ない。助かります。

響平は頭を下げて、一緒にお茶ノ水駅へ向かった。傘の中でもその彼はよく喋る男で、響平は相づちを打ちながら聞いていた。駅へ近づくと、

――お茶でもどう、一杯飲んで行かない？

彼が誘ってきた。響平は快く応じた。お茶ノ水駅前の喫茶店へ入るのは初めてで、「蘭《らん》」と大きなネオンサインが出ている。その四階建ての豪華な造りは、響平の秦野の駅前の喫茶店とはまるで雰囲気が違っていた。

彼は四人掛けのテーブルへ着くと、大原勇作と名乗り握手を求めてきた。大人びた顔

のわりに、人懐っこい笑顔が印象的で、響平の気持はほぐれた。大原は宇佐見の出身で、父親の死後、母親が不動産屋の親父と結婚して、今はその親父に学資を出して貰っているると、一気に捲し立てた。響平は彼の冗舌さが嘘や冗談を挟まない正直な気性によるものので、どこか自分に似たものを嗅ぎつけていた。二人はついつい長居して喫茶店を出た頃には、雨は止んで街の灯が華やいでいた。

大原と別れて車窓に映る自分の顔を見ていると、

〈浪人するからには孤独をバネにするくらいじゃなきゃあ、結果は出せない〉叔父の言葉が浮かんだ。どうも自分は人と逆行する生き方をしてしまう。苦しみを背負うのが判っていながら……。響平は心の裡で呟いていた。

授業の空き時間などに響平は大原とよく顔を合わせた。帰りも一緒になり、彼に勧められ煙草も吸い出した。土曜日などは喫茶店を出てから、誘われるままに居酒屋へも入った。大原は高校時代から義父の不動産業の手伝いをさせられ、大人の遊びを身につけていた。酒の飲みっぷりは板に付いている。響平もビールだけでなく、勧められれば盃を乾した。酒は嫌いではなく、父親の晩酌に付き合ったり、親戚の法事や祭りなどでも飲んでいた。こうした居酒屋での体験は、小説やエッセイで知る大人の世界へ入り込んだような気分になったが、背伸びしている自分が滑稽に思え、それも酔いが廻るにつれ、久し振りの開放感に〈後悔はあとでするから。これは手のひら一杯の幸せなんだ〉トイレで自分に言い聞かせていた。

大原にはもう一人花田という予備校の友人が居た。栃木の中学の校長の息子だと、彼から紹介された。演劇好きで芸術科を目指していたが、呑気で屈託のない性格だった。その二人は浅草へ出掛けてストリップを見たり、駿河台下にある人生劇場というパチンコ屋へもよく出掛けているようだった。響平もパチンコに誘われたが、あの騒音の中で立ち続けるゲームの単調さには閉口した。もともと響平はギャンブルを好まなかった。金銭が絡む勝ち負けには、パチンコだけでなく醜い感情はつきものだし、負けを忘れるのに時間を必要とした。

そんな頃、自宅で小犬を飼うことになった。父が仲人した関本の若夫婦からスピッツが四匹生まれたので一匹どうですか、と話があり、妹が大喜びで家の中で飼い始めた。牝のスピッツで生後四ヵ月だったが、毛足が長く黒いつぶらな眼は、人間ならさしずめ美少女と言えるかもしれない。ところが響平が散歩へよく連れ出すのですっかりなついてしまい、彼の部屋に常に居たがった。

その日は土曜日で、両親は松田の弟の家の祭りに招かれ朝から出掛けていた。妹は昨日、体育の時間に捻挫してしまい、近くの接骨医へ出掛けた。

響平は一人遅い朝食をすませ机に向かっていると、側で寝ていたはずのメリーが出て吠えている。玄関へ出て行くと、妹の友人のユカちゃんだった。久し振りに見る彼女は、希望の私立高へ入ったと聞いていたが、少女っぽさが抜け挨拶も大人びている。妹の捻挫の話をするとユカちゃんは知っていいてそれで来たらしい。待ってもらうことにして、増築してまだ日が浅い洋間へ彼女を招じ入れた。メリーもついて来たので、響平は退屈しのぎと思い、ユカちゃんに犬を見せると、手慣れた扱いにメリーがはしゃぐ。ユカちゃんの話では二匹も飼っているらしい。妹が飼いたがったのは彼女の影響だったのかと響平は思いながら、ユカちゃんのメリーをあやす一面が何とも初々しく、その場を去りがたくなった。ユカちゃんはそんな彼の目を気にもせずに、たわいない話に応じていたが、会話が途切れがちになり、響平は部屋から出ようとした。ドアを開けるとメリーも飛んで来たので、響平は摑まえると、

——お前はここに居なさい。

と言って抱き寄せてから、彼女に渡そうとした。ユカちゃんも立ち上がってメリーを受け取ろうとする。その時響平の腕が彼女の胸の脹らみを強く圧した。ユカちゃんは耳を赤く染め、顔を伏せかげんにしたが、響平は自分の体を彼女の体にぶつけ、ドアに押しつけた。メリーが邪魔だったので彼女から犬を抱き取ろうとした。が、彼女は離そう

としない。響平は両手でユカちゃんの顔を仰向けにさせると、そのまま唇を合わせた。何秒過ぎたか、互いに目をつぶってしまっていた。ユカちゃんの顔を押さえていた響平の手が離れ、右手が彼女の腿に触れた瞬間、ユカちゃんは激しく体を振って、響平から離れた。響平はそのまま部屋から出て行った。

性欲に滾《たぎ》る体を響平は持て余す時期が来ていた。受験からのストレスや、梨都子への愛の渇きから心の滓《おり》のようなものがいっぱいに淀んでいたからだ。

けれど彼にとって不思議なのは、梨都子が自瀆《じとく》の対象にならなかったことである。彼の求愛は、梨都子の心象へ向かうばかりで彼女の肉体は二の次だった。響平は彼女の胸の脹らみに目を向けたこともなかったし、腰や脚の線すら、あれほど後ろ姿を見つめて歩きながら思い浮かばなかった。その代わり刹那的な性愛へ、言わばコケットリーな女性に深く関心を抱くようになった。

そんな情況からか、響平には予備校での時間が遅々として進まず、受験意識は低下していた。だから週に二、三度教室で牛山や角田と顔を合わす時間があっても、それすら響平は避けるようになった。もっぱら大原と花田を探し、「蘭」のモーニングサービスへ出掛けたりした。

喫茶店は十時に開いた。三人が座る場所は、決まって四階の客があまり来ない席である。三人が干渉されるのを嫌うのは当然の心理だが、もう一つには、注文を取りに来るウェートレスとの会話が楽しみだった。彼女たちも客の目が無いのをいいことに、かなりの無駄口を利き相手をしてくれた。四階の担当は二人のウェートレスが交替で来た。響平たちの目当てのウェートレスは、いつも派手な色のツーピースでスタイル自慢の、よく笑う女だった。通ううちに決まって彼女が注文を取りに来る。大原はすぐには注文に応じず、冗談を飛ばして彼女をからかう。彼女も可愛い笑顔で、かなりあけすけに応じてきた。出身は岩手で専門学校に通いながら、言葉の訛りを消すのに苦労したとか、就職したけどそこは安くて辞めちゃったとか、笑顔混じりに話してゆく。彼女は店ではカヨちゃんと呼ばれ、歳は二十八だと言った。

梅雨の走りとも言える雨は夜半から本降りになり、響平が出掛ける頃には雨は止み始めていた。一時間目のその授業は欠席したくなかったので駅まで小走りになったが、乗り遅れた。

予備校の玄関を入ると、三十五分の遅刻である。その授業に後方のドアから入る気がせず、自習室の側の廊下で煙草を吸いながら、雨に濡れた歩道を見ていた。

一時限の終了のチャイムで教室へ行くと、角田に出会ったが、大原や花田の姿はない。小雨がまた降り出していたが、響平は一人「蘭」に向かった。四階へ上がると、

——今日は一人なの？

カヨちゃんに言われた。

——遅刻しちゃって出たい授業に出られなかったから、気が抜けてさ。

——いいわね。スネっかじりの学生さんは。それですむんだから。

「………」

彼女は響平たちを浪人生とは知らずに、明治か中央の学生と見ていた。響平はいつもツイードのブレザーに黒のポロシャツを着て、学生服は着ていなかった。大原もグレーのブレザーが多く、花田はセーター姿だった。

響平は取り出した煙草に火をつけるとコーヒーを注文しながら、

——カヨちゃんは本当はどこに住んでるの？

と訊いた。前回来た時、大原が彼女のアパートへ遊びに行っていいかと、からかったものだから、彼女は適当にその場所を応えていた。

——あら、この前言ったことまだ気にしてたの……。小川町よ。ここから歩いて十二、三分の所。興味あるの？　汚いアパートよ。見たって何も無いから。

彼女の素っ気ない顔に、響平は半分むきになって言った。

——アパートが見たいんじゃないんだ。カヨちゃんがどんな生活してるか、そこが興味さ。女の部屋って言うやつかな。

——いっぱしなこと言って、今、大学何年だっけ？

——いいじゃないか、何年でも。それより……。

——あっ、いらっしゃいませ。

その時中年のカップルが入って来た。

——あとでね。

そう言うと、彼女は階段を降りて行った。

三十分は過ぎたが、大原や花田は現れない。カヨちゃんが水差しのボトルを持って上がって来た。コップへ注ぎながら響平に近づくと、

——本当に来るつもりあるの？

響平の顔を見つめながら言った。彼が肯くと、折りたたんだ用紙を彼女はそっと置いて、奥の客の方へ行った。

メモ用紙には「水、木は遅番だから金曜の五時半、お茶ノ水駅北口」と書かれている。カヨちゃんの思いがけない出方に、響平は興奮した。誘って受け入れられた喜びがじんわりと心の裡を満たし、予備校へ勇んで戻った。

その日帰宅すると妹からこんなことを聞いた。

——ユカちゃんに最近会うと、よくお兄ちゃんのことを訊かれるんだけど、お兄ちゃん何かあったの？

——お前が捻挫で居なかった時、ちょっと話をしたからじゃないか。

響平は軽く受け流しながら、顔も上げずに新聞を読んでいた。

——そうなの？　ユカちゃん、お兄ちゃんに気があるみたい。

夕食の支度をしている母親が口を入れた。

——涼子、変なこと言っちゃあダメ。お兄ちゃんはいま大事な時なんだから。

——あら、哀れな浪人生には刺激だって必要よ。あんまり元気なさそうだから。

——何言ってんの。お小遣いばかり使って。元気がないどころか、お父さん心配してたわ……。響平、学校の成績どうなの？　昇もこの間電話して来て言ってたけど？

——まああだよ。そう思うようにいったら誰もが入りたい所へ入っちゃうよ。それより、ユカちゃんこの前見たら大人っぽくなって、今度家に来たら、デートにでも誘うか。

——バカね、すぐその気になるんだからお兄ちゃんは。でも、ユカにその話してみようかしら。どんな顔するか、フフフ。

——バカ、やめとけ。冗談真に受けて……。それより親父さんは今日、どこへ出掛けたんだっけ？

台所の方に声を掛けた。

――問屋の招待で熱海よ。平塚の柏木さんも一緒だって。あのおじさん遊び好きだってお父さん言ってたから、二次会、三次会よ。

妹が言った。

――今夜はそれじゃあ、芸者をあげてどんちゃん騒ぎだな。

――お母さん、心配？

――バカねこの子は。お父さんは堅い人だから、今までそんなことで心配なんかしたことない人よ。

――そうでしょ、そうでしょ。親の反対押し切って、熱い恋愛で一緒になったお二人さんだから。

――熱い恋愛だなんてどうして言えるんだよ、涼子。軍需工場の上司の誘いに、ついついオフクロが乗ったというだけだろう。

――あら、お兄ちゃん知らないの。お父さんは会社が終わると、必ず待っててお母さんを家まで送って帰ったんだって。戦時中のあの時代によ。人目だってある中をよ。二人の勇気に私感心するわ。そうでしょう。

母親は前掛けで手を拭きながら笑顔を浮かべて、

——涼子はまたおかしな話を引っ張り出して。お父さん今ごろクシャミしてるわ、きっと。ねぇーメリー。

夕食を終えてから響平はいつもなら茶の間で過ごす時間だが、メリーをからかいながら外へ連れ出した。生暖かい風が吹いて星一つ見えない。暗闇を歩き出すと、足下で白い毛足が何かの生き物のようにまとわりついてくる。メリーを抱き上げると田圃道の方へ出た。

いつもと違う自分だ、と響平は思った。梨都子によって剔《えぐ》られ続けた風穴が塞がっているような、虚無の風も突き上げて来ない。心に張りがある。二人の女性に対して、まだ一歩も踏み出していないのに、こんなにも自分の気持が変化するとは……。今までの梨都子への執着がどんなに自分を貶めてしまっていたのか、と深いため息を吐いたものの、だけど梨都子を恋したことで、たとえ自分の人生まで変えてしまったとしても後悔だけはしたくない、と響平は思った。

彼は闇に仁王立ちしている自分が愛おしかった。込み上げて来るおもいが鎮まってくると、響平は、ユカでもカヨでも二人のどちらかがこの苦しみから解放してくれるなら、と思った。けれども、ユカは梨都子の対角として、どこまで真面目に愛せるか自信がなかった。梨都子を意識する限り、自分はユカへの欲望だけが先走って彼女を傷つけ、別の苦しみを背負うことになるだろう。それならカヨはどうだ。大人の女ゆえにこちらが欲望だけでぶつかっていっても、彼女なら若さの過ちで済まされるかもしれない。それに、俺は大原と違ってまだ女を知らないし、カヨは格好の女になってくれるような気がした。

金曜日が来た。響平は父親に黙って洋服ダンスからネクタイを一本取り出すと、カバンに仕舞い込んで家を出た。

予備校での朝からの授業は、響平にとっていつになく充実していた。この日は大原や花田の執拗な誘いも断り、午後の英作文や古典の授業も受けた。それから自習室で五時を過ぎると、トイレでネクタイを締め、お茶ノ水駅の北口へ向かった。

カヨは二十分遅れた。響平は喫茶店の派手な服装を意識していたせいか、彼女が地味な服装で現れた時は、落胆とはいかないまでも複雑な気持で迎えた。交わす言葉もあまりなく、二人でニコライ堂の坂を下りはじめた。響平はこのまま小川町の彼女のアパートへ向かうものと思っていたが、彼女は靖国通りへ出ると右に曲がり、神保町の路地へ入るとレトロ調の店へ響平を案内した。天井の低い狭い店内の二階の席へ着くと、カヨは明るい笑顔を浮かべて言った。

――響平ちゃんは彼女いないの？

――うん、いない。

響平はうつむき加減にコップへ注がれたビールをゴクリと飲んだ。

――解った、年上好みなんだ。甘ったれなんだ。

カヨは口元のコップを突き出すようにして笑いながら言った。

――小川町のアパートの方へ行くのかと思ったけど……。この店にはよく来るの？

――そうでもないけど、何回かね。雰囲気が好きなの。だけど、ばかに私のアパートにこだわるのね。行きたい？

――まあ……。

胸の裡を見透かされそうで、響平は顔を逸らせた。

――アパートへ連れて行くのは本当言うと、今はちょっと具合悪いの。この間から一番下の妹が岩手から出て来ていて、いま就職活動しているのよ。

――そう、別にいいんだ。カヨちゃんとこうして話しているだけでも楽しいから。大原や花田には悪いけど独占している感じだもの。

――私ね、一度大学生気分になって飲んでみたかったの。今のお店に勤めて三年になるんだけど、いつもお店の前を明治の学生さんなんかが通るのを見ていて、私なんか大学へ行かれる身分じゃなかったから、せめてボーイフレンドにしたかったの。大学って四年間もあって自由そうで、行けるもんなら行きたかったな。響平ちゃんは明治の学生？

――いや、違うんだ。本当は予備校へ通っている浪人生なんだ。大原も花田も予備校の友達で……。

――あら、そうだったの。やっぱりお姉さんの言った通りだった。ああ、お姉さんって、お店で一緒のコンビになってる人よ。そうなの、でもこんなふうに遊んでて大丈夫なの？

――大丈夫じゃないけど……。今の自分はこんなふうでしかないんだから仕様がないよ。そのうちやる気が出るさ。

――私悪いことしちゃってんのかしら。だったら、まだ二十歳前？

響平はこくりと頭を下げた。

――じゃあ、お酒だってまだ……。

――何言ってんの、十八歳未満じゃないんだから、成人映画だって見られるんだ。歳なんて個人差があるだろう、気にする必要なんかないさ。

響平は少しむきになった。

――たしかに響平ちゃんは大学の二、三年の学生かと、私思ってたわ。

――そうかもしれない。新宿なんか歩いていると大学生に間違えられて、よく声を掛けられるんだ。

二本目のビールを飲み干すと、会話が途絶えがちになった。響平はトイレに立って、洗面所で鏡に映る赤くなった顔を眺めながら思った。

〈ここからだ。カヨは後悔しているみたいで、自分が退いたらすべておしまいだ。これがいつものパターンなんだ〉

響平は席へ戻ると、レシートを摑んでカヨに出ようと言った。カヨは響平の手からレシートをもぎ取るようにしてレジへ向かった。

店の外で立っている響平に「帰ろう」と、カヨが声を掛けてきた。響平はとてもこのままでは帰る気がしなくて、首を振ると歩き出した。

――どこへ行くの、知ってるとこでもあるの？

カヨは後ろからついて来たが、彼は路地から舗道に出ると、行くあてもなく歩いていた。

――響平ちゃん、私帰るから。

カヨが後ろから怒鳴った。振り返ると立ち止まったまま佇んでいる。帰らないでと、響平は叫びたかったが、そのままま黙々と歩き続けた。

自分の意図したことが、いつも逆の形になってかえってくると、彼は泣きたいほど腹が立った。こうして闇の中を歩いているこの姿こそ、今の自分の状況そのものだとも思った。

歩いて行くうちに、ぽつりぽつりと雨が顔に当たりはじめた。気にはならなかったが、しだいに雨は勢いを増している。響平はネクタイを外してカバンの中へ仕舞い込むと、ビルの庇の下へ入った。何も考えたくない、そう自分に言い聞かせながら、しばらくぼんやり立っていた。人通りも少なくなって、いつまで雨宿りしていなければならないのかと思ったら、響平は心細くなってきた。近くの駅へ向かうしかないという気持で雨の中を飛び出した。店の前に立て掛けてあったものを仕舞い込んでいる男を見掛けたので、最寄りの駅を訊くと、右に折れて真っ直ぐ行けば、九段下の地下鉄があると言う。また走り出すと息が上がりそうなほど苦しくなったが、そんな行為が心地よくも感じられ、とうとう駅まで走り続けた。

十時を過ぎて響平は大秦野の駅へは着いたが、梅雨時の雨らしくもう降っていない。帰宅して玄関ドアを開けると、居間から父親の怒鳴る声がした。

――こんな時間まで何してたんだ。電話も入れずに。

言われてみれば電話するのを忘れていたことに、響平は気がついた。

「…………」

——お前がもう帰って来るだろうって、母さんが何度台所へ立って行ったと思ってんだ。お前は予備校で真面目に勉強してるのか、ええ、どうなんだ。

「…………」

——響平、何とか言ったら。あんた大学へ本当に行くつもりあるの？

——あるよ……。

——だったら、なんでこんなに遅いの。それにここんところ変よ。お父さんとも話してたんだけど、なんか浪人してるという自覚がちっともないって。

——響平、このご時世になあ、大学上げるだけでも大変なのに、お前は浪人しているんだ。それが当たり前のつもりでいるんならとんでもない罰当たりだ。遊ばせるつもりで大学へ上げるんじゃないぞ。これからは学歴が物を言う時代だからこそ、なんとかいかせてやりたいと思っているのに、お前が勝手放題してるんなら、浪人なんかやめて、さっさと自活の道でも考えろ。どうなんだ？

響平は何も言えずにうなだれていた。普段は温厚な父親だが、怒りに顔が青ざめ、足腰がふるえているように見える。

——電話しなかったのは悪かったけど、予備校で勉強はしているつもりだから。

それ以上彼は言いようがなかった。両親の激怒にしろ、いずれはそれを浴びるものと覚悟していただけに、内心は箍《たが》の外れた自分への歯止めだとも受け止めた。妹は自分の部屋に閉じこもったまま顔を見せなかった。

＊　＊　＊

それから十日近くが過ぎていた。授業を終えて教室を出ようとすると花田と顔を合わせた。彼は寄って来るなり、

——カヨちゃんが行くたんびに伊河のことを訊くから、二人は何かあったんじゃないかって、大原が言ってたんだ。

そんな話を聞かされた。あれ以来響平はカヨのことを忘れていたわけではなく、生理的欲求が疼けばしきりにカヨを想い浮かべ自瀆に耽った。それが済めば、いつになく受験勉強の方に身が入り、気分の落ち着いた日が続いた。

たまたまその日は昼近くになり、久し振りに梅雨の晴れ間が広がった。陽射しは校舎に差し込み、昼食時の学生の廊下を行き交う姿にもそれとなく活気が見られる。

事務所近くで響平は珍しく牛山と出会った。話しているうちに外で昼飯を食おうということで、大原たちとよく行くタンメンと餃子の旨い店へ牛山を誘った。五分ほど並ぶ

時間があったが、二人がテーブルへ着いたとたんに、

——食べ終わったら外で待っててんから。

隅の方から大原の声が掛かった。例の人懐っこい笑顔で手を上げている。花田もいた。牛山との食事が済んで外へ出ると、大原がこれから「蘭」へ行こうと言う。牛山は午後の授業があるからと別れたが、響平はカヨの顔を久し振りに見たい気持もあり、二人について行った。

昼時の喫茶店は混んでいた。三階に差し掛かると、

——いらっしゃいませ。

ひときわ大きな声でカヨが笑顔を向けてきた。例によって四階の一隅に席を占めるとカヨの来るのを待った。やって来たのはカヨではなく、相方のお姐さんの方だった。彼女は注文を取ると、

——カヨちゃんは後で来るから。と、言って去って行った。

すると大原が眩しそうな目つきで響平に訊ねた。

——最近あまり付き合いがないから、何かあったのかと思ったんだけど、それとも勉強へ軌道修正したか？

——そうでもないけど、このままじゃ埒が明かないし、どうにかしないとさ。

響平の沈んだ顔に花田も、

――そうだあ、俺も気合いを入れなきゃあ。大原みたいな余裕はないからさ。

――余裕があるかといったら、俺にもない。ただピリピリ、ガツガツしてても仕様がナカッペ。俺はどんな時でもゆったり生きたいだけだ。やせ我慢もあるがな。

そこへカヨがコーヒーを持って上がって来た。

――響平ちゃん、しばらくぶりね。どうかしたの？

――失恋したから。

響平はカヨへ当てこすりのつもりで言ったが、カヨの表情には別の意味で受け取った様子が見えた。

――リッちゃんに会って、また声を掛けて振られたか？

すかさず大原が発すると、

――リッちゃんって響平ちゃんの好きな人？

カヨの皮肉まじりの言葉が飛んだ。

――ずいぶん余裕だこと。そうなの、隅に置けないわね。

それだけ言って席から去って行った。

響平は時計を見た。午後の授業は始まって二十分は過ぎている。戻れる時間はとうに過ぎたようだ。大原は花田が昨日観てきた映画の話に興じている。響平はトイレに席を立った。四階にはないので三階へ下りて行くと、カヨが近づいて来た。

——この間は、あれからどうしたの。濡れちゃったでしょう?

客を意識してか、声を落として響平の顔を見ずに言った。響平もそれに応じるように、

——たいしたことなかったけど、心配させちゃって……。

軽く会釈をするとトイレへ向かった。店内の通路は壁掛けのライトだけで照明は暗い。響平が出て来ると、カヨからおしぼりが突き出された。その手に紙切れが見える。彼はそれを受け取ると階段の途中で開いて見た。「今日の五時半、北口」と書かれている。急いでポケットに仕舞い込むと席へ戻った。

午後最後の授業に出てから、少し早めに響平は駅へ着いた。電話ボックスが空くのを待って自宅へ掛けた。母親が出ると、どうしても見たい映画があるので友達と観て帰るから夕食はいらない、と告げた。

カヨは待ち合わせ場所へは時間に正確に来た。顔を合わす程度で言葉は交わさず、この前と同じ道を彼女は先に歩き出した。響平が追いつくと、カヨが言った。

——私のアパートへ行ってみる? スーパーでちょっと買い物をしてからだけど。

――妹さんが居るんじゃないの？

――あの子、これといった就職口が見つからなくて、今、アルバイトしているの。今日は遅番だから居ないのよ。

カヨのアパートは靖国通りから奥へ入った人家の目立つ、わりと静かな一郭にあった。白ペンキがはげ落ちた木造二階建てで、窓の造りから八部屋数えられた。響平はまさに初めての経験であり、それも女盛りのカヨの部屋となると、体の血が逆流を起こしかねないほど顔が火照ってきた。彼女の部屋は二階のようで、カヨは郵便受けをちらっと覗くと、狭い木の階段を慣れた足取りで上った。一番奥が彼女の部屋のようで、ドアの前まで来ると、部屋をかたづけるからと言って、響平はドアの外で待たされた。五分もして着替えたカヨが顔を出すと、部屋へ招じ入れられた。閉めきった部屋独特の臭いと化粧の香りが混じって息苦しく、よどんだ空気が変に神経をいらだたせる。響平は居場所無く突っ立っていると、カヨが買い物袋から取り出したものを冷蔵庫にしまいながら、

――座ったら、今お茶入れるから。コーヒーでいい？

――うん。何でも。

響平は胡座をかいて座った。壁に掛けられている服の間から人気歌手の派手なポスタ

ーが覗いている。

――どーですか。あたしの部屋に入った感想は？

カヨがおどけた声を掛けながらインスタントコーヒーを煎れて持って来た。彼女が目の前に座ると、響平は二人だけだという気持の高ぶりが抑えきれず、上っ調子になって、

――想像通りの、カヨちゃんの部屋って感じだな。

空疎な言葉遣いが自分でも気にならないほど興奮して、カヨに挑《いど》むきっかけが欲しかった。

――想像通りって……ね？

カヨにもそれが通じたのか、いくぶん突き出した顔に赤みが差し、感情の浮き出た真顔になっている。響平はにじり寄ってゆくとカヨを押し倒した。顔を夢中になってこすり合わせながら唇を強引に推し当てる。化粧の匂いも口紅の味も、今まさに女を抱いているという実感が湧き、がむしゃらにカヨの体をまさぐっては、着ているものを剥ぎ取った。色白の肉体が露わになって波打つ。響平は首筋から胸へ顔を滑らせると、意外に豊かな両の乳房へかわるがわる顔を埋めた。カヨの手が伸びた。ズボンが押し下げられ、いきり立つそれが握られるとカヨに導かれるまま、あとは無我夢中に突き立てたが呆気

なく終わっていた。

横たわったまま天井を見上げていると、虚しさと嫌悪感が部屋の臭いと混じり合っている。ぽつりぽつり話をしているうちに少し眠ってしまった。鼻をつままれて目を覚ますと、響平は帰り支度をした。

カヨのアパートを出てから小田急線での車内は混んでいた。つり革に摑まり、少しけだるい体をもたれるようにしていると、カヨが私、三年前に離婚しているの、と言った言葉が思い出された。

Ⅴ　天罰のしずく

二、三日過ぎた日曜の晩だった。響平は風呂から上がって着替えていると、電話だと、妹に呼ばれた。従兄弟の良文からで、進介が山で首を吊って死んだと言うのである。良文と進介の母親は従姉妹にあたり、進介は高校には上がらずペンキ職人になっている。響平より二つ下で、中学生ぐらいまで魚取りや野球をやった仲で、父親は飲んだくれで仕事をろくにせず、母親は足が悪かった。そんな家庭にあったが進介は誰にでも好かれた。朝の新聞配達をやっていて、土日は夕刊配りをして、その時間になるといつの間にかいなくなった。

良文の話では、響平がたまに散歩で登るマツ山の頂近くにある大木の枝にロープを掛けて首を吊ったらしい。自殺の理由はまだ解っていないとのことだが、進介の人懐っこい笑顔が思い浮かんで、受話器を持つ手に涙が伝わってきた。響平の知る進介は家での辛さをいっさい顔には出さず、居場所を外へ求めることで、誰からも好かれようとしているところがあった。

死体は朝見つかったとのことだが、死を決意した進介が山へ登って行き、その樹にロープを掛ける姿が想像され、震えが止まらなくなった。響平自身、自分がそれをしても不思議はないように思えたからだ。

進介と自分との違いは何なのか。響平は自分の部屋へ戻ってからも考えざるをえなかった。たしかに生い立ちや家庭環境の貧しさを苛み、それだけで死を選択する人間は稀だが、そうした環境で育った性格が、人生の荒波に追い詰められ、何かをしでかして死に向かうケースは少なくはない。

進介の自殺の決定的な引き金は何だったのか。響平はそれを知りたいと思った。自分とは年齢も近く、その風貌といい、性格面でも似通うところがなくもなかった。進介と自分がもし逆だったら、どうだっただろう。自由気ままな生活にある自分が、果たして進介のような虐げられた日常を送れただろうか。それに響平にだって自殺への関心が無かったわけではない。ものごころついた時から、ぴちぴちした川魚を摑まえ、手のひらの内に握った時、命もろとも一挙に握りつぶしたい衝動に駆られたように、自分の命もこの掌の中にある。といった意識が強くあった。

けれども歳を取るにつれ、自殺は青春における甘い罠で、一挙に無となる避難場所こそ、挫折や逃避といった敗者の群れで溢れかえる修羅場だ、と考えるようになった。そのため梨都子との事も、ぶち当たって無残に打ち拉がれても、〈こんな惨めなままで淋しく死んでたまるか〉といった気概があったことはたしかだ。

その晩は眠る気がしなかった。響平は机に向かうと側の窓を開けたまま、電気を消して、月の光の差し込むままにした。静寂は哀しさや寂しさを誘うでもなく、浴びるがままの月の光が、百万光年の彼方へ連れて行ってくれるような気がした。

未明の冷えた眠りから醒めず
疾走する朝の煌めきのなかで
重く頭を沈めてゆく
ひっそりとのたうち回る夢のあらし
風が薫るなか
かなしき愛育の揺籃で
浅い眠りに疲れてもなお

静かな肉体でありつづける
薔薇の洪水のように騒然とした
しらみかけた地平に横たわる脳髄
いまだ夢みつづける憔悴した額から
汗が流れ
淋しさの慰安に耽った深夜からの
苦悶を浮かべる
投げ出された不動の肢体の彼方で
私は立ち止まっているのだろうか
匂ってくる緑のような腐敗がある
のどが渇き
実在のない首がさまよいつづけ
めくるめく光の眩しさのなかにあるような
せつない不明な浮上がつづく

――『孤闘』

しかし、それから一週間も経たないうちに響平はカヨちゃんのアパートを訪ねた。その日は午前の授業に出て、出会った大原と昼食時いつものラーメン屋へ出掛けた。食事が終わると大原に誘われるがままに「蘭」へ行った。カヨちゃんは風邪で休んでいるとのこと。響平は予備校の帰りに一人彼女を見舞うことにした。

彼女と入ったスーパーの前まで来て、響平は果物でもと売り場へ向かった。すると奥の方で、カヨちゃんらしき女性の姿を見た。まさかの気持で近づいて見ると、男がその女性の買い物カゴへ品物を入れている。間違いなくカヨちゃんだ。男は目立つ格好で彼女よりかなり年上に見え、その場の二人の様子からも、ただの仲ではないと容易に判断出来た。通路の片隅で二人を見つめていた響平は、激しい心臓の高鳴りを覚えながらそのスーパーから飛び出た。怒りではなく、諦めの気持とも違う、蜘蛛の巣に掛かっていた意識が解き放たれたような身軽さで、駅の方へずんずんと歩いて行った。カヨとはそれきりだった。

十月に入り、東京オリンピックが始まっていた。スポーツ好きの響平には辛い十五日間となったが、生で見たのは終わりに近い男子マラソンだけだった。その日は水曜日で予備校を早めに退出すると、一人新宿駅南口の群衆にまみれながらアベベの快走を見た。裸足で走る男の信念が孤独と意志力の塊に見え、偉大なことを成し遂げる男の風貌として目に焼きついた。だいぶ遅れてやって来た君原の苦しみあえぐ走りっぷりは、まさに受験に臨む今の自分に見えた。

大秦野駅へ帰り着き、いつもの道を歩いていると、偶然にもこちらへ向かって来る梨都子と子供連れの姉に出会った。すれ違う瞬間、響平は黙礼どころか、姉の強い視線を浴び、梨都子の顔すら見られなかった。

十一月半ばになって、響平は予備校通いを止めた。それは自身の放逸で懶惰《らんだ》な生活の立て直しを考えてのことだが、梨都子に出会わぬためにも、彼女から遠ざかろうとしたとも言える。

しかし〈遅い、すべてが遅すぎる〉焦りの気持が、響平をいっそう煽り立てた。一日、十時間以上の学習を課すそのストイックな生活振りは、初めて自分が受験生に思える充実の日々だった。ところが十二月の半ばを過ぎた頃、響平の体に異変が生じ始めた。右の下腹がしくしくと痛みだして、薬を飲んでも止まないのである。

響平にはもともと偏食のきらいがあり、腸は丈夫ではない。野菜はほとんど食べず肉食が中心の食事で、煙草はハイライトを吸い、酒も大原と飲むようになってからはサントリーの安ウイスキーを書棚の後ろに隠し、眠れない晩や気持の滅入った時など引っ張り出して飲んでいた。

その痛みは重く痙《つ》れるような症状になっていたが、しばらく部屋のベッドで横になっていると痛みは薄らいだため、医者へ出掛ける時間も惜しく、彼は最後の追い込みとばかり机に向かった。正月も過ぎて、相変わらずの症状に両親も心配しだして「病院で一度診てもらったら……」と再三言い出すので、響平は折れて母親に連れ添われ市内の八木病院へ出掛けた。院長の診断では盲腸炎で、急性ではないがかなり進んでいるとのこと。手術となれば一週間の入院、その後も体調の回復には十日ぐらいかかると言われた。帰宅してから父親とも相談の結果、響平は院長に、

――急性でないなら、散らして一ヵ月ぐらい手術の時期を遅らせるわけにはいきませんか？

と訊いた。髭を生やし大柄な顔立ちの院長は、

――散らすって言ったって、受験中に差し支えあったら困るだろう。こんなのは早く取ってしまった方がいいよ。その試験はいつから始まるんだい？

――来月の下旬頃からです。

――ああ、だったら大丈夫、大丈夫。間に合うよ。

院長は受験生の心情などお構いなしに、強引に手術をすすめた。そして院長に押し切られるかたちで、二月六日入院となった。

響平は初めての手術台に寝かされた時のことを克明に覚えている。院長の指示で局部麻酔が打たれた。ところが効かないということで、全身麻酔となり、「数を数えて……」と言われ、響平は三十一まで数えたらしい。

院長は手術を終えると両親に、

――腸があまり長かったから縛っといたけど、この子はアルコールに強い体質だな。飲んべえーにならなきゃいいが。と言って笑ってたそうだ。

そして空白の一週間は、まさに彼の神経を苛つかせた。義理を欠いてはと入院を聞きつけた親類縁者や知人が、同情顔で見舞いに現れた。中には一時間近く椅子を暖めてゆく者もいた。牛山や角田もやって来た。牛山は一度だけだが、気遣いから受験のことには触れずに帰って行った。が、角田は三度顔を見せて、

――盲腸の手術の後は笑うと痛いらしいけどどうだい。よくもこんないいタイミングを選んじまったな。だけど、ものも考えようでさ、伊河は受験に失敗しても上手い言い訳が出来るんだから、もう一年やったら。ハ、ハ、ハ。

――相変わらずだな、お前って奴は。

響平は応じながら、内心ぐさりと突かれた。彼に言われるまでもなく、浪人生失格の一年で〈これは罰が当たった〉と感じていた。けれどもそれで二浪出来たとしても、こ

の拘束された窒息状態をもう一年続けられるだろうか、と考えた。響平は一人になると、窓から冬空をぼんやり眺めては放心状態だった。

普通の食事が取れるようになり、廊下をそろそろと歩いてトイレへ行った後に、三階の窓から朝の道行く人を眺めた。せかせかと自由に歩く姿が印象的で、入院してわずか四日でしかないのに、そうであった自分が不思議だった。民家の二階からエレキギターの「朝日の当たる家」が流れていたが、それが妙に心に染みた。

退院して一週間経つかたたないうちに受験となった。響平は五校へ出願していた。最初の一校は、小林秀雄が教鞭を執ったとされる仏文科で、浪人したからにはこの大学ぐらいはなんとか入りたいと思っていた。ところが二科目めの試験に入って三十分過ぎた頃、答案用紙にぽたぽたと鼻血が垂れた。体調の悪さと極度の興奮によるものだったが、響平は慌ててハンカチで鼻を押さえ顔を上げていると、試験官が気がついて寄って来た。試験官にティッシュを何枚か貰い、鼻に詰めるとまた問題用紙に取り組んだが、鼻血は止むどころか鼻を押さえているハンカチまで赤く染まった。彼は首筋を何度か打ってみたがどうにもならず、答案の七割程度埋めると試験会場を出てしまった。

試験官に付き添われ、医務室のようなところへ入るとベッドで小一時間ほど寝た。三科目めは午後だったので鼻血も止まり、無事終了したが、響平は初っぱなからこれではと、不安を感じながら帰宅した。

残り四校の受験日は、連続の日もあり、一日、二日と間が空く日もあって、体も慣れてきたせいかすべて受験出来た。響平は両親や妹が自分を気遣い、その日の出来不出来を問わずに、普段通りであることが気持を重くした。

それからまもなくして各大学の合格発表が始まった。案の定響平は次々と落ちた。彼はもう一年浪人を覚悟せねばならぬと思い始めた矢先、最後に受けた明治学院大学仏文科になんとか合格した。彼の喜びは泥沼の精神状態から脱け出せる、そのおもいに尽きた。

*　*　*

響平は五月に入ると、しばらく中断していた日記をまた書き出している。二十歳を迎えるこの年、今まで自分は何をして来たのか、と問う日々だった。おそらく浪人しての結果からの反動で、自己不信に陥り、物事に懐疑的になっていたのかもしれない。この時期こそ響平に一つの転機が訪れていたと考えるべきだろう。アルバイトをしてでも自家から出て、下宿するといった大きな環境変化があったら、彼の青春はかなり様変わりしてたはずだ。けれども大学まで一時間四十五分は、通って通えない距離ではないので、親の経済的負担を考え自宅通学は一般的だった。

大学が始まって響平は、憧れの仏文科が学生のほぼ七割を女子が占めているのに驚いた。今までが男子ばかりだったから、当初は緊張もし気持の高ぶりを覚えたが、意外に早く環境に順応した。その原因の一つは梨都子に会う機会が、以前に比べずっと増えたことである。

彼女はその年、立教大学に入学して秦野の父親の許から通い出していた。そのため、大秦野駅から新宿へ向かう朝の急行の本数が限られていたこともあり、大学の一時間目、二時間目の授業開始時間の違いもそれほどなかったから、駅のホームでの梨都子との出会いはかなり期待が持てた。

朝六時台後半の駅のホームの一郭には、大学へ通う男女学生の顔が幾つも見られた。梨都子は口紅を薄く引き素顔に近い顔で現れた。その初々しい女子大生姿は際立ち、近くには中学の頃の顔見知りが寄り添うようにいた。響平の位置から彼女への距離は、十二、三メートルといったところで、それ以上縮まることはない。電車を待つ間、響平は友人と話しながら絶えず彼女へ熱い視線を注いだ。梨都子はそれを承知でさりげなく、時折響平に視線を向けてくる。ホームへ電車が入って来ると、同じ車輌に乗り込むこともあれば、別の車輌になることもあった。新宿まで一時間以上立ち続けることになるが、響平は彼女の側へ寄れずに、ひたすら彼女を見つめるだけだった。

帰りの小田急線も、夕方の五時台前半が梨都子と出会う時間帯だった。彼女がホームで並んで待つ位置もだいたい分かっていたので、その辺に立てば時折出会うことが出来た。

大学の門を潜ると、古めかしいチャペルが左手に見え上り坂となる。響平はバインダーにテキストと真新しいフランス語の辞書を挟み込み、急ぎ足で歩く。登校する学生たちの華やぐ賑やかさに埋もれながら、彼は暗くよどんだ予備校の門を思い出すと、何か別のステージへ出たような感動に鳥肌が立った。前を行く新入生たちが、部活の勧誘で囲まれている光景があちこちで見られる。それをすり抜けるようにして教室へは向かわず、グリーンホール地下の文芸部の部室へ寄った。入部希望者は、詩でも小説でも自分の原稿があれば提出して欲しい、と言われていた。

ドアを開けると、電気も点けず一人窓際に座って読書している学生がいた。彼はこちらへ顔を向けると軽く会釈した。鼠色の薄汚れたコートを着て、坊主頭の色白の顔には、荷風や堀辰雄が掛けた黒の丸ぶちメガネだ。もし響平が彼を自分のクラスで見掛けていなかったら、三年か四年の上級生に見間違えただろう。響平は彼に声を掛けた。

――君も入部したんですか。僕は伊河と言います。よろしく。

――ぼぼ僕は、し、下村です。

蒼白い顔が一瞬赤みを帯びて、少しドモリながら応えた。

——たしか仏文の、同じクラスの人ですよね。やっぱり作品を出しに来たんですか？

——そう。

響平は少し気づまりになりながら、長机の上に置かれた原稿を見た。

——これ、君の作品ですか。見てもいいですか？

響平が訊くと、不意を突かれたように彼は一瞬照れたが、目元には余裕の色を見せていた。

虚無から快楽への二章

下村　康臣

夜の灯に集まって
蒼い俺の骨張った手の中に
黒い種子のように
落ちる
羽蟻は握りしめては潰すのだ
神経の足や

鑞《ろう》の箔や
酸っぱい有機物や
剝がれたエナメルの胴や
そうした遺体の下で
浮上がった
俺の血管がかすかに
けいれんするのが嬉しい

響平は原稿を持つ手がかすかにふるえるのを意識しながら、

――いやあ、いいですね。本物のニヒリズムと言うか、作品世界が確立されてますね。僕なんかと年季が違う。

響平は彼を見掛けた時から、その格好が単なるポーズでしかないと思っていただけに、圧倒され大きくため息を吐いた。バインダーに挟み込んだ自分の作品を出す気がなくなっていると、ドアが開いて先輩と思われる男女が入って来た。

――新入部員の人？

背の低いアイビー調のチェックのシャツを着た彼が声を掛けてきた。

――はい。先週、内藤さんて方から原稿を持って来るようにと言われたものですから。

と、響平が応えると、

――僕、二年の村中です。それじゃあ原稿預かりますか。ああ、それから彼女は僕と同じ二年の橋本さん。

――橋本です。よろしく。詩ですか、その原稿。見てもいいかしら？

下村の原稿を彼女は手に取ると、食い入るように見つめてたが、

――力あるわね。いい人が入って来た。もしかして、今年出来た仏文科の人？

彼女の視線が響平に向けられたので、

――それ僕のじゃないんです。下村君のなんですが、仏文で同じクラスなんです。こっちのはレベル落ちますが、それじゃあこの原稿もお願いします。

響平はバインダーから取り出すと中村へ渡した。そして部室を出ようとすると下村も後から出て来た。地下の階段を上りながら遅れぎみの下村に目をやると、彼が左足を引きずるようにして上っているのに気がついた。下村は響平の目を意識してか、

――僕、子供の頃、小児麻痺で足を悪くしてるんだ。

うつむきかげんにぼそっと言った。

──教室では気がつかなかったけど……。でも考えようで、あんな凄い詩が書けるんだから、文学に運命づけられているのかも。

一瞬ほころんだ下村の顔は少年ぽかった。二人は本館のエレベーターの方へ向かった。

それからというもの、響平と下村との距離は急速に近づいた。下村は教室でも後ろの座席に一人でいることが多く、響平と親しくなるにつれクラスの男子とは口を利くようになったが、たいがいの者は彼とは一歩距離を置いた。

下村はいつもルンペン帽を被り、ねず色のだぶついたコートに草履ばきで、テキストや辞書は風呂敷づつみにしてぶら下げ、どの学生よりもゆっくり足を引きずって歩いた。日々変わらぬこの姿は、派手な学生たちが闊歩するキャンパスでは誰の目にも異様に映った。授業にやってくる教師でさえ、出欠を取る際には戸惑いを見せた。

しかし響平は、そんな下村康臣《やすおみ》と知り合えたことが誇りで嬉しかった。響平が文学を志して、それが語り合える初めての友と言えた。それも自分より一歩も二歩も先んじて、まさに才能を目の当たりにしている感があったからだ。下村は授業に退屈すると、ぼんやりと考えている風で、ノートの端に何かを書きつけていることがよくあった。これ見よがしのポーズではなく、それは彼の感受性の自然な発露で、詩のフレーズやアフォリズム風のものに見えた。

文芸部の部室へもよく二人して顔を出した。そんな時、トランプに興じる先輩たちを尻目に、新入部員の杣野《そまの》や島田、それに同じ仏文の小野まき子等と文学談義をした。

——創作という孤独な行為は理解者が一人でもあれば、自己満足から救われるんだ。

この響平の意見に下村は、

——作品行為に理解者を意識したら妥協が芽生える。孤高の位置を目指してこそ陽が差し始めれば誰もが仰ぎ見るものなんだ。

と高邁な姿勢を吐露した。

——孤高の位置って、一般の人は近づけないから拝む程度で終わらない、つまんなくはない？

あどけない笑みを浮かべながら小野まき子が辛辣な反論をした。

——本物の芸術の宿命。一部の本当の理解者があってこそ一般はそのおこぼれに預かっているんだ。

——けっこうなご託宣だね。今年の新入生は頼もしい、頼もしい。

トランプの札を机の上にポンと置くと、部長の島岡が座ったまま大きく背伸びしながら言った。新入生にはそれが皮肉に聞こえて静まり返ると、

——下村君は本物の芸術を目指しているらしいけど、それじゃあ今の詩壇で言えば誰

を考えるね？

下村は顔を紅潮させながら少しの間黙ると、どもりがちに言った。

――ぼ、ぼ、僕にはいません。

――へぇー大した自信だ。昨日、僕は英文科で西脇順三郎さんの授業があったから聴講させて貰ったけど、あの人なんか、いま日本の詩人の頂点に立つ人だけど、君は評価しないか。それともまだ読んでいない？

――あの人の詩は感受性の散歩です。気ままに言葉を食い散らしてポエジーの糸で繋いでいるだけのものです。

――ポエジーも知的に取り澄ました、香りのようなもんですよ。中也や朔太郎のような情念の力強さはないから。

響平も下村の尻馬に乗って参戦すると、

――そこが西脇の魅力だろう。ベタックような情念は現代詩には通用しないよ。

部長は顔を紅潮させながら反論した。

――そこまで言い切れるんだったら、実作だな、実作で示してもらおうよ。新しい詩を生み出すのがどれほど大変なものか、そんな苦労がまだ分からない若さってやつだろうけど。

蒼白い顔に黒縁メガネが目立つ内藤の声は冷静だったが、部室内に響いた。響平はその顔を見つめながら、何処も同じこれが部活の性質だと思った。

Ⅵ　同人誌「碧鈴」

同じクラスに演劇志望の善明修四《ぜんみょうしゅうし》がいた。陸上で鍛えた六尺近い体軀で九州弁の丸出しが、彼を男臭く個性的に見せた。下村とは同じ福岡の出身で、響平は彼とも急速に親しくなった。

——伊河、お前映画好きなら、オーソン・ウェルズの『市民ケーン』見たん？

これが善明の第一声だった。

——あの映画の良さが解らん奴とは映画は語れん。

右手で顔に掛かる長い髪をかき分けながら野太い声で吠えた。そして彼の芸術論は際限なく広がるのが癖で、画家志望の兄の話が必ず出た。響平の周囲にも絵描き友達が居たのでその話をぶつけると、善明はたちどころにレベルが違うという顔をして、また演劇論へ移ってゆく。そんな彼の磊落さが響平にはおかしく、仏文ならではの愛すべき男だと思った。

大学での響平の交友関係は広がった。善明の周辺には演劇志望の女性たちも何人かいて、その彼女たちとも響平は親しくなった。が、都会的な時代感覚を呼吸する彼女たちの、あまり距離を置かない仲間意識に響平は戸惑った。

けれども学校から帰って秦野の地に下り立ったとたんに、棒杭のごとく打ち込まれた梨都子への純情は、誰も踏み込めぬ聖域として意識され、ひょっとしてその夢が適えば、文学からだって足を洗う覚悟はあるんだ、と響平は思うのだった。しかしそれも二、三日経つと、彼は自分が女に苦しむピエロに見え、自己の心情に神経質過ぎるその律儀さは、ぶち壊さなければならないと考えたりした。整然とかたづけられた部屋の中央に居座る梨都子を追い出すのではなく、部屋の中に何もかもぶち込んで、活動的な若い男の生活感ある部屋にしなければ文学だって立ち行かないのではないかと。

そこで響平は、娼婦を抱いてみようと思った。以前から荷風や吉行淳之介の小説に魅せられその世界への興味は強かった。

久し振りに大原へ電話を入れた。彼は専修大学に入学して、音信は途絶えていたが響平の誘いには二つ返事だった。吉原で遊ぶなら一万だが、川崎だったら飲み代ぐらいは残るとのことで、そこに決め日時を約した。

響平はひと月の小遣いを丸々それにつぎ込み、後で親に追加を求めるのは嫌だった。そんな金は日曜のアルバイトを三回すれば稼げる所があった。従兄弟の良文が地元のゴルフ場のコース管理の仕事をしており、彼に頼めば臨時キャディーとして使って貰えた。早速キャディーバッグを肩に担ぎ、お客に就いて廻ったが、その辛さより、自分もクラブで打ってみたい衝動に絶えず駆られた。響平は野球が好きで普段でもバットスイングをよくやっていたからだ。三回のアルバイトはチップを足すと一万円を超えていた。

大原との約束当日、川崎駅の改札口へ髭を伸ばした彼が、懐かしい笑顔で現れた。喫茶店へ入ると予備校時代の話となり、大学ではギターアンサンブルへ入っていると言う。彼の陽気さと声の大きいのは相変わらずで、話は尽きなかった。喫茶店を出ると、外は煌《きら》びやかなネオンが咲き乱れ、さすが風俗営業で知られた街並みに、響平は内心怖気をふるった。

——伊河、お前はどんな女でもいいと言うわけにもいかねえから、値は少し張るが写真で選ぶ店にすっか？

——ああ、大原に任せるよ。写真だってあてにならないだろうけど、歳の違いぐらいは間違いないだろうから。

大原は一度入ったという店の前に立つと、勢いよくドアを押した。出て来た男の愛想のない指示に従い、二人は六人の写真からそれぞれ選んだ。響平の女は写真のイメージより太り気味で、変に気安くよく喋った。そんな調子の女に彼は興味が湧かなかった。が、裸で目の前に迫られると、抑えがたい奇妙な気分にさせられ、いつの間にか女の言うがままとなり、時間は味気なく過ぎた。響平は女と出て行くと、髪を垂らした女とすれ違った。見たことがあるような気がして、今度は一人で来てみようと思った。

七月に入ると休講が目立って多くなった。下村と部室を出てから、お茶でも飲んで行こうと言うことになり、「ボンソワール」へ入った。部室で相変わらずトランプに興じる先輩たちを響平が腐《くさ》すと、下村が、

——文芸部、僕やめる。

意力を込めた目つきが響平に注がれた。彼のドモリ癖は親しい間では出なくなっている。

——確かにね。何の魅力もないなあ。部にあてがわれた費用で、年に一冊「白金文学」を出せばそれで良しとしている連中だから。

——文学趣味を社交の道具にしている輩《やから》だ。僕、同人雑誌をやりたいんだ。

下村はぽつりと言ってから、煙草を親指と人差し指で挟む独特な仕草で、また吸い出

した。

――ガリ版刷りなら二ヵ月に一冊も可能だし、印刷機と紙代だけですむんだ。

腹づもりしていたかのような顔つきを響平に向けてきた。

――それは面白いな。同人雑誌か。発表の場があればどんどん書けるしね。問題は同人のレベルもあるが、何名集められるかだね。同人三号とならないためにも資金面が大事だし……。

――最初から同人のレベルは考えないで、雑誌の発行をしてから徐々にそれを考えて行くしかない。

下村はメガネの奥に自信ありげな目を光らせながら、煙草を大きく吸うと天井へ向けて吐いた。

文学の夢への第一歩が、同人雑誌に始まることは響平も百も承知だったから、二人の話は尽きなかった。その同人誌にどんな名をつけるか。小林秀雄の『文学界』の壮大さ、中也の皮肉っぽい『白痴群』。様々に出し合いながら、二人は喫茶店に居続けた。

響平が体の異変を強く意識したのはこの晩からだった。食欲のない夕食を済ませてから、二時間以上も経つのに胃がもたれ重苦しく、胃腸薬を飲んでも治らない。この二、三日食欲があまりなかったのを思い出した。

水曜のその朝は、梨都子が六時五十六分の電車に乗るはずだった。響平は体の疲れを感じながらそれに合わせようと川沿いの道を急いだ。その道の方が、舗装された表道を行くより四、五分早く着く。梨都子の家はその途中にあったが、彼女はどちらの道を取ろうとそれほど変わらなかったはずで、始めのうちは人通りのある表道で駅へ向かっていたようだ。

ところが今朝は、響平が橋を目の前にした時、ブルーのカーディガン姿の梨都子が橋の中ほどを歩いている。駅のホームでしか会えないと思っていただけに、響平の胸の鼓動は激しかった。ますます歩くスピードに拍車が掛かり、彼女との距離を縮めていった。十五メートルぐらいに近づいた時、梨都子はさりげなく振り返り、響平を確認したように見えた。響平は道の反対側を歩きながら、声の掛けられる位置にあった。喉が渇いて極度の緊張から、何度もバインダーを持ち替えた。それに挟んであるテキストが落ちそうな気がしてならなかったからだが、彼女の後ろ姿にも緊張している様子が見られる。駅まで四、五分の距離に来ていた。ずるずるとそのままの状態が続き、響平は声を掛けるタイミングを失った。すると心の裡で〈今、目の前に梨都子がいる。彼女をこうして見ているだけでも幸せなんだから……〉そんな弱気の虫が囁いていた。

月曜の八時台後半の電車でも梨都子と出会うことが出来た。響平は体調が芳しくなく、朝食も取らずに橋の所まで来たが、遅れたせいか遥か遠くの川沿いを行く彼女らしき姿を認めた。彼は小走りに急いで、その電車には間に合ったが、梨都子には会えなかった。新宿駅へ着くと乗降客は押されるように歩くだけで、彼女の姿を探す余裕などなかった。響平は定期を取り出し改札口を通り抜けようとすると、隣の改札口を一足先に梨都子が通り抜けた。彼女のアップした髪型は初めて見るもので、大人びて別人を思わせた。一瞬響平は、梨都子が自分を意識しての出方だと思え、ついて行きたくなった。授業などどうでもよかった。梨都子の後を追うと、九番ホームの階段の途中で梨都子は、下から来た女性に声を掛けられたか、挨拶していた。響平の目からは大学での友人に見えた。

響平は仕方なく中央口の改札の方へ向かった。一週間ぐらい前に島田に連れて行かれた「ジャズビレッジ」が浮かんだ。信号を渡って歌舞伎町の入り口まで来ると、いまは閉店時間にあることに気がつき、駅へ引き返した。

響平は大学の中庭のベンチにしばらく座っていた。今朝の梨都子のイメージが頭から離れず、ぼんやりしたまま、そのまま眠っていたのかもしれない。

——伊河、お前ここで誰か待っとるんか?

善明が演劇仲間を連れていた。

——いや、授業に遅刻しちゃったから、ここでサボってたんだ。

——そうか。今な、グリーンホールへ行ったら、菊谷《きくや》が「八方園」でお茶を飲もうということになってな。お前も行かんか？

善明の人懐っこい笑顔が、響平の胸の裡にざっくり入り込んできた。

——昼飯食べに行こうかと思ってたんだけど、飯も食えるかい？

——ああ、「八方園」だもの当然。そのかわり少しお高いけどね。

菊谷が女口調をちらつかせながら、目玉をくりくりさせて言う。

——伊河君、行かない？

ファッションにこだわるカナコが今日も黒でまとめ、甘ったれた声を出す。響平は腰を上げると、四人の後に従った。

——表通りから行くより近道して裏から行こうよ。

菊谷は高校もこの大学の付属を出ていて周辺のことは熟知していた。いかにも良家のお坊ちゃん育ちの風貌や身なりだが、スレた一面があり、〈お高い全集なんか買うものじゃなくて、ジュネの全集は全部本屋さんから調達したものよ〉なんてぬけぬけと言う。

五人は大学が禁じている裏手の道へ入り込むと、「八方園」の茂みの方へ向かって行った。大学の門から表通りを行けば六分ぐらいの距離はある。

菊谷の話では、大学の隣は「八方園」の庭園とは隣接したも同然で、この秘密の抜け道を知っているのは高校時代でもわずかだと得意気になっている。

一行は生い茂った樹下の狭い道を、冒険でもしているような気分で数珠つなぎになって歩いた。突然早知子が言った。

——菊《きっ》君あたし高橋英郎《ひでお》先生の授業に出たいのよ。大丈夫？

——早知子、先生のファンだもんね。

カナコが冷やかすように言った。

——だって、顔を赤くして「私はモーツァルトに命を救われた」なんて言ったり、すっごいロマンチストなんだから。

——あの人一流のモーツァルト学者だもん。『モーツァルトとの散歩』の翻訳本を出したら、何か凄い人に褒められたんだって。

——小林秀雄にだろう。

響平は菊谷の背に声を掛けた。

——ピアニストと結婚するって言って、本当にそうなったと、須藤さんが言っちょった。

善明が振り返りながら言った。

一行の斜め向こうに、風格のある白っぽい洋館が見えて来た。

――菊谷、あれが藤山愛一郎の別邸か？　たいしたもんよのお。

――左手のがっちりした建物が私設の図書館だって。

善明の感に入った問いかけに、菊谷は応えながら、

――あんな図書館、個人で持ってどうすんだろう。お偉くなると見栄もスケールが違うよね。

――お金の使い道じゃあない。車に掛ける人、お妾さんを持つ人、人様々よ。菊君だってお金を持てば何かに注ぎ込まずにはいられなくなるから。

カナコが言った。

響平は、テレビで見た外務大臣の藤山愛一郎の風貌を思い浮かべながら、その洋館を見つめた。政治家と言えば俗な面しか浮かばない彼には驚異だったし、この都会で樹木に囲まれた静けさの中に、私設の図書館を持つなど夢のような生き方だと思った。

「八方園」の庭園へ入り込むと、菊谷は自分の庭のように先導して、池を廻りながら東屋の側を通り、グリルの見える石垣の方へと向かった。

そしてグリルへ入って行った。昼食時のせいかテーブルにはかなりの客があり、見回しても学生風の若い客は居ない。五人はボーイに促されるように奥のテーブルへ着いた。菊谷はコーヒーを四つほど注文すると響平にメニューを手渡した。食欲があまり湧いて

こない響平は、不安を感じながらページを繰っていると、

――あれ、先生たちだ。渡辺御大を中心に、ほら、仏文のお偉い先生たちよ。

菊谷が言った。

――生ビールを飲みながら昼飯か。会議じゃないのお。

野太い善明の声が聞こえたか、学科長の木越教授がこちらを見て、気がついたらしく手を上げた。

――カナコ、挨拶に行こう。サチも。

菊谷は席を立つと二人を伴い、窓側の教師たちのテーブルへ寄って行った。

――木越さんは渡辺一夫の愛弟子だって言うから、御大の出講日は東大仏文の弟子筋で昼食会なんだろう。うちの担任の須藤さんが居るし、この間のコンパの二次会で、渡辺御大は自分の仲人親だって、須藤さんから聞いたよ。

響平が言った。

向こうでは、菊谷が満面の笑みを浮かべ、体を右に左に動かし媚びを売っている。カナコや早知子にしても同様だ。

――菊谷はの、取り入るのが好きだから。アイツは研究室にだってちょこちょこ顔を出して教師連中の人気者だけど、あの性格にはついて行けんとこがある。

――そういうタイプなんだ。良家で僕ちゃんとして育ったんだから。ところで、渡辺御大の「フランス文学史」の授業、あれにはちょっと驚いたな。授業を受けているのは俺たちだけではなくて、後ろに若い講師連が何人も一緒に授業を受けているんだ。

――下村からその話聞いたのお。偉い先生で、ソルボンヌ大学から勲章貰ったとか、敗戦日記は軍部批判をフランス語で書いていたとか。

――うん、そうなんだ。学生への言葉遣いが丁寧すぎるくらいで、弟子筋の教え子であっても〈私の友人〉扱いなんだそうだ。だから大江健三郎だけじゃなくて、お前の嫌いな木下恵介なんかも信奉する一人で、学者の域を超えてしまっているよ。

――お前、だけど下村が、ルネサンス期の文学史なんてちっとも面白くないって言っちょった。俺たちのレベルを考えずに高すぎるんよ。なにせ東大出ばかりの教師は一流で、学生は二流にも成れんそうだから。

――須藤さんが言ってんだろう。あまり認めたくはないけど、そう言われても仕方がないのがいるよ。幾日か前、渡辺さんのフランス語の授業で、横田がサングラスを掛けていたんだよ。窓側の一番後ろの席だったんだけど。さすがに渡辺さんも我慢出来なくなって怒りだしてね。「君、サングラスを外しなさい」と怒鳴ったんだ。真っ赤な顔になって声が震えてたよ。東大生にはそんなのはまず居ないだろうから、あの怒りは本邦初公開だっただろう。

菊谷たちがはしゃぎながら戻ってきた。

――高橋先生が、今度やる僕たちの公演、見に来てくださるって、ね、早知子。

――高橋さんだけ？　須藤さんや木越さんはダメか？

――無理無理、ね、カナコ。サチがちょっと言ったけど返事なかったもの。

――じゃあ、仕方ないのお。

すると善明が思い出したように、

――そう言えば今度の土曜に、同人誌の印刷機と紙を買いに行くと下村が言っちょったけど、伊河、お前医者に行くんだって。どこが悪いんか？

――胃だと思うんだけど、食欲はないし、調子が悪くなると左の脇腹が痛みだすんだ。このところずっとそんな調子よ。

その時木越先生が近づいて来た。

――君たちはまだ居るのか、これは私が一緒に払って行くから。

皆一斉に立ち上がって礼を言うと、教授はレシートを持って行った。

――さすがやのお、俺たちのものまで払ってくれるとは。大きい、大きいのお。

善明の言葉が木越先生の背を追いかけるように響いた。

＊　＊　＊

同人雑誌の創刊は十一月発行予定に動きだしていた。下村、響平、島田、麻野は大学が後期に入った十月初めに文芸部を退部。杣野《そまの》だけは部に席を置きながらの参加で、それに加え演劇の善明修四の六名である。

当初下村が考えた文学への志向性とか、レベルの問題は、まったくの理想でしかなかった。とにかく創刊号を出そうということで、部費を月、二千円として会計は几帳面な杣野があたった。

同人誌名は下村の発案の「碧鈴」に決まったが、表紙のイラストから編集に至るまですべて彼の独壇場となった。だから同人は締め切り期日までに、自分の原稿のガリ版書きをして、雑誌作りの作業へ参加すればよかった。下村は無口で自分のペースで一人こつこつとやるタイプゆえ、マネージメントは響平がやるようになった。

「碧鈴」創刊号は、表紙のイラストに下村の詩が書かれていた。

崖の下の岩に
鳴らない鈴が落ちていた

夕日の頃
その碧きは鳴り出す。

まさにこの詩そのものが、「碧鈴」同人誌の傾向を語り、時代に背を向けた下村の原風景と言えた。響平は象徴詩や朔太郎の官能的退廃美のようなものに惹かれていたから、下村への共鳴も強かった。響平の詩は「碧鈴」創刊の巻頭に二編掲載された。

その晩
しみいるような白い糸が絡みついてきて
もがけばもがくほどその糸は増え
頭の中を真っ黒の巨大な貨車が
ゆっくりと走り出し
落日の陽射しはじわじわと土塊《つちくれ》を
溶かしているのです

泪をいっぱい浮かべ

大声で笑ってもみました
蒲団の上を首をふりふり這いずってもみました
お察しの通りです……
そのうち
白い糸が蜘蛛になり
心臓から四方八方へと歩き出しました
巨大な貨車は猛然と走り出し
脱輪すると崖下へ何度も何度も落ちて行くのです

何もかもがこうなんです
何もかもがこうなんです……

——「殺風景なスケッチ」

本文をホッチキスで留め、厚紙の表紙で糊付けしたものを二百冊近く作り、一人二十冊の配分となった。残りの八十冊は関係各所にそれぞれ配布したり、一冊百円として大学のグリーンホール前や、渋谷のハチ公前で売ることにした。反響など知れたもので同人の自己満足の域でしかなかったが、仏文科の先生の中に、当時H氏賞とその後に読売文学賞を受賞した詩人の入沢康夫や若手詩人の天澤退二郎がいた。また英文科には著名な西脇順三郎が講義に来ていたが、そんな中で入沢先生は「碧鈴」に好意的な感想を寄せてくれた。それが縁で下村と響平は、入沢先生の住まいを訪ねるようになった。

下村の詩作への内心の自負は抑えがたく、それでも畏《かしこ》まる彼に対して、先生も学生に接する言葉ではなかった。下村の才能を認めた物言いは、彼の訥弁《とつべん》を解りやすく補う能弁で、次々に論の深みへと導く展開となり、傍らの響平を興奮させた。そしてその会話で頻繁に説明されたのが擬物語詩である。先生が取り組むその構造詩は、時代に背を向けた響平の詩作に大きな影響を与え、方向転換を促すヒントとなった。

響平は今の現代詩が、近代の抒情詩以後、心情の個的小宇宙から抜け出せず、小手先の表現技巧へ走り、内容の深化や創造のダイナミズムに欠けていると思っていた。ところが入沢先生の詩は、広さと深さにおいて、創造空間の広がりは戦後の現代詩を凌駕していると確信した。

丈ノ高イ草ガソノ半周ニ茂ッテイル池ニヒドク暗イ太陽、
葡萄ノ色ノ太陽ガ映ッテイテ、草ノナイ側ノ岸カラ五歩ノトコロニハ池ノ半分程ノ直径ヲ持ツ円イ塚ガアリ、ソノウシロニ七ツノ石柱ガ三日月状ニナランデ立ツテイテ、ソノ五番目（右カラ）ダケガ傾キ、ソレダケガ、苔ガ少シモツイテイナイノデ夜白ク光ル。鳥ノ渡リノヨイ目ジルシ。コレラヲサラニ遠マキニスル森ガアリ、ソノ森ノ一角ハ長クノビテ「時間ノ海」（ソレハドコニアルノダロウ）ノ方ヘト進ミナガラ、途中デチカラツキテソコデトギレテイルノダガ、ソノ森、ソシテソノ池ノ辺リガ、私ト、私ノ死ンダ妻トノアイビキノ場所トナル。アノ鉄ノ燃エル嵐ノ中デ蛙ノヨウニ、黒コゲノ腹ヲ空ニムケテ死ンダ妻ヲ、誰ニモ内緒デコッソリト呼ンデ来テ、石柱ノアイダニ優シク住マワセ、私ハ毎夕定刻ニ取引所ノ門ヲ出ルト、赤イ花ヲ口ニクワエ手ニモモッテソコヘ出カケテイクノダ。…………池ノホトリ、茎バカリノ草ノ中ニ妻ハ腰ヲオロシテイテ、私ガイクト池ノ面デ細イ手ガユレルノダ。

これは毎日新聞夕刊に掲載された「ワレラノアイビキノ場所」という、先生の擬物語詩の傑作である。この作品は、物語的仮構を示した上で、詩の機能を大胆に駆使して、リアルな具象的イメージをちりばめながら、幻想的な不可知世界を創出し、特異な小宇宙からポエジーが湧出するのだ。

響平は、衝撃的なこんな作品を書いてみたいと思わずにはいられなかった。

それからというもの彼は入沢康夫詩集を貪り読んだ。それと同時に「あもるふ」と言う、先生が仲間と出している同人誌を先生宅から四、五冊借りて来て、擬物語詩への響平なりの追究を試みようとした。

そして半年後、その実作を「碧鈴」に発表し始めた。

思想

石榴《ざくろ》のように密契したものではなく　季
節をそのまま映すような地塗りの器を想
えばよい　花文字で書かれていて　なに
よりも本能と美の腥な関係をあらわにし
ている　産婆の昔話のように血の色に

愛

染まっていて　危険でさえある　館がむかし殺戮と姦淫に明け暮れて崩壊しかかったおもな要因は　この思想だ　館は深閑としているが　夢とこの思想は怒号と哄笑の渦を絶えず引き起こしている　跛行の論理を操って思想の外形をなぞってはみるが　不思議なことに　あのとき獣達に食い散らかされた夢と精神のように星形となる　漆喰のようにとにかく卑猥だ

空想の所産である　それゆえ辻馬車に揺られて海青色の彼方へ疾駆するようにかなしく　美しいとされてきた　館の外形を神秘にも暗鬱にも見せるのは　この愛である　紡錘形の深淵に陽が沈むとき紅海を進む剥き出しの帆柱に似た果敢さ

を持っていて　あの昔館の崩壊をくいとめたのだ　なによりも許すこと　また悍馬のように激しく身を震わせて茨の中に突入する意志を持っている　燠火の　赤く凍る静けさと孤独の容貌　運命とそれを諦めている……

——「その青ざめた顔を出せ」

ところが、そんな創作活動を打ち砕くばかりに響平の体調は悪化していた。

当初響平が母に促されて胃腸科専門の医院を訪ねたのは十月の始めだった。十二指腸潰瘍と診断されたが、手術とまではいかずに薬物療法で治るとのことで、日に三度大量の薬を飲まされることになった。週に一度、医院を訪ねるたびに、薬が効かないことを訴えると、好人物のその医者はあれやこれや薬を調合してくれたが、一向にはかばかしくなかった。傍らで看護婦として仕える明るい美人の奥さんの励ましもあり、響平はかなりの長い間通ったことになる。

それまで響平は病気とはあまり縁がなく、盲腸炎が唯一の体験だったから、いずれ治るだろうと高をくくっていた面がある。しかし次第に病状の重さに不安が募りだした。食後には決まって鉛玉をぶち込まれたような重苦しさに襲われ、吐くほどではなかったが、その苦しみはいつまでも続いた。たまに消化の悪い豚肉や天ぷらなどを我慢できずに食べたりすると、激痛で二転三転した。体は痩せ始め、食事療法をせざるを得なくなった。妹はお兄ちゃんと一緒に食事するのは辛いからと、一人で先に食べるような始末で、食後響平は横になってある程度の消化をするまでテレビの前に釘づけか、部屋で読書も出来ず、レコードを掛け放しにした。

それでも学校へは痛みが出ないかぎり通学した。梨都子会いたさの気持が半分あった。それと授業より学校仲間や同人の会合が気になった。そのため昼食は、蜂蜜をぬりこんだ食パン二枚をラップとホイルで包んで持って行った。喫茶店ではコーヒーは飲めずホットミルクだけ。まして会合での酒は厳禁で、響平だけ具のないかけ蕎麦だった。

響平の行動半径は狭まった。飲食の問題が先ずあったし、痛みが突発的に起きると、駅のホームのベンチでも横になりたくなった。授業中に痛みで堪えきれなくなれば教室を出た。

クラスに入学時から響平とは気が合う川田という北海道出身者がいた。温良で篤実な気質は人に好かれたが、彼は語学に興味を持ち、文学にはあまり関心がなかった。響平

はノートを借りたり、学校の情報を彼から得ていた。その川田が響平の病状を気遣い、
——町医者じゃなかなか見立てが難しいから、一度学校の校医に相談に行ったら。
と言われた。

響平もその気になり、五月の連休に入る前、お茶ノ水の女子医大からやって来る担当医の許へ出掛けた。担当医は、響平の訴える症状にじっくりと耳を傾けながら、

——私は循環器が専門だから、確かなことは言えないが、あなたのそんな症状だと、厳密な検査をしないといけないね。紹介状を書くから早速に私の病院で調べてもらいなさい。

響平は紹介状を書いて貰った。これでようやく病名がはっきりするかもしれないと期待を抱きながら、女子医大へ出掛けた。レントゲンから胃カメラ、他にも幾つかの検査が終わるまで半日掛かった。しかし検査の結果では、

——胃壁がだいぶ荒れているが十二指腸、肝臓にも異常は見られないから、それほど心配することはない。と言われた。

響平は病状の辛さを再度説明して、どこか[illegible]問題箇所がなければこんな苦しみにはならないと訴えたが、医者の応対は冷ややかなものだった。

響平は、この苦しみを抱えて生きて行かなければならないのかと思うと、落胆より絶

望に近かった。やり切れない気持で橋にさしかかると、遙か下を流れる神田川の汚れきった流れに思わず唾を吐いた。

＊　＊　＊

それから幾日も経たなかったが、響平はまた梨都子との悲しい出来事に遭遇した。彼は体調のはかばかしくない日が重なるにつれ、学校からの帰宅時間が早くなった。

その日は、午後の授業が終わると仲間には出会わず、校門を出てバス停へ向かった。と、カナコたちと仲良しの倉田比羽子に出会った。彼女は演劇部に顔を出したり、善明が演劇集団を立ち上げた時は、脚本を担当したりしたが、いかにも富山出身の訛りのちらつく素朴さを顔に滲ませていた。

響平は彼女と新宿駅まで一緒に帰ったが、車中で比羽子が「碧鈴」に載せた響平の作品についてこんなことを言った

――詩って気持のストレートな表現でしょう。わたし短い詩しか読んだことないから、伊河君のあの長い散文詩はちっとも解んない。まとめてゆくのだって大変でしょう？

切れ長の目もとで、あどけない表情を向けて来た。（実はその彼女は後年、難解な散

文詩で認められ、現在では気鋭の女流詩人として活躍している）

響平は比羽子と別れて、新宿駅から発車寸前の急行に飛び乗った。座れたのは半ば過ぎた頃で、大秦野駅に着くと最後尾の車輌だったため、急ぎ足で改札口へ向かった。駅を出た所で偶然乗り合わせていたのか、梨都子が歳も同じくらいの女性と前を歩いていた。響平はときめく気持を抑えながら、追い抜かずに彼女たちの後ろを歩いていた。やがて梨都子はその女性と別れた。人通りはなく夕暮れ時の静けさが辺りを包んでいる。響平はどういうわけかいつもの緊張感がなかった。ためらわずにずんずんと近づいて声を掛けた。すると彼女は驚いたふうもなく、

――今晩は。

と礼を返した。二言三言話し出す自分が、変に落ち着いていると響平は思った。が、話の内容には余裕がなく、いつもの誘いの言葉になった。梨都子は大学での部活の話をし出した。珍しく彼女にしてはよく喋ったが、やんわりと断られた。その言葉だけが彼の脳裏に突き刺さり、その瞬間から会話の内容が消え去った。響平は別れの地点が間近になると、救われた気分でその場から去った。

彼はそのまま家へ帰る気にもなれず、禁煙の身でありながら煙草屋でハイライトを買った。少し道を戻ってから、暗く鬱蒼とした山が迫る川の方へ向かった。点けた煙草を

二、三度大きく吸い込んでは吐いた。とたんにうめくような言葉がほとばしり出た。
〈俺はなぜ、結果が分かっているのに同じことを繰り返すんだ。こんな馬鹿を何回やったら気がすむんだ……〉

　吸いかけの煙草を投げつけると、それを靴で何度も踏みつけた。

〈これは俺の業なのか……。アイツはこれだけ求め続ける俺に、何でいつも平然と受け止めては俺を突き放すんだ。逃げればいいじゃないか。こんなしつこい俺を、もっと徹底的に嫌えばいいじゃないか。チクショウ、チクショウ、俺が馬鹿なんだ。あんな女を好きになった俺が馬鹿なんだ〉

　響平は土手を駆け下りた。川原を歩くと、流れが音を立てて岩根にぶち当たっている前に立ちすくんだ。

　響平は学校をそれほど休まずに通っていた。その日は、去年単位が取れなかった仏作文の二時限目の授業に出た。一年生との合同のため、空席が見当たらないほどで、響平は後方の窓側の席に着いた。七割方が女子で、その中に彼の目を惹くスレンダーで派手目の服装の子がいた。彼が一度、その子の隣で授業を受けた時から、互いに意識するようになった。が、声を掛けるほどの気持は響平にはなかった。彼女が遊んでいるふうにも見えたし、意識の底で梨都子の代役にはなれない、という思いが強かった。

響平はその日、川田と午後の授業を終えて図書館の前まで来ると、その彼女が二人を追い越して行った。校門まで来ると、タイミング良くバス停にバスは止まっていて、響平と川田は急いで乗り込んだ。中は混みあうほどでもなく、二人はつり革を握ったまま目黒駅へ着いた。駅の方へ向かって歩き出すと、またあの彼女が追い越して行った。響平は彼女を気にしながら歩いていると、改札口へは向かわずに駅ビルのエスカレーターを上って行く。響平は思いついたように川田に言った。

——すぐ帰って来るから、改札の辺りで待っててくれ。

響平はエスカレーターを音を立てて、駆け上がって行った。二階のフロアーを見回してから、また三階へ上って行くと、彼女はすぐに見つかった。向こうも気がついて響平を見ている。彼は近づいて行くと、

——買い物してるの？

——時間があったから、ちょっと。

——帰り、偶然一緒だったもんだから、ちょっと声掛けてみようかと思って。

——二年生の人でしょう。グリーンホールの前で時々、雑誌みたいのを売ってるでしょう。

——ああ、見てた。それなら買ってくれれば良かったのに。仏文の先輩、後輩という

ことで。

――ごめんなさい。あまり興味ないから。

彼女はにこっと笑ったが、頬に笑窪が出来て愛嬌のある表情になった。響平もつられるように笑顔になって、

――無理強いしちゃあいけないけど、仏文なんだから、文学に興味持たなくっちゃあ……。じゃあ、一冊進呈するから読んでくれる？

――ええ、でも、私あんまり解んないかも。

――いいさ、手にとって読んでくれるだけでも。同人雑誌というと堅いイメージがあるけど、僕らのはまだ始めたばかりだから、解る作品が多いと思う。それにね、読者層を広げなくちゃならないから、この次の仏作の授業に持って行くから。それじゃあ。

響平はエレベーターを探すのに戸惑いながら、有頂天になって川田の待つ改札口へ戻って行った。

二日して響平は仏作文の授業に出た。教室へ入ると一段と目立つ格好の彼女と顔を合わせた。あまり授業に集中出来ずにいたが、それは彼女のせいばかりではなく、一時限目が終わった頃から、左下腹に鈍痛が起きて、今もしくしく痛んでいた。そんな症状に慣れてしまっていたが、不快さは何をするにも面倒な気分になった。

終了のチャイムが鳴り、廊下へ出ると彼女と言葉を交わした。肩を並べて歩きながら、響平は「碧鈴」を差し出した。彼女はそれを手に取るとめくりながら、

——どの作品？

と訊いてきた。彼は目次を広げると指差した。

——これ何と読むのかしら？

——美濃琢也《みのたくや》と読むんだ。本名はね、伊河響平。

——ペンネームってみな格好つけるのね。あのー、私、小松香里《かおり》です。

二人は階段の所まで来た。すると下から上がって来た島田が声を掛けてきた。

——おお、伊河、今日のお昼に集まるんだろう？

彼は大きな紙袋を下げている。

——ああ、ちょっと寄る所があって、グリーンホールへ行くよ。まだ少し時間があるから。なんだいその袋は？

傍らの小松香里が口を挟んだ。

——これ、じゃあ読んでみます。難しそうだけど。

彼女はにっと笑みを浮かべ階段を下りて行った。

——友達にリュックを頼まれたんだ。今の子、二年じゃ見掛けない子だな。イカスじ

ゃん。「碧鈴」やったのか。

――そうだよ、一年だ。文《ぶん》ちゃんが喜ぶと思ってさ。いつも美人の枕辺に「碧鈴」を置いてもらうのが何よりの快感だって言うからさ。

――彼女が置くかどうか分かんねえだろう。その辺にポイだよ。ハハハ。それじゃあ後でな。

島田はせかせかと又階段を上って行った。響平は事務室ではなく、医務室へ向かった。担当医が今日は来る予定になっている。

ノックすると、先生の声がして、顔を見るなり訊いてきた。響平は、検査したがそれほど問題はないと言われたことを、不服だとばかりの説明をした。けれども先生は、

――精密検査をしてこれといった問題が見つからなかったんだから、あまり神経質にならないことだね。煙草とか、お酒は控えて、しばらくは健康管理した生活を送れば症状は治まるから。

自信溢れた笑顔に、響平は何も言う気がしなくなった。内心、別の消化器専門の医者でも紹介してもらえたら、と考えて訪ねたのだが。

響平はグリーンホールへ向かった。中庭のキャンパスからかなりボリュームを上げたマイクの演説が聞こえる。朝も校門近くでヘルメットを被りマイクを持つ学生がビラを

配っていた。このところ授業料問題で立て看が並びはじめている。マイクの演説はベトナム戦争への政府批判に変わっていた。

響平はグリーンホールへ入ると二階へ上がった。窓寄りのテーブルに下村、杣野、善明の顔が見える。彼等は食事をしていたが、響平は杣野が確保しておいてくれた席へ荷物を置くと、牛乳を買いに行った。昼食時のため人をかき分けるようにして、パン売り場の列へ並んだ。響平が席へ戻って来ると、島田や麻野の顔があった。同人全員が揃ったことになる。

響平はホイルに包んだ食パンを取り出して、牛乳を飲みながら食べ始めた。周りの者より早く食べ終わった善明が訊いてきた。

——伊河、体調はどうなん？　病院へ行ってもダメじゃったらしいのお。アテにならん今の病院は。俺の兄貴も胸ではだいぶ入院しよったけど、よく言っちょったわ。

——うん、今回行って感じたけど、大病院っていうのはあの検査、この検査という調子ですべてシステム化して、医者はデータだけの判断だから、患者の症状にはとことん付き合ってくれないんだ。機械にすべてお任せってわけだから、体に触りもしなかったな。

響平はここぞとばかり鬱憤を吐き出すと、

——医者ばかりで、もう医師とは呼べなくなってるね。

下村が丸メガネの奥で皮肉の笑みを浮かべながら言った。すると島田が、

——そりゃあそうだよ、データ判断だけなら、医者は自分の診断責任がずっと楽になるもの。

——そいで薬をじゃんじゃん出してるのお、保険で食いよるのか。

笑いながら発した善明の声が聞こえたかのように、離れたテーブルの方から菊谷がこちらに手を振っている。早知子と比羽子の顔も見える。

六人は食事を終えると、会費の納入状況や、次号の原稿の集まり具合と発行日の決定を話し合った。各自に渡っている「碧鈴」の売れ行きについての報告もあったが、下村が、渋谷のハチ公前で立ちんぼうで六冊売った話をした。

——僕のことを皆ルンペン詩人だと思って寄って来るんだけど、同族の臭いを嗅ぎつけた気になるのか、ほとんどが訳ありの人って感じだ。だけどあまり同人誌への興味はないんだ。一人だけ、僕の詩集も読んで下さい、って差し出されたけど、ああやって立ってると、けっこう面白いもんだよ。

午後の予鈴のチャイムが鳴った。テーブルに腰掛けている学生の多くが動き出した。響平たちのテーブルで残ったのは、下村と響平と島田の三人で、グリーンホールの出入

り口へ行くと、いつもの机と椅子を並べ、「碧鈴」を取り出して、百円と大書したボール紙を置いた。足の悪い下村が腰掛け、響平と島田は机を挟んで立った。

授業中のキャンパスは静かで、図書館前の木陰のベンチでは四、五人の学生が集まって話している。時おり前を通り過ぎる学生のほとんどは机の方を見向きもしない。授業終了のチャイムが鳴った。グリーンホール前も学生の流れが忙しくなった。

――あっ、英文の薔薇だ。沢井麗ちゃんがこっちへ来るよ。

島田の甲走った声に下村も響平もそちらを見た。セミロングの黒髪をヘヤーバンドでおさえ、モスグリーンのスーツ姿だ。彼女は同人の間でもよく話題になるが、下村の一番の憧れだった。目鼻立ちの整った品の良い顔立ちは、南方の血を感じさせたが、スタイルに合った服装のセンスは、ひときわキャンパスの中で目立った。大学教授の娘だという話だが、彼女は響平たちと同学年で、クラブは二つに所属し、彼氏はまだいないとの情報が流れていた。

その沢井麗がグリーンホールへ近づいて来る。響平は思わず下村の顔を見た。常に無表情な彼の顔が幾分赤らんでる。とっさに響平は近づいた彼女に背を向けると、

――サルトルの飢えた子供じゃないが、うちの学生は読書よりアイスクリームさ。

彼女への当てつけを下村の顔へぶつけた。彼女はそのまま通り過ぎた。それから十五

分ぐらい過ぎただろうか。グリーンホールから沢井麗が出て来た。するとためらいがちに立ち止まり、机の方へ寄って来た。

——一冊下さい。

落ち着いた声だったが、緊張しているふうに見えた。掌に百円玉が握られている。響平はまさかの出方に言葉が見つからず、下村が、

——ありがとう。

とひと言小さな声で応じた。彼女は「碧鈴」を受け取ると足早にその場から去った。三人が驚喜したのは言うまでもない。下村が後々このことをよく話題にして、

——解ったふうな批評を聞かされるより、麗ちゃんの手に握られた「碧鈴」は実感があったよ。あんな感じは後にも先にもない。

この当時の下村康臣のことを、孤峯文人《こみねぶんじん》のペンネームから、文人さん、文ちゃんと同人仲間では呼んだ。とにかく毎号目を瞠るほどの彼の創作意欲に誰もが敬服した。「碧鈴」四号などは三分の一が彼の作品だった。冒頭に「意識の流れノートⅠ」の評論、中ほどには四つの小詩編、後半には小説「緑青の尖塔」を掲載。響平も詩と小説を載せたが、まったく比較にならないほどの枚数で、下村の文学への意気込みは、彼の作品ですべて埋め尽くすことも可能だった。それに加え表紙から誌中のすべてのカットまで、毎号彼

が描いていた。

彼の掲載作品には母への献辞がよく見られた。下村の育った家庭は下に妹と弟がいたが、父親は組合活動に奔走して家庭を顧みず、看護婦長だった母親の手一つで育った。不運にも彼は小学生の頃に小児麻痺を患い二年学校を遅らせている。そのため虚弱体質と左足の跛行は、多感な自意識家の下村を激しく苦しめた。響平はロートレックの苦悩を下村に想い描いては、芸術に生きる男の絶対矛盾を感じた。そのせいか下村は、そうした逆境への演出として、トレードマーク化した衣装を身につけ、それに動じない仮面の表情を身につけるようになったと言える。彼は「碧鈴」五号で書いている。

「虚妄のポーズとは、自らのポーズを守るために、ポーズが新たに加えられるその悪循環である。しかし、どこまでもその苦しい悪循環を知っていることによって、彼はその主であり得よう。そうして、虚妄はとにかくも真実に近い所にある。

虚妄のポーズとは、常に傷つきやすい、常に自ら死の平安を幻想する心を守る……鎧である。しかし不思議に窮屈ではない。又しかし、悪くするとあの『乙女の魂が武者の鎧を着ていた』というニーチェの無数の亜流の一つに堕するのだ」

しかし、彼の虚妄のポースが板に付けばつくほど、文学的には遠回りをしてしまったことになる。身を苛むことと、自己を取り巻く環境に眼を瞑るのが、青春時ではどれほど至難の術か。下村がなりふり構わず時代の文学に直進したらという夢こそ、響平の梨都子へのあり方と似ていたかもしれない。

響平は酒を飲みながら梨都子の事を下村に打ち明けたことがある。彼は何と言ったか。

――苦しい顔をするな、悩むなんて、贅沢が過ぎる。

VII　町医者と宿病

響平の病は依然として彼を苦しめた。症状が次第に厳しくなり、大学からの帰りなど車内の座席に腰掛けてはいたものの、左脇腹の鈍痛がズキンズキンとひきつるような痛みに変わり、堪えきれずに下車していた。なりふり構わずホームのベンチで腕枕して横に寝た。その体勢になると痛みが少しはやわらいだ。そうしていると酔っ払いに間違えられたり、駅員がやって来るという始末だったが、痛みがやわらぐと何とか家へ帰り着いた。

食事はとにかく厳格にして消化の悪い脂肪質の物、酸味、カフェイン、香辛料の利いたものなどを避けた。医者に言われるより、身をもって知った。病院も一つだけではなく、父親の友人の薦めで虎の門病院へも行ったし、北里病院にも行ったが、いずれも女子医大と同じで、検査方法もほとんど変わらず、欠陥箇所の発見には至らなかった。
こんな苦しみを抱えてこれからどうやって生きて行くのか。響平の絶望感は発作的に起こり、部屋の中を四つん這いになって這いずり廻った。母親も響平の食事療法に悩み、実家へ帰ると祖母に涙ながらに訴えていたようだ。当時の大学ノートの日記の片隅に、こんな詩が書き記されている。

人間《ひと》が生きていると実感するのは
吸い込んだ空気がつま先まで抜けてゆくような
生身の自然な意識だ
それがどうだ
物を食えば四六時中腹の中に
ドロ詰めのズダ袋がのたうっている
仰向けにでも寝ようものなら
その拍子に消化しない胃の中の物がガバリと動き
そのズダ袋の重さで息もつけない
腕枕して右に左に反転しながら

とにかく時間を待つしかない
ところがズダ袋の中身が減ってくると
灼けるようにシクシクズキズキ痛み出す
四六時中意識がそこにはりついて
思考も停止、睡眠もままならない
ガマンも限界でヤケを起こして
酒でも、カツ丼でも食らったら
鉄杖《てつじょう》持った鬼がズシンズシンと腹の内を動き回る
この腐れ切った内臓をつかみ出せ
この体を踏みにじってしまって
ああ、楽になりたい

響平は学校を休む日が多くなった。眠れないため起きる時間が不規則で、目が覚めるとパジャマの上から紺の丹前を着込み、いつもの散歩に川土手へ出た。メリーは待っていたとばかりに付いて来る。痩せた体は疲れっぽく、吹き寄せる風にも頼りなかった。〈いつまで生きられるのか〉そんな意識が絶えず湧いては消えた。

爽やかな秋の陽射しが差し込む日曜の朝だった。父親のすぐ下の弟が朝食の終わった茶の間へ顔を出した。叔父は父と同じ盆栽や菊花の趣味があってよくやって来たが、響平の顔を見るなり体調を訊いた。響平の芳しくない受け答えに、

——大学の病院がそんなふうじゃ仕様がないから、渡辺さんへ行ってみないか。あの人は隣の町内でよく知ってるが、人間《ひと》の出来た人で、見立てもいいと評判だから、どこか紹介してもらったっていいじゃないか。

と薦められた。父親も同調して、

——そうだな、それはいい。よくお前の状態を話してみたらどうだ。とにかく一度行ってこい。

響平は医者アレルギーを超え、憎悪の感情すら抱くようになっていたが、翌日から母親に再三急かされて、三日後の水曜日に自転車に乗ると渡辺医院へ出掛けた。そこは駅への通い道にあり、見慣れた看板のため内科医の文字すら気がつかなかった。ドアを押して中へ入ると、古びた手狭な待合室に患者は少なく、二、三十分もすると彼は呼ばれた。

渡辺先生は白衣の上衣を着た小柄な人で、端正な顔立ちにやさしげな目は、響平の話をどこまでも聞こうとする。今までの医者が、患者の話をろくに聞こうともせず聴診器

を当ててきたのとは大違いだ。

——とにかくレントゲンで診てみましょう。

と言って準備に入った。響平は上半身裸になり、移動式の台の上に寝かされると、様々な角度からレントゲン写真が撮られた。CTスキャンやエコー、内視鏡のある時代ではない。検査は丁寧で時間をかけた。終わってから待合室で看護婦に呼ばれるまでの時間、響平は何か落ち着かなかった。ようやく看護婦に呼ばれ、緊張の面持ちで診察室へ入って行くと、

——膵臓が悪いんじゃないかな。

先生はレントゲン写真を見つめながら言った。

——膵臓ですか？

響平は聞き慣れない病名に戸惑いと不安を覚えたが、初めて明確な病名を宣告されたことに安堵感があった。

——膵臓は胃の後ろに隠れている臓器だから診断は難しいんだけれども、

と、先生は言いながら、レントゲン写真の一枚のある箇所を指しながら、

——ここに膵臓の一部分が捉えられてるが、これは明らかに形が変形している。

——先生、膵臓が悪いとどうなるんですか。今の私の症状は……。

——当然だね。膵炎になっていたら、膵液が出にくくなってしまって、消化不良を起こすし、痛みはひどくすると激痛となるから。背中から肩に掛けての痛みがあるかい？

——あります。よくあります。

——それが膵炎の典型的な症状だよ。三日分薬をだしておくから、それが効くようだったら間違いないな。

響平は支払いを済ませ薬を貰うと、看護婦に言われるままにエーザイムという黄色い錠剤三錠を飲んで医院を出た。

自転車で風を切って、梨都子の家が見える坂を下っている時だった。左脇腹に異変を感じた。風が差し込むような軽さがある。いつもの箇所、重苦しいそこにはりついた神経の感覚が緩んでいるのだ。〈薬だ。さっき飲んだ薬のせいだ。初めて効いたんだ。俺の病気は間違いなく膵臓なんだ……〉

響平は坂を下りながら自転車の上で、全身が感動で震え、涙が流れていた。

三日後に渡辺医院を訪ねると、先生は、

——今の医学では膵臓は難しい臓器でね。療法は遅れているんだ。君の膵炎は罹ってからだいぶ経っているから、炎症で変形しているようだが、手術なんか出来ないから、山北に膵臓を専門にしている先生がいるから、そこへ行ってみたらどうかね。紹介状を書くから。

と、言われた。響平は、当然渡辺先生が診てくれると思っていただけに、落胆したが、医学事典なども読み、病気への認識が深まれば深まるほど不安も募った。彼は日を置かず、そこへ出掛けることにした。

山北は小田急線の新松田駅を下車。そこから御殿場線に乗り換える。簡素な駅舎を出ると町並みも寂しく、丹羽病院へはバスに乗った。山間に建てられた木造の病舎でこぢんまりとしていたが、患者は少なくなく、院長の遠山先生が、重症患者にあたっているようだった。先生のぶっきらぼうな物言いは、患者に耳をかたむけない印象だったが、診察にはじっくり時間をかけた。その遠山先生の診断でも響平の病気は慢性膵臓炎だった。先生の話では、手術は命取りになるから入院して、半月の絶食療法をやるしかない、とのことで、膵臓が生易しい臓器ではないという説明をくどくどと聞かされた。

遠山先生は当時、膵臓の臨床医として学会でも知られた存在で、専門の学術誌の座談会に出たり、論文の発表など多数あり、その分野では権威の一人に数えられていたようだ。

入院は二週間後と決まった。響平は半月我慢すれば、この病気から解放されると思うと、その日が待ち遠しかった。そして絶食の苦しさがどんなものかも知らず、入院当日、荷物を持って母親と病院へ赴いた。病室は四人部屋で、膵臓患者だけでなく肝硬変の患者もいたが、ほとんどが年配者だった。

早速にその日から絶食が始まったが、朝夕、具の無い薄い味噌汁一杯と、片栗粉へ湯と蜂蜜を垂らしてかき回したお椀一杯のものが出た。看護婦からも、とにかく膵臓炎は自力で回復させるしか方法はなく、消化器として重要な働きをする臓器だから、活動を停止させることが肝心だと言われた。

三日目ぐらいから、響平はトイレに行こうとすると立ちくらみがした。その症状はどんどん重くなり、壁や手すりにもたれながら時間を掛け、やっとのことで用を足したが、そのうち尿を出すのが困難となった。体から力が抜けてしまったせいだ。八日目あたりからは読書も出来ず、何もせずにぼんやり外の景色を眺めているだけで、一日が非常に長かった。それでもなんとか十五日間絶食をやり遂げた。

それで膵臓の具合はと言うと、痛みはほとんど消え、症状の軽さは感じられたが、食後の重苦しさは依然としてあった。病状から解放されるまでには至らず、そのため月に二度ほど丹羽病院へ通院せざるをえなかった。

響平は病院へ通う日、大秦野駅の改札近くで梨都子に出会った。往く先が逆でつかの間だったが、蒼白い顔に痩せ細った体の響平を、彼女は一瞬見つめた。響平は新松田から山北へ向かうガラ空きの電車に乗り換えても、彼女の顔が頭から離れず、深く沈んだままだった。

私は長くは生きられまい
佇んで野にいる時ばかりが私に親しい
彼岸の空の下で
その花ばかりが美しい
曼珠沙華・天蓋花・ハナミズハミズ
嘘も言えず私の恋
私の膝と私の手足・陽に当って
私の悩みに理由などがない
鬼花・死人花
彼岸の晴れた崖下で
それらに咲くのをよろこべばよい

――『彼岸花』

大学へまた通い出してから、久し振りに「碧鈴」の合評会があった。下村と杣野は山北の病院へ見舞いに来てくれていたので、他の同人には響平のことは伝わっていた。その場に八木幹夫の顔があった。彼とは同期だが、英文科で文芸部に所属して詩を書いていた。下村の信奉者だったが、この同人に入るのは拒んでいた。響平と気が合わなかった面もあり、時々合評会に現れては、斜に構えた皮肉っぽい笑みを浮かべながら鋭い批評をぶつけてきた。

もう一人、風貌もさることながら一・九メートルを超す長身で、後に「ベ平連」で活躍する室憲二がいた。侃々諤々の議論は、喫茶店「ボンソワール」の二階を占拠したも同然だった。

だが常に仲裁役となるのは下村で、訥弁だが自説を控えめに語りだすと、場は沈静化した。

合評会が終わると、飲み屋へ行くほどの金はなく、杣野のアパートに一升瓶やツマミを買い込んで飲んだ。久し振りに響平も薬を持つ安心感から帰る気になれず、その六畳の部屋は十人を超えたが、朝の始発まで飲み、語り合ってそれぞれ帰って行った。

響平は小松香里とは時々付き合うようになっていた。彼は胸の裡の空洞を埋めたい一心でもあったが、それは無理な要求で、ドライで自己愛ばかりの香里に情感の温もりは無かった。彼女自身他人《ひと》を解ろうとする興味はなく、おそらく自分の男としての関係を持った時点から体で感じとるタイプだったろう。情愛に飢える彼にはそれが不満で、だから二人の仲は深まらなかった。

＊　＊　＊

その頃響平は、丹羽病院で知り合った千紗《ちさ》という、五歳年上の女性に惹かれはじめていた。彼女と口を利くようになったのは、月に一度の検査日でのことで、彼女も慢性膵炎の患者だった。

その日は予約された時間などとうに過ぎてしまい、まだ待合室には四、五人の患者がじっと待ちわびていた。それはいつものことで、遠山先生の診察は長引くと多くの患者は承知していた。

秋の陽は落ち込むと一気に暗くなる。室内の蛍光灯が明るく感じ始めた頃には、響平と彼女だけになった。雑誌を読んでいた彼女が、待ちくたびれて文庫本を投げ出している響平に話し掛けてきた。互いに膵臓の症状を語り合っているうちに、話題は大学の話から、文学の話になった。彼女は短大を出ていて、なかなかの読書家だった。響平の語る同人誌が読みたいとも言い、今月辺りから入院することになるかもしれないとのことで、今度響平が病院へ検査に来たら届ける約束をした。少しやつれたような彼女の表情は暗かったが、響平と話すうちにやさしい笑顔が見られ、もとはゆったりと伸びやかな性格に感じられた。

——江畑千紗さん。

と彼女が呼ばれた。彼女の検査も長かった。ようやく響平にも声が掛かり、遠山先生の執拗なまでのレントゲン撮影となった。終わってから問いたげな響平の先手を打つように、

——膵臓は厄介な臓器だから、十五日間絶食して治るような人は急性膵炎の患者だけだ。君のように慢性化して複雑な面を持ってしまっていると簡単にはいかないんだよ。

——先生、複雑って、どういうふうになっているんですか?

——消化のための膵液が出る膵管のところに問題があるんだ。レントゲン写真だからはっきりつかめないんだが……。かっさばけたら別だが、手術はダメだからな。こればかりはじっくり治すしかない。

検査が終わって受付へ顔を出すと、時間が過ぎているだけに受付の中も閑散としてい

る。響平は会計を済まし薬の処方箋を貰った。

外へ出ると、山からの冷気が差し込んで肌寒く感じられる。後方で車のエンジン音が鳴った。ライトが差し込んで来て、響平の側で車が止まった。

——駅まで乗って行きません? これからバスを待つのは大変でしょう。

先ほどの彼女だった。響平は胸にじーんと込み上げるものを感じ、思わず彼女を見つめた。

——待っててくれたんですか?

——遅くなったついでだし、バスだとだいぶ待たなけりゃならないでしょう。

——すいません。なんか、本当に、申し訳ないです。

響平は乗り込みながら、やさしさに飢えた気持が涙腺を刺激してきた。助手席での会話も途切れがちで、彼はなにか彼女に甘えたいような衝動に突き動かされていた。車は十五分足らずで駅へ着いた。響平は丁寧に礼を述べ、別れてから薬屋へ向かった。処方箋の薬を待つ間、別れ際の彼女の表情が浮かんで、それにこだわり続けた。

善明から演劇部の十二月公演の切符を十枚ほど頼まれていた。六枚ほどはさばけていたが、二枚は響平自身が賄うとして、あと二枚のめどをつけようと図書館前の電話ボックスで空くのを待った。小松香里を見掛けた。彼女への気持が遠のいていたので積極的に誘う気はなかったが、とっさに彼は思いついて声を掛けた。香里はこれから授業があるとのことで、帰りを待ち合わせることにした。

響平は内心、その公演がクリスマスに掛かっていたので梨都子を誘えたら、などとあり得ない夢を本気に考えていた。ダメなら妹を誘えばよいということでもあったが。小松香里をそれに誘えば、残る二枚を彼女に捌いてもらうことも可能になってくると計算した。

バス停で五時半に待ち合わせていたがバスは遅れた。彼女と暮れなずむ中で待つ間、久し振りの会話は弾んで、駅へ着くと喫茶店へ入った。公演の件を持ち出すと、彼女もそれを知っていて二つ返事だった。すると彼女の方から『卒業』という映画を見に行かないかと誘われた。ダスティン・ホフマンではなくキャサリン・ロスのファンだと言う。

三日後の土曜日だった。『卒業』はみゆき座で大ヒットのロングランである。響平は二枚切符を買うと立ち見は覚悟で入った。やはり満員の盛況で、二人でなんとかスクリーンの捉えられる位置を見つけた。映画が始まり時々押される場面もあったが、響平は側の香里を気遣いながら映画に見入った。ところが彼女も押されるためか次第に響平と離れ始めた。気にはなったが、暗闇の中で呼び戻すことも出来ず、彼は映画に見入っていた。半ばにさしかかった頃、香里はというと暗闇にまみれ彼女の白い服がちらっと見え、後ろの男たちが彼女に張り付いている。彼女はスクリーンに顔が向かわず前の人の背に隠れているようだ。痴漢されているのか、と響平は瞬間感じた。強引に彼女へ近づいてゆき、背後の男たちの脇から香里の腕をつかみ引っ張った。汗ばんだ彼女の体臭が臭ったが、うなだれる香里が不潔っぽく感じて、響平は何も言わずに自分の前へ香里を立たせた。そしてそのまま映画を見続けた。結末近くになり、ベンジャミンが教会に侵入して花嫁のエレーンを奪う感動的シーンに、響平は涙を流したが、そっと彼女の顔をのぞき込むと無表情だった。映画館を出て、響平は慰めるつもりで食事に誘ったが、彼女はショックが尾を引いていたのか喋りたがらず、食事も頑なに拒否して帰って行った。

＊　＊　＊

丹沢の山並みが雪を帯び、いちだんと寒さが増して来る十二月へ入っていた。響平は膵臓のジアスターゼ検査のために尿を持ち、山北の病院へ出掛けた。紙袋には三冊の「碧鈴」も入っている。その日は二時間足らずの待ち時間で診察も十分と掛からなかった。症状は以前に比べ良くはなっていた。

受付で支払いを済まし、江畑千紗さんの病室を教えてもらうと、裏にある木造の病棟へ向かった。彼女は二階の二人部屋に入院していた。ドアをノックすると彼女の声が聞こえた。

――あら、来てくれたの、こんな姿になっちゃって恥ずかしい。

――お互い様ですよ。僕もついこの間までそんな姿ですよ。気にしないで下さい。けっこうきついでしょう。何日目ですか？

――六日目なの。ひもじさには慣れてきたけど、ベッドから出たりするとふらつくの。主人が昨日来て、ツイッギーみたいだって言うのよ。入院前も痩せてたから、尚更これじゃあ骨と皮になっちゃう。

響平は紙袋から同人誌を取り出した。

――持って来てくれたの。今の私に読めるかしら。

千紗は一冊取り上げると、ページを捲りながら読み出した。響平は椅子に座りながら、もう一つ置かれたベッドの方を見た。人の気配がなく空いたままだ。

――二日前に退院したの。よく喋る人だったから気は紛れたけど、今はほっとしているところ。あなたの作品、ちょっと見ただけだけど、寂しくって哀しい詩ね。

――僕の本質的指向かな。そこのところはよく解らないんですけど、でも三島由紀夫いわく、生命力が旺盛なほど死の感情に近寄ったり、死を夢みるってことなんだそうです。

――それじゃあ、暗く寂しいのは性格的反動ってこと？

――当たらずとも遠からずかな。でもやっぱり詭弁かな。

響平は千紗との会話を交わす中で、梨都子の自分への対し方を訊いてみたくなった。

――詭弁て、それどういうこと？

――実は僕にはずっと前から好きな女性がいて、それが上手くゆかないで、未だに諦め切れずに執着しているんですよ。

――やっぱりそうでしょう。詩からそんな感じがしたの。でもいいじゃない。あなたは今、青春を生きてるってことよ。私なんか中途半端に終わってしまって、今の主人と結婚しちゃったけどさ……。でもその女性、見る目ないな。あなたにそんなにまで好かれているのに。きっとその人、もう好きな人がいるんでしょう。だから受け入れられないってことじゃないの。

――たしかにそれも考えられるけど。僕の眼からはどうしても今の彼女にそんな人がいるようには見えないんです。希望的観測かな。

――同じ大学に通っているの？

――高校も大学も違うんだけど、高校の時、彼女に彼氏がいたのは知ってたけど、今はそんな感じがまったくないみたいなんだ。

——でも女性って解らないから。そういうことってうまく隠そうとするものよ。

——僕が甘いってことか……。それなら尚更、彼女は僕を避けようとするんじゃないかな。だって中学時代からのしつこさだから、気持悪がられても仕様がないと思うんだけど。

——人によるんじゃない。嬉しい場合だってあるだろうし、絶対に嫌だというのもね。その彼女と話したり、デートに誘ったりしたことはないの？

——何回かあるけど、必ず断るんだ。でも彼女の素振り見てると、どうしても僕を嫌ってるふうにも見えないんだ。それが不思議でならない。

——私にはどんな女性か見てみないと解らないけど、彼女に何らかの理由があって付き合えないとか、あなたの誘い方というか、アプローチが駄目だったり、難しいのよ、男と女の間は……。いつもどんなふうに彼女へアプローチしているの？

——真っ正面から向かって扉を叩く感じかな。いつもそうなっちゃう。気持に余裕がないんだ。

——なんとなく判る気がする。真剣過ぎちゃうんでしょう。もっと軽い気持で、誘い方のタイミングとか、具体的に何かへ誘うとか、してみたら。

千紗は疲れたのか語気に力がなくなり、声のトーンが落ちてきた。響平は夢中になって話にのめり込んでしまっていたことを詫びると、部屋を出た。

バスが来るのにだいぶ時間があった。響平は、見舞いのはずがあんな悩みを彼女にぶつけて、何の為に来たのかと後悔した。彼女だって大きな苦しみがあったはずで、あの時の待合室での会話を思い浮かべた。響平が彼女に膵炎になった理由を訊ねると、

――私、お酒なんかあまり飲まないし、食事でも思い当たらないからストレスだと思う。

――ストレスか、誰にだってあるし、そんな強烈なものかな。

――主人の家は、代々蒲鉾屋の老舗で格式が高くって、私には子供がないの……。

響平は解ったような気がして黙り込んだ。

Ⅷ　愛執の闇

　十二月に入ると大学のキャンパスから学生の姿が消える。授業は休校が増え、学生たちはアルバイトに走るか、郷里へ帰って行った。

「碧鈴」主催の〈デモリの会〉が、駅前の路地を入った「一茶庵」の二階であった。入沢康夫先生をゲストに招き、先生の研究するネルヴァルの話や、詩作への質疑応答だった。日曜の一時開始ということで、出席者は二十名近かった。参加者の中に一段と目を惹く若いカップルがいた。二人とも私服だが高校生のように見えた。司会を務める響平は、先生を紹介してからざっと出席者の名前を呼んだが、そのカップルについては、八木幹夫が立ち上がると、私の弟の和也と、隣の彼女は弟の友人で瀬川君江さん、と紹介した。下村が珍しく愛想の良い顔で会釈しているのを見て、響平は八木を通じ二人を知っているのかと思った。

先生のネルヴァルの話は、私語一つなく皆耳を傾けていたが、詩作に関しての質疑となると、活発な質問や意見が出て響平はまとめるのに苦労した。いつも寡黙な下村がこの日は積極的で、興奮気味に意見を述べる姿は印象的だった。

会は四時過ぎに終了した。先生はそのまま帰られたが、二次会をどこでするかの話になった。が、響平と善明は連中に詫びると、二人で駅へ向かった。響平はこの一週間飲み会が続き、会の最中にも鈍痛がしていて、中座すると洗面所で薬を飲んでいた。善明は公演が迫っているため舞台の打ち合わせがあるとのことだったが、車中で善明から八木に聞いたという瀬川君江の話が出た。

――あのな、あんなあどけない少女っぽい顔してたが、自殺未遂を二度もしちょると。八木は文学少女の典型だと言っとったが、キャディーのアルバイトしてたら、大岡昇平のバッグに当たって、だいぶ可愛がられて本を貰ったり、お気に入りだと。それでな、今日来たのは彼女に八木の弟が「碧鈴」を見せたら、文人のファンになったらしいんぞ。だから今日文人がの、よく喋ってノッテタだろうが。

善明は周りも気にせずまくし立てていたが、渋谷で乗り換えだと言って、降りて行った。先ほどの興奮した下村の顔が浮かんだ。いつも女の話となると、聞かされる側の彼にはこんな女性こそ恋の相手かもしれない、と響平は思った。

夜の八時頃、響平の家に電話が掛かった。小松香里からで、あれ以来彼女との連絡は途絶えていた。受話器からの香里の声はいつもと様子が違い、預かった二枚のチケット代金をどうすればいいのかと、事務的な口調になっている。響平は礼を述べながら、二十四日に見に行く時に貰えばいいからと応えると、その日は用事が出来たから行けなくなったと言う。香里の出方は予測出来たので、それなら今度学校で会った時に貰うということで、響平は電話を切った。

この間の一件を彼女はまだ忘れ切れないのだろう、と響平は思った。部屋の片隅でこちらを見ているメリーに声を掛けると寄ってきた。このところあまり餌を食べないと母親がこぼしていたが、彼は自分の部屋へそのまま連れて行った。

ロマン・ローランの『愛と死の戯れ』の演劇公演は十九日が初日となっている。響平は以前から善明にこの上演のことを聞き、文庫本で読んでいた。今回善明は演出補として、脚本や舞台にも関わり、カナコや早知子も役があてがわれている。

「自然は人間のセンチメンタリズムなんてものに目もくれないで通り過ぎて行く」響平の胸に突き刺さったこの作品の一節だった。このところ川土手に佇むと、それは反語になっている。けれども響平の心に、この公演を梨都子と観ることが出来たらという思いが、しきりに湧き出しはじめていた。千紗との話も思い返され、梨都子の誘い方の工夫なり、効果的な方法を模索するのだった。

ところが師走に入って彼女に出会う機会はなかった。どこの大学も冬休み間近は、教師も学生も顔を見せないのが通例で、響平は彼女の件は断念せざるをえないと思った。

十二日は同人八号の原稿締め切り日で、それに休めない授業があった。二時間目担当の紺野という女性教師は厳格で、出席日数にやかましく十二月でも休講はしないと断られていた。響平は八時過ぎの電車に乗った。

奇妙な現象が起き始めたのは、新宿駅で乗り換えの階段を上り始めた時だった。いきなり梨都子の顔がフラッシュバックした。彼女の顔が克明に一瞬浮かんで消えたのである。階段を上っている最中のことで余裕はなく、意識だけに止めた。二度目に起きたのは学校へ着き校舎の脇を歩いている時で、また同じように梨都子の顔が浮かび出た。一瞬のことゆえ狐につままれたような気分だったが、そのまま教室へ入って行った。授業を終えて下村と杣野が待つグリーンホールへ急いで行くと、下村の顔が見えない。杣野が下宿へ電話を入れた。風邪を引いて熱があり学校へ行ける状態ではないと言う。他の同人の原稿については、三つはすでに手元に有るとのことだ。響平と杣野は、それならこれから見舞いがてら原稿を届けよう、ということになった。

下村の下宿は中野にあり、渋谷からバスで四十五分ぐらいかかった。二人とも訪ねるのは初めてではなく、その狭い四畳半に泊まったこともあった。バスに乗ってしばらくすると、また響平にあの現象が起きた。さすがに奇妙に感じて、梨都子に何かあったのかとも考えたが、あったとしても何で自分にそんな現象が起きるのか、とも考え、自分の体調に原因があるのかもしれないと結論づけた。

二人はバスを降りると、八百屋でバナナを買い、下宿へ急いだ。そして下村の二階の部屋へ上がって行くと、彼は半身を起こし力無い声で、

——わざわざこんなところまでありがとう。

消え入りそうな弱々しい声で言った。日頃のポーズ屋の一面は無く、まるで少年のようだ、と響平は思った。三十八度の熱で朝から何も食べてないと言う。杣野がバナナを取り出して、少し食べると言う下村に剝いて食べさせた。それでも文学の話になると、下村は咳をしながらも顔に生気が出て来た。言葉にも力が入り響平に訊いてきた。

——最近出た三島由紀夫の『英霊の聲』の書評を読んだけど、伊河君は三島好きだからもう読んだ?

——うん、読んでみたけど、いつもの三島作品とちょっと感じが違うんだ。二・二六事件で処刑された青年将校たちの怨念を、三島は霊媒師を使ってぶちまけた話なんだけ

ど、天皇批判さ。敗戦後に人間天皇になって裏切ったことへの憤りと言うか、悲しみと言うか、あれが三島の生地としたら、三島の国粋主義って文学的ロマン主義なんだろうかね?

——三島という作家は、才能が余って虚構の世界におぼれるところがあるよ。作家は文を綴って想像力で虚構の世界を構築するもので、ところが三島はそれで事足れりとはならないところがある。作品を絶対化しようとするんだ。

下村はいつもよりゆっくり呟くように言った。

——作品の絶対化だと、作者と作品の関係を断つことにもなるでしょう。作品への過信した意図を持ちすぎたら、小説からはみだしちゃうし、昔のプロレタリア文学になっちゃうかもしれないけど。

杣野は自分の語り口を確かめながら、下村へ問い掛けた。響平はそれを遮るように言った。

——だから戯曲を書くんだろう。詩ではものたらないし、テーマと言うか主張を具現化したいし、だからね、僕はさっきの三島の国粋主義なんだけど、『英霊の聲』は文学的ロマン主義のレベルではなくて、もっとはっきりした思想だと思うんだ。だけどあの徹底した彼の美学が、いつも三島の総体をぼかしてしまっているんじゃないかな。僕はあの美意識には共鳴するところがあるけど、今回のようなラディカルなナショナリズムにはついて行けないと思った。

——三島は危険な作家だよ。プロレタリア文学は連帯での一種の活動なんだが、三島は個としての行動の美学に憧れている。ボクシングも剣道も映画もそうだけど、自己顕示を思想でまとめようとするんだから奇妙な芸術家だな。

下村は背中を本棚の方に向けて寄りかかると、煙草に火を点けた。響平は下村の三島憎悪は分かるような気がした。

三人の話はこんな調子で続いた。響平と杣野が下宿を出たのは五時近かった。バスを待って渋谷駅へ出ると、響平は杣野と別れ新宿駅に来た。小田急線の改札を抜けたところで、また梨都子の現象が起きた。彼はその意識から逃れるように二階のホームへ上がった。急行が停車している。そして乗り込んだ瞬間、藤色のスカーフを取り外している梨都子と顔が合った。何ということか、響平は驚喜の感情も忘れ、その不思議さに会釈一つ出来ずにいた。彼女から少し離れた所に立つと、両手でつり革に持たれながら、〈そうか、これだったのか。俺は何かの力で引き寄せられたんだ。梨都子によるものだろうか？〉目を瞑っていた。

響平は煩悶し続けながら、この現象をどう理解すべきか。いっそのこと、梨都子に訊いてみたいと思った。が、会いたさ見たさで自分が仕掛けた作り話ぐらいにしか思われないだろう。彼は窓ガラスに映る自分の顔を見つめた。〈これは何かによる啓示なんだ。原因をほじくるより結果なんだ〉奮い立つ思いで響平はつり革を両手で握りしめた。

梨都子との間には二人ほどつり革を握って立つ人がいる。彼女は目を瞑っているが寝ているようにも見えない。どうやって近づき、あの演劇に誘うにはどうすべきか、彼は千紗の言葉を思い出しては、顔を上気させ独り興奮していた。

下北沢駅へ来ると車内は混み始めた。帰宅ラッシュの時間に入っている。響平は、本厚木駅に着くまで三十分待てば車内は空いて、彼女と話せるチャンスがあるかもしれない、と考えた。

ときおり梨都子の目が開き、こちらをちらっと見る。自分への意識を実感するだけでも彼の心は満たされた。そんな繰り返しが何度かあって、本厚木に着かないうちに車内はすき始めた。響平が立つ前の座席が空いた。彼は一瞬ためらったが、座席に腰を下ろした。目を瞑りながら、秦野へ着いてからが勝負だと心に誓った。

電車は秦野に近づきつつあった。トンネルを抜け川を渡ると、天神山の緩いスロープを上ってから徐々にスピードが落ちてくる。ブレーキ音がし出すといよいよ到着する。響平は胸の高鳴りを覚えながら、梨都子が立ち上がるのを待って、彼女の後ろ側に立った。ドアガラスに映る梨都子の顔を探すと彼女の視線に出会った。ドアが開き乗客は降りたった。帰宅時だけに乗降客は通路いっぱいに広がり改札口へ向かって行く。響平は少し距離を置きながら、声を掛ける場所を考えて急がずに歩いた。

——お兄ちゃん、一緒だったの。

いきなり横合いから左腕を摑まれた。妹の涼子だった。

——ああ、お前、どうして……。今日早いじゃないか。

——お茶のお稽古に関口先生のところへ寄って行く日なの。

——そうか。そうか……。

妹は高校を卒業すると、せめて短大ぐらい出たらとの両親のすすめを退け、相武台の会社へ就職していた。

改札口を出てから話し掛ける妹の言葉に、響平はそっけない返事を繰り返しながら、二十メートル先を歩く梨都子の後ろ姿を見つめざるをえなかった。

* * *

「女はチャンスに乗ずる男は許すが、逃す男は許さない」スタンダールの言葉が数日、強迫観念となって彼を責め立てた。〈あんな神がかりな偶然を、何ですぐに声を掛けなかったんだ。あんな調子で、俺はどれほどチャンスを今まで逸して来たか。きっと彼女は自分のことを腑抜けの意気地無しと思っているにちがいない〉響平は煩悶、悩乱した。彼は自分の天性や運命を憾《うら》んだ。それ以上に梨都子の家と近い距離にあったことも憎んだ。だからといってこのまま諦められるのか。さんざんに思い悩んだ。が、今年は彼女にもう会えないんなら、方法はあと電話しかない。この機を逃したら後悔するのは目に見えている。直接彼女の口からイエスかノーを訊くだけで、それだけでいいのだ。響平は決心した。

となると問題は一度も掛けたことがない梨都子の家に、どうやって電話を掛けるかである。電話番号は電話帳で番地から見つけられるが、梨都子の不在、あるいは父親や姉が出る場合が考えられた。そのどちらかが出て、今までの彼女へのあまりのしつこさを叱責されることは十分ありうる。彼はそんなことを考えると電話を掛ける気持が揺らいだ。

しかし響平は、十五日の夕食時決行と決めた。ただ電話を自宅から掛ける気持は毛頭なかった。人からの干渉のない駅前の電話ボックスと決めた。

十二月半ばの午後四時頃ともなると夕陽が沈み出し、三十分も過ぎれば急に暗くなってくる。電話は六時過ぎを予定して、響平は四時頃に家を出た。まったく可能性の希薄な行為だという意識に苛まれ、電話が出来るかどうか不安な自分に、一時間でも二時間でもじっと耐えることで、その苦痛を実行への弾みにしたかった。そのためには場所を駅前の喫茶店より、寒さと孤独の苦痛を肌身に感じる八幡山の社にした。そこからなら梨都子の家は近くに眺められ、山を二十分下れば駅へ出られた。

家を出る時、彼は立原道造詩集を一冊持って出た。出掛けるまで落ち着かず、机上に積まれた本を手に取るうちに「石榴《ざくろ》のように苦しめ、死ぬな」立原が記した覚え書きふうのこの二行が目に沁《し》みた。今の自分にあまりにも当てはまった言葉で、それとの偶然は何かの啓示に思えた。

八幡山の社に着いた時は陽は沈みかけていたが、暗闇が訪れるまではまだ間があった。響平は人気のない神社には入らず、梨都子の家がよく見える場所を探した。山に囲まれた町であるため、そこは天神山のヒースの丘と比べ、町の眺望はそれほどでもないが、彼女の家はぐんと近づいた。

風は無かった。響平はマフラーを首に巻き、ジャンパー姿で佇みながら、挑む気持で緑の屋根の家を見つめた。いつもは土手から眺める近寄りがたい家が、今日は違って見える。〈あの中には梨都子のすべてがある。何一つ知らないあいつのにおいと、手垢にまみれた日常の物が詰まっている。これからあの家に侵入してやる。梨都子の声も聞けるし、家の中の気配だって……〉想像すると犯罪者のような奇妙な気分になった。

響平は今日という日に、どうしても決着をつけたかった。もうこんな愚行は二度としたくないとも思った。梨都子を二十四日のクリスマスイブの日に誘うことで、彼氏がいるかどうか判断出来るだろうし、本当に諦めるにはこれしかないと結論づけた。おそらく一〇パーセントの可能性だが、こうまで全身全霊で打ち込む自分が惨めに思え、悲しくなった。涙が湧き出すと、ぽろぽろ流れ出て嗚咽をあげた。張りつめたものが吐き出されたようで、響平の心は少し軽くなっていた。

夕闇が辺りに漂いだすと風が少し吹きはじめた。眼下に広がる町の灯りもぽつぽつと点りだしている。冷え込んでくる寒さで身を震わせたが、彼は梨都子の家を見つめ続けた。すると部屋の灯りが外へ飛び出したかのごとく明るくなり、人影のようなものが見えた。十秒か、二十秒か、間があった。そして雨戸が引かれると光が消えた。

〈あの人影は梨都子だ、彼女は間違いなく家に居る。念じる慕いの強さが闇を貫いて彼女に伝播したから、すぐに雨戸を閉めなかったんだ。アイツも俺の方を見てたかもしれない〉

響平は確信に近い気持を否定出来ずにいた。そしてここを六時になったら出ようと決めた。遅くとも三十分歩けば駅へ着くはずだし、彼女の家の夕食時間に当たる気がした。

と響平は踏んだ。電話には父親はまず出ないとして、姉も忙しいだろうから、梨都子が出る可能性は高い、

彼は山を下って行った。苦行僧のような気迫が胸に詰まり、迷わずに電話は掛けられると思った。駅へ近づくにつれ、帰宅の人たちとすれ違うと、日常時間にある彼等の生気は、響平に異次元の空間を歩むような倒錯感を与えた。駅前へ来ていた。二つ並んだ電話ボックスが見え、どちらも塞がっている。彼は用意してきたポケットの中の十円玉を握りしめながら待った。ようやく一つのドアが開き女が出て来た。響平はメモ用紙を取り出すと、たどたどしくダイヤルを回した。呼び出し音が五回鳴ったところで、

——はい、中野ですが。

梨都子ではなく姉のしっかりした声だった。彼は胸の鼓動が激しく波打つのに負けまいと息を詰めて言った。

——あの、伊河と申しますが、梨都子さんいらっしゃいますか?

一瞬間があったように感じられたが、

——お待ちください……。梨都子、お電話よ。

受話器からは彼女を呼ぶ声が聞こえた。居間から離れた所に置かれているのか、部屋の物音は聞こえてこない。が、彼女が居たということ、今、その家に入っているような

思いがして、感動と緊張に響平は胸が張り裂けそうになった。

——お待たせしました。何か？

少しこわばった声に聞こえたが、彼は名乗るのを忘れて演劇公演の説明をした。一方的な話に相手の沈黙がいっそう響平を興奮させたが、彼にはそれを沈めようにも沈められず、用件だけは言い切ろうと早口になった。もう結果より電話を打ち切りたい気持だった。が、また気持を奮い起こして、十二月二十四日にそれを観に行きませんか、と誘った。案の定、梨都子からは断りの言い訳が聞こえてきた。響平は言い訳の内容を聞いていなかった。いつものことだし、まして粘って誘うなど思いも寄らなかったから、響平は彼女の話しが終わるのを待った。絶望感と虚脱感。全身の力が抜けて行きそうな、体を支えるだけで精いっぱいだった。

——そうですか。ああー、やっぱりだめですか。だめですか……。

大きなため息まじりの声が胸底から吐き出された。語尾は消え入りそうで受話器を置こうとすると、梨都子がしきりに何か言っているのが聞こえて来た。が、落胆の度が激し過ぎて受話器は耳もとから外れていた。

——……その日でなければだめなんですか。別の……。

たしかそんな言葉が受話器から漏れていたようだったが、瞬間の動作でガシャンと受話器を置いていた。そこにはいつも思いが遂げられない悔しさと拗《す》ねた気持が込められていた。

彼は歩行感覚もままならず、闇の方へと向かっていた。

〈別の日という言葉が聞こえていたのに、なぜ掛け直そうとしなかったんだ〉怒りと悲哀の感情でずたずたになりながら、自分を詰《なじ》るだけ詰っていた。〈梨都子は、あまりにも思い詰めた俺に同情なり、不安を感じて、あんな言葉を投げたんだ。いや、はじめてのチャンスなのに意地を張ってどうする。梨都子の気持がどうあれ、結果が出ての始まりじゃないか〉

彼は身も心もくたくたに疲れ切り、線路際のお寺の辺りへ来ていた。ふらふらと境内へ入って行くと、暗闇の石段へ腰掛けた。空腹感というより鈍痛がしきりに起こっていた。

Ⅸ　下村の結婚

大学は後期試験を終えると新年度の大学受験を控え、しばらく休校となる。下村と杣野と川田が響平の家に遊びに来た。響平は彼等を午後の散歩に連れ出した。下村の足を気遣い、緩やかな道を取りながら弘法山をめざした。秦野盆地が一望に捉えられる二百メートルぐらいの山だが、背後を囲むように丹沢山塊が聳え、その西方に富士山がひときわ大きく聳える。一昔前は、日曜ともなると都心からのハイカーが列を成したが、頂上まで行ける車道を切り開いたことから一気にハイカー熱は冷め、弘法山への人影は消えた。

四人で頂上へ登ると、晴れ渡った空の下に広がる町並みは、二月のいくぶん明るくなった陽射しに彫琢され、欅の梢に囲まれた響平の家が眺められた。

いきなり、下村が梨都子の家の場所を問うた。わずかな距離でしかない緑の屋根を見つけさせると、彼はそれ以上訊いてはこなかった。

響平は正面の町を跨いだ向こうの、一段と低く連なる八幡山の社を見つめた。あの苦しみが癒えたわけではなく、時間だけが二ヵ月過ぎている。

陽が沈まないうちに四人は下山した。夕食は母屋の方で、母親の心尽くしの手料理が並べられビールで乾杯した。疲れのせいか酒の廻りが早く、無口な下村がよく喋った。妹が会社の残業から帰って来ると、四人は響平の部屋へ移動した。彼らが土産に持参したサントリーオールドを開けた。川田がめずらしく薄くした水割りを口にした。

話が大学でいま活発化している学生運動のことになると、表情を崩さない下村の目尻が動いて、

――彼等が闘いで体を張ってると言っても、あれは自分に向きあったところからのものじゃない。流行に合わしただけで、エネルギーの吐け口を大義名分で飾りたいだけの話じゃないか。

丸ぶちのメガネを手で抑えながら言い放つと、染まった頬を響平の方へ向けた。川田がそれに応じる。

――ＥＳＳでよく顔を合わす英文の倉持なんか、最近顔を見なくなったら、この間へ

ルメットを被って立ってたので声を掛けたら、「これから民青の奴らを叩き出すんだ、見て行けよ」なんて言ってたけど、まるで運動部連中の喧嘩だね。

――ベンチに居たら社研の人が側に来て、『都市の論理』を読んだかとか、吉本隆明だのゲバラだのって言ってたけど、そういうのを読んでないと学生として認めないといった調子で、あの人たちと話す気もしなかったんだけど、彼ら自身どれだけ読書しているか疑問ですね。『資本論』を本当に読破したというんなら認めるけど、僕なんかまったく興味のない分野だから、「今『源氏物語』を読んでいて他には余裕がない」って言ったら、軽蔑の眼をして行ってしまいましたけど。

――杣ちゃんをオルグしようとしたんだろう。だって僕らとは水と油だよ。自己目的のために個として冷めた行動を取るのと違って、彼等は何かと言えば連帯しての統一行動だろう。認識の仕方まで強制されるんだから。それで挙げ句の果てに火がつけば一気に燃え上がっての破壊行動だもの。彼らは美名としての革命を叫ぶけど、あれは宗教の一種だよ。リーダー格の者にオルグされ感化されると、体の中に一本柱をぶち込まれた気になって、命じられるがままに盲動するんだから。

響平も酔いが廻って捲し立てた。すると下村がぽつりと言った。

――女の方がいい。やさしい女が一番だよ。マルクスだの毛沢東だのと連中は恋人のようにわめいているが、文学にすればそれが女だよ。人間を癒やすものではそれが一番の普遍的原理さ。彼等は大義に酔ってるが、生きるということの真実に向き合ってはいない。

下村のグラスを口につけるピッチが早くなっている。酒乱の気がある彼を意識して響平は場の雰囲気を変えようと、トイレに立った。川田もついて来て、二人で田圃の畦道まで出ると、暗闇の中で放尿した。部屋へ戻ると十二時を過ぎている。とても寝る雰囲気ではないので、響平は川田に、

――お茶でも入れようか？

と声を掛けると、呂律がおかしくなってきた杣野に訊かれた。

――響平さんは源氏を読んだと言ってたけど、「柏木」についてどう思いますか？

――居ない間に、文ちゃんと僕の話してたんだろう。柏木は女三の宮にずっと恋い焦がれて、一夜の逢瀬でものにしてしまった男だよ。僕なんか足下にも及ばないよ。だけど、光源氏の奥方ということで、その圧力に耐えきれずに死んでしまうところが気に入らないね。あの時代、一人の女にそれだけの情熱を持つんならメンタリティーはもっと強いはずだけどね。あれは紫式部の、光源氏の恋へのアンチ・テーゼじゃないのかね。

――男の恋と言うのは観念でするもんだよ。女は逆に子宮で恋をするってことさ。

下村の物言いが荒っぽくなっている。

——たしかに、女三の宮は柏木に抱かれてからは、柏木への情が生まれ出家してしまうんだから、そんなものかね。だけどその子宮にだって、度量の大きいものから、小さいものだってあるし、質もあるだろう。鈍いのもあれば敏感のもあるだろうしね。

——あんたが惚れてる女はどのタイプなんだ?

下村の目が据っている。蒼白い顔の皮膚がのっぺりとして、いつもの癖が始まったと響平は感じて、用心しながら言った。

——手を握るどころか、振られっぱなしの七年間だもの。彼女の子宮がどんな感じのものか分かるわけがないよ。それより、一時を過ぎたからそろそろ寝ようよ。

響平は下村にかまわず立ち上がって、炬燵の上のものをかたづけ始めた。川田も杣野も手伝いだすと、下村はゆっくり立ち上がると、足を引きずりながらそのまま外へ出て行った。

——文ちゃんはだいぶ酔ってるから、杣ちゃんみてやってよ。

響平が声を掛けると、杣野は肯いて飛び出して行った。石油ストーブで暖められた部屋に寒気が急激に差し込んで来る。

——響平さん、文人さんの姿が見えないんです。田圃の方かと思ってだいぶ行ってみたんだけど。

——ええ、トイレに出たんじゃないのかな。まあとにかく寝る支度をしてからにしよう。

押し入れから蒲団を出し、ベッドと炬燵で三人の寝る形を響平が作る間、川田も杣野と一緒にまた探しに出た。

響平も母屋から懐中電灯を持ち出すと、二人とは逆の通りの方へと向かった。寝静まった人家の犬が吠えているが、下村のそれとは思えず、響平は彼の名前を呼んでいた。二月の真夜中、セーター姿でコートも着ずに彼はどこをほっつき歩いているのか。酒乱の気があるといっても、今まで宴会の場で人に絡んだり、暴れたりはしたが、今夜の行動は無鉄砲過ぎると響平は思った。この暗闇の見ず知らずの場所で、川へでも転げ落ちたら凍死しかねない。彼はそんな思いに駆られ、懐中電灯を掲げながら大声を上げて探し廻った。それでも見つからず、いくらか期待して戻った部屋では、杣野と川田も帰っていて、二人とも為す術が無いという顔に、響平は諦めざるをえなかった。

二時を過ぎていた。三人は仕方なく夜が明けてからにしようということで、響平は母屋で寝た。

外で話し声がしている。響平は目を覚まして出て行くと、下村が川田や杣野と話している。足下のズボンがびっしょりに濡れ、ぼさぼさの長髪は乱れてメガネまでが汚れている。よく見ればセーターにも泥がついて、転んだ跡のようだ。

——夕べはどうしたんだよ、文ちゃん。どこへ行ってたんだい？

響平が問いかけると、下村は薄ら笑いを浮かべながら、

——川を渡ったり、あっちこっち歩き廻って放浪してたの。

いつもの静かな彼に戻って、それ以上は語ろうとしない。響平は濡れたズボンや靴を脱がせて母に洗濯を頼むと、風呂を焚いた。

三人が帰ったのは、下村の洗濯物が乾いた夕方近くだった。響平は人を招くのは好きで慣れてはいたが、今回ほど三人が帰ってから疲れたのは覚えがなかった。

翌日になって川田から電話があった。彼は世話になった礼を述べながら、響平を一驚させた。

——帰りの電車の中での文ちゃんの話なんだけど、例の彼女の緑の家を探しに行ったと言うんだ。

——ええ、彼女の家をかい。だいたいの方角は分かっても、暗闇の中で屋根の色なんて分かるはずがないだろう。でも何でまた？

響平はそう問い掛けながら、下村のその行為が不思議ではないような気になってい

た。今まで下村に話した梨都子のことを、思った以上に彼が関心を抱いていたのかもしれなかった。下村は表情一つ変えず淡々と聞いていたが、今回の彼の行為には、単なる梨都子への好奇心だけではなく、もっと深い何かがあったのかもしれないと感じたのである。すると川田が、

――そうだろう。見つかるはずが無いし、見つけたとしても真夜中でどうすることも出来ないだろうから。そう言ったら、「彼があんなにまで執着する女の顔を見てやろうと思って……」と言うんだ。そうしたら、杣ちゃんが、「文人さん、夜中にそんなことをしたら犯罪になってしまいますよ。それより朝まであの寒さの中を、何してたんですか?」と訊いたら、「川を渡ったり、何度も転んだりして、感覚が無くなってきてこのまま死ねるかと思った」と言うんだから……。文ちゃんも相当内面の葛藤があるみたいだね。

川田は下村のことをそんなふうに言っていた。受話器を置いてから響平は、〈あの晩、ひょっとしたら下村は偶然にしろ意志的にしろ、凍死を覚悟していたのかもしれない〉と思った。

＊　＊　＊

大学紛争は響平の大学ばかりでなく全国的規模での広がりを見せていた。なかでも牛

山の通う大学では、理工学部教授の裏口入学斡旋問題をきっかけに、ずさんな経営状態が国税局の調査で明らかとなり、関係者の失踪や自殺者まで出る大事件となった。

牛山は大学では弁論部に所属して、響平との生き方、考え方の違いはあれ、時おり電話を掛けてきては、土曜の晩など遅くまで話し込んだ。牛山は民青に所属して共産党員の活動もしていたから、大学紛争や自治会活動に詳しく、大学の不正、疑惑について熱っぽく論じた。それに飽き足らず、全共闘への批判も激しくでた。

響平が思うに、全共闘はもともと問題意識を持ったノンセクトの学生等が、個別の共同体を結集させて生まれてきたもので、革新が旗印の反体制運動や批判活動ぐらいでは物足りない、言わば精神的、情念的行動派集団である。どう考えても、牛山の気質には合わなかった。ところが響平はディレッタント的思考だし、手を繋ぎ、事に当たるようなデモ活動は生理的に嫌っていたから、二人の議論は噛み合うはずがなかった。それに今宵の牛山の全共闘批判には激したものがあり、響平は反発せざるをえなかった。

と言うのも、「碧鈴」同人のメンバーに下村の高校時代の後輩がいた。迫田と言ったが、彼は早稲田大学の露文出身で革マルに関係があり、彼から民青組織の自治会活動批判を聞いていた。彼によれば、学生全員加盟の自治会組織なるものが党利党略による形式民主主義の最たるもので、もはや時代に即応出来ずに無力化しているとのこと。そこへゆくと全共闘の連中は、まさにノンポリの無垢な学生たちが、大学の腐敗した現状打開に無手勝流に挑んでいるというのである。響平は心情的にも全共闘に惹かれるものがあった。

そんなことから今宵も二人は議論となり、深更にまで及んだ。お互いに疲れ果て、牛山が帰る頃には、バイクのシートが夜露でびっしょり濡れ、彼はハンカチで拭って帰って行った。

大学紛争は闘争という次元に移り、東大、日大を先頭に激化していった。当初は五十校あまりの大学だったが、翌年には全国の八割方の大学でバリケード封鎖やスト突入が日常化した。響平の大学でもその混乱から授業がまともに行われなくなり、キャンパスから学生の姿が減り始めた。

そんな状況下で善明は同人に参加しながら演劇部から出て、「リベルタン」という演劇集団を起こした。唐十郎の「状況劇場」や寺山修司の「天井桟敷」といったアングラ演劇に刺激されてのことだが、彼は早速にサルトルの「出口なし」を上演することになった。

しかし一番の変化は下村だった。あの丸縁メガネを普通の黒縁に変え、グレイの薄汚れたコートは捨て、ズボンや靴にしても今までのスタイルから一変した。その変貌には

同人のメンバーが騒ぐだけではなく、授業を終えた須藤先生までが響平を呼び止め、

——文人が変わったな、どうしたんだ？

声を掛けてきた。それはまもなく判明した。大学三年の秋口でのことで、「碧鈴」十三号発行に関する集まりがあった。メンバーの減少で、同人誌のタイプ印刷費用の問題や、作品が集まらず締め切り期日が守られなくなったり、一番には作品のマンネリ化は否めず、一度廃刊にしたらどうか、といった意見が出始めていた。

会合に下村は瀬川君江と連れ立って現れた。彼女はあれ以来、二度ほど合評会に顔を出していたので、同人のメンバーに驚きはなかったが、全員揃ったところで下村から、

——実は彼女と生活を共にすることにしました。

と、切り出した時には一同はしばし沈黙した。下村の頬から顎《あご》にかけての髭面が赤く染まっている。善明がすかさず訊いた。

——同棲するのか？

——いや、彼女と結婚することにした。

それを聞いて同人のほとんどが先ず思ったのは、どうやって暮らしを立てて行くのかという問題である。下村はアルバイト一つした経験がないし、彼女は夜間の高校に通う十八歳である。母親の手一つで支えられている下村の経済状況と、君江の二度の自殺未

遂でもわかるように、常識的な家庭の育ちには見えない。一瞬しんみりとした雰囲気の中で、響平は下村の荒みきった情況を危惧していただけに、先頭を切って祝いの言葉を発した。すると次々に祝福の言葉がとんだ。善明が、

——お祝いに、すき焼きセットを贈るか？

と言い出すと、島田が、

——勝手に決めて贈るより、下村の欲しい物を聞いてからにするべきだよ。

と言いだして、お祝いムードで場は賑わった。

会が終わると、お披露目の祝宴をやろうということになり、近くの居酒屋へ入った。ひときわ君江の初々しさが浮き立って、下村の華やかな笑顔が久し振りに眺められた。そして同人の連中に見送られ、二人は手を繋ぎあって帰って行ったが、その後ろ姿が、響平の目にはままごとの夫婦のように見えてならなかった。

大学の混乱は授業の休校を止むなくさせていたが、平常通り授業をする教師もいた。今朝の二時間目の仏構文は響平が訳す順番だった。新宿駅の八番ホームの階段を上って、彼はいつもの乗車位置へ来た。向かい合わせの九番線には、梨都子の姿を何度か見掛けたことがあって、今朝も何となくそちらのホームへ目を走らせた。すると梨都子の顔があった。人影の後ろに立ってこちらへ顔を覗かせていたのである。響平は判断に窮した。

朝彼女を見掛けた覚えがなく、どうやって時間がいっしょになったのか解らなかった。けれども久し振りに会えた喜びは目を釘付けにした。そして思った。自分と彼女の関係は、常にこんな線路を挟んだ位置のようなものだ。それを俺はいつも乗り越えられずに、だらしなくこうして見つめている。響平の視線は線路へ向けられていた。〈もしも俺がこのホームから飛び降り、線路を越えて梨都子のホームへ駆け上がって行ったら、アイツは俺を受け止めるだろうか。狂ったと思って逃げ出すかもしれない。でも行為なんだ。大胆な行動の野蛮さほど説得力を持つんだ。このホームに電車が来るまで三分ある。向こうのホームは……〉響平の顔から血が引いて体が熱くなっていた。足にも震えが走った。〈どうする、やるか。カバンは？〉響平は後ろの柱の根方を見た。その時、向こうの番線に電車が勢いよく入って来た。響平は大きくため息を吐くと、放心した脱力感にしばらくその場へ立ち尽くした。

下村の新婚家庭は、小田急沿線の向ヶ丘遊園駅近くに「ときわ荘」という棟割り長屋を借りた。善明も読売ランド前に住んでいたから、帰りがけに彼と連れ立って寄ることもあった。君江は人寄せが好きらしく、行くと手料理がふるまわれ、二人の生活ぶりはうまくいっているように見えた。後に下村が日記をもとに告白した「狛江之書抄」に、「向ヶ丘の長屋の裏手に菜の花が沢山咲いたときのこと……ただ手を取り合って歩いて来て、まぶしそうに眺めていた。ひとりの幼い女の子が驚いたように、『まあ、きれい』と言って、目をまん丸くして、スカートをひらひらさせて、畑の中へとことこ駆け出して行く、私は嬉しくて笑い出す、私も早く傍へ行きたい、花を長い髪に差して、両手を広げて、ほらね、といった表情でポーズを作って僕を待っている、その可愛い彼女。それが私の君江だった」

こんな思い出が綴られている。けれども下村の母親の仕送りだけで生活が成り立つはずがなく、まもなく彼女は夜間高校を退学して、新宿のバーでホステスとして働き出した。下村に地獄のような試練が訪れるのはここからだ。彼は十八の君江を水商売に出すことがどれほど辛かったか。だからといってまだ学生で、アルバイトといっても跛行の身では難しい面が多く、それを止めさせる手立てはなかった。

下村は君江の帰りが遅いと居たたまれずに、深夜店の近くまで迎えに行った。その度に君江と喧嘩になる。仕方なく下村は部屋で彼女を待つことになり、机に向かいながらやきもきして時計を睨んでいた。そんな下村の心配はまもなく現実化した。君江は店の客と出来て、二、三ヵ月後に妊娠したのである。多感で繊細すぎる下村は狂った。

「余りに打ちひしがれたので、全く身動きできない程でした。思考の糸口がどうしても見つかりませんでした。八分目残っていた一升瓶をそのままあおりました。……私は茫然としている妻を、確かめるように、ずしんずしんと殴りました。妻は倒れ、私の顔を覗き込むようにすると、棚のウイスキーを苦しそうに飲みました。妻は泣きながら、時折、発作的に笑いました。こうして私と妻は、混乱した部屋、混濁した意識の中で一晩中狂い廻ったのです」

下村は、出来た子供がどうしても自分の子供とは思えず、君江を責めざるをえなかった。が、彼女はたとえそうであっても産むと言い張る。

「『俺は子供が怖いんだ、怖いんだ』とわめき、腹をけって流産させてやる」

下村の疑念は消えることなく続き、二人の諍いは激しさを増したため、下の焼き芋屋のおかみさんが仲裁に入り、説得されて、なんとか産むことになった。

父親としての自覚に目覚めた下村は、君江を籍に入れ、生活の立て直しに、彼女を近くの不動産屋へ勤めさせた。それでも彼に葛藤が消えたわけではなかったが、彼女のお腹の子供が大きくなるにつれ愛情が芽生え、それが自分の子供であると念じることで、気持の安定を得た。

君江は難産の末に男の子を産んだ。その報を杣野が電話してきた。響平は同人のいつものメンバーでお祝いに駆けつけた。ピンクのカーテンが陽差しを受け部屋中を明るく染めるなか、下村は崇人《たかひと》と命名したと、落ち着き払った顔で言った。その語り口には所帯じみた親父面がのぞき、こんな生活こそ彼が望んでいたものかもしれないと響平は思った。父親の欠けた家庭に育った下村には家族的団欒がなかったのかもしれない。下村はこの時のことを、

「出産前後の半年間、それが彼女との生活の中でも最も幸福な時であったと思います」

と記している。

響平はそれからもちょっとした用事を見つけては「ときわ荘」に寄った。彼は財布の中身を見て、三人分のケーキであったり、鯛焼きになったりしたが、彼女にお茶菓子、と言って手渡すと、大きな目を見開いて喜ぶ顔があどけなく、下村の機嫌の良い顔がまた嬉しかった。

ところが響平が訪れたその日だけは違った。いつものように響平はときわ荘へ行くと、下村はドアを閉めて出て来た。

――悪いけど今日は話をする気になれないから、すまないけど……。

彼のただならぬ表情に、響平は訊ねる気もせず、肯くとその場を去った。

それからしばらくして、響平は偶然にも帰りの電車の車窓から下村を見た。多摩川の鉄橋を渡り終える所で、真下の散歩道を足を引きずるようにしてゆっくり歩む男の後ろ姿があった。どう見ても彼に思え、しばらくして会合があった日に、その話を下村にし

た。

――歩いていたのは一人、それとも二人だった？

下村は聞き返してきた。

――鉄橋の真下だったから、文ちゃんだけしか見えなかったけど。

――それじゃあ間違いない、僕だろう。

下村の言ってる意味が解らなかった。後で杣野から聞いた話では、君江は下村と歩く時は、距離を置いて後ろを歩くとのことだった。

彼女はその頃、不動産屋勤めを辞めて、また水商売の世界に戻っていた。下村も止むなくそれを認めていたようで、彼女にすれば、乳飲み子を抱え、働きのない亭主では将来がおぼつかなかったからだろう。

しかし下村はそんな状況下でも、逆にそんな状況下だからこそ文学に賭けようと、崇人の面倒をみながら必死に机に向かった。

「碧鈴」十三号から掲載し始めた「夢見る者―想像力の分離について」は、君江との結婚後は毎号五十枚となり、「蜚《ひ》」同人に変わっての四号までに、八回（三百枚）連載し続けた。それは詩的想像力の研究で知られるフランスの哲学者ガストン・バシュラールの影響を感じさせる、言わば散文詩的観念随想のような、〈私〉が接触する外界との意識のドラマを書き綴ったものである。またその間にも「天才あるいは性」これは同人誌とは別に、自身で小冊子にした大長編詩であり、それに加え、「ロートレアモンの歩行」と言う評論を書いている。これについては響平は須藤先生から、こんな話を聞いた。

下村は響平と同じく、大学を四年で卒業せず、卒論未提出のまま留年しているが、翌年卒業する気になったのか、卒論の締め切り当日、下村は熱を出したとのことで、子供を背負った君江が研究室の須藤先生を訪ねた。ところが彼女は研究室へ入って来るなり「すいません、子供にミルクをやりますからお湯を下さい」と言って、先生の前で子供にミルクを飲ませ始めた。それからようやく差し出されたのが、同人誌に発表した「ロートレアモンの歩行」の書き写しで、それも途中までである。さすがに先生も唖然として言葉を失ったが、その日が締め切り日という時間的制約もあり、日頃の下村の文学活動に免じて卒業させた、とのことだった。

これは他の大学ではありえないことだと響平は思ったし、この大学の仏文の体質を教師の甘さと指摘する前に、教師と学生のリベラルな人間関係を思い出さざるをえない。権威をちらつかせる教師が嫌われ、成績や就職に汲々とする学生の居場所がない、言い換えれば、教師は淡々と研究に勤しみ、学生はこの時期でしか出来ない何かに賭ける。ここはそれを認め合う場となっていた。

そのため仏文の一期生だった響平たちが、どれほどその恩恵と青春の夢を育めたか。それはおそらく仏文科誕生の支えとなった渡辺一夫という、人間主義を貫いた真のユマニストの存在があったからに他ならない。学問を生かすも殺すもその人間性が主体だとする教育精神は、この仏文科の教師レベルの高さであり、懐の深さでもあっただろう。

その実践の先頭に立ったのが、渡辺教授の愛弟子だった木越豊彦教授であることは響平ならずとも誰もが認めるところだ。学内唯一の左派と言われ、圧力にも屈しない反骨精神は、型にはまった教育を嫌った。そして大学闘争の混迷時にはその姿勢が最も顕著に出た。学科長である教授は、学内で孤立する仏文科を一体にして、全共闘の学生たちへの支援カンパや救援活動を惜しまなかった。

先生の偉丈夫な胴間声は迫力があり、男爵の家系にあるその人柄は一時代のリアリティーを感じさせた。また人間臭さと言い、渋いダンディズムは、学生たちを惹きつけてやまなかった。

響平は、その木越先生が若い頃、小林秀雄と温泉で二ヵ月も囲碁を打ち続けた話を須藤先生から聞いて、仏文科で催す酒席の折には木越先生の側にまとわり、その話を聞くのが楽しみだった。

ところでその須藤哲生先生も、木越先生の影響を一番に受けた人だった。飲めば渡辺、木越両御大の話となり、文学青年の面影を残す先生の、人生意気に感ずの男気は、二次会、三次会まで学生たちを引き連れ、教師面を嫌った大人の会話で魅了した。それに甘え、響平は下村等と夜更けの先生宅を急襲して飲ませてもらったり、後年、響平は厄介な媒酌まで頼んでいる。

エリート教師の熱っぽさと、受験落ちこぼれの人懐っこい学生たちの取り合わせは、そんなふうに様々なドラマを生んでいたのだが。

その当時専任講師だった詩人の天澤退二郎は、教師の立場で一人ヘルメットを被り全共闘のバリケード封鎖に参加した。機動隊導入となり学生と共に連行されたが、臆することと無くそのまま仏文の教師を続けた。木越先生への風当たりは相当なものがあったと聞くが、その後天澤講師は、全共闘の教え子と結婚し、教授にまで昇進している。

けれどもその仏文科を最も天下に知らしめたのは、学内で孤立した仏文科から大学学長となった森井真教授だろう。

一九八九年の天皇崩御の際、天皇絶対化に反対する学長声明を出した。それは世の中の動きに同調せず、天皇問題を考える特別講座を連日展開した。岩波書店が『ドキュメント明治学院大学１９８９—学問の自由と天皇制』を緊急出版したほど、これは世間の耳目を集めた。その森井先生の真のクリスチャンとしての志操の剛直さは、木越先生とは好一対ながら、物腰、口調は常に穏やかで静謐な人柄だった。

善明はそれに惹かれ、早知子との結婚には森井先生に牧師を頼み、下北沢の教会で挙式をした。その折には下村夫妻が介添えとなったが、「僕も一緒に挙式をやりたかった」と、下村が杣野に漏らしたという。

X　シーシュポスの拷問

年次を戻さなければならない。響平は三年の後半期に来ても就職など一切考えていなかった。膵臓の具合は以前に比べ、飲食さえ気をつけていれば激痛は起きなくなり、食後の膨満感の苦しみぐらいで済んでいた。

大学闘争はと言えば、全国規模で混迷の度を増し、授業がままならぬ大学が続出した。そんな状況下では学生個々のあり方が問われてもいたが。響平の大学も立看事件に始まり、本館占拠。そしてヘボン館占拠に至ると、休講ばかりとなり、彼は家に引き籠もった。その日々は創作と読書、残りの時間をフランス語の学習に当てるなど、珍しく日常は充実した。そのため梨都子と出会う機会はなくなったが、彼女への慕《おも》いが薄らいだかと言えば、ストイックな日常にあるほど、心的常態化した彼女にその拠り所を求めた。

その頃、響平はしきりと宮沢賢治の童話を読んだ。独自な語彙を用いる詩作品より幻想的ポエジーの童話に魅せられ、ついには賢治の澄んだ孤独ともいうべき人間性の秘密に分け入りたいと思った。それには賢治の故郷を訪ね、その山河を追体験したくなった。入沢先生が筑摩書房の宮沢賢治全集出版に関わっていることを聞いていたので、響平は白金台の先生のマンションを訪ねた。先生は賢治の弟の清六さんから預かったと言う生原稿を持ち出して来て、慎重な手つきで変色したそれを何枚か見せてくれた。天才の苦悩が滲み出た生原稿には質素な生活振りが感じ取られ、賢治らしさに響平は感動しながら、賢治の文学性が一番感じ取れる場所を先生に訊ねた。

——種山ヶ原だね。『銀河鉄道の夜』なんか、あそこでの想像体験だと思うんだけど、行くとしたらバスで、一日一往復か二往復のような所で、大変だよ。

先生の癖で、笑みを浮かべながらも強い目つきで覗き込むように言った。

響平は帰宅すると、早速に三泊四日の予定で、岩手県の花巻へ出掛けることにした。一人旅ゆえ大雑把な計画だったが、賢治の生活の場と文学の舞台が感じ取れればと考えた。花巻へ着いた日は、そのまま旅館へ直行したが、祭りの晩にぶつかり、その料理を振る舞われた。宿の客はほとんど見られず静かなもので、部屋で三十前後の通いの女中さんから土地の話をいろいろ聞いた。訛りを感じさせない情の入った話しぶりはその地の人とは思えず、賢治を訪ね歩くには大いに参考になったが、はやくも旅情を嚙みしめる晩となった。

翌日、先ず目指したのは賢治がイギリス海岸と命名した北上川だった。その場所へ辿り着くのに、響平は出会い頭つぎつぎ三人に尋ねたが、その訛りの強さに絶句した。何とか感じ取りながら辿り着いたが、賢治の思い入れの場所として、響平自身がヒースの丘と命名した天神山のようなものだった。

次に訪れたのが賢治が教師をした農学校であり、侘び住まいをした羅須地人協会だった。

農学校の教鞭を執っていた賢治が、夜の授業を終え畑中の道を生徒たちと帰る時のこと、月夜のあまりの美しさに賢治はいきなり駆け出すと、「銀の海だ、銀の海だ」と叫び出し、唖然とする生徒たちを尻目に麦畑の中を走り回ったという。響平はそんな風景を感じさせる場所はないかと歩き廻ってみたりした。

三日目は、種山ヶ原行のバスに乗り遅れまいと、彼は宿を早めに出た。麓近くで降ろされ、どのくらい登ったか、人一人会わず心細さを募らせながら物見山を目指したが、もう一帯が種山ヶ原である。響平は遅くなってしまった昼食を取った。宿で作って貰ったおむすびを食べ終わると、台地となった原をぼんやり眺めながら、賢治の長大な「種山ヶ原」の詩を朗読するのだった。

天に接する陸の波
イーハトヴ県を展望する
いま姥石の放牧地が
緑青いろの雲の影から生まれ出る
そこにおゝ幾百の褐や白
馬があつまりうごいてゐる
かげろふにきらきらゆれてうごいてゐる
食塩をやらうと集めたところにちがひない
しっぽをふったり胸をぶるっとひきつらせたり
それであんなにひかるのだ
起伏をはしる緑のどてのうつくしさ
ヴァンダイク褐にふちどられ
あちこちくっきりまがるのは
この高原が

十数枚のトランプの青いカードだからだ
　　……蜂がぶんぶん飛びめぐる……
海の縞のやうに幾層ながれる山稜と
しづかにしづかにふくらみ沈む天末線
あゝ何もかももうみんな透明だ
雲が風と水と虚空と核の塵とでなりたつときに
風も水も地殻もまたわたくしもそれとひとしく組成され
じつにわたくしは水や風やそれらの核の一部分で
それをわたくしが感ずることは
水や光や風ぜんたいがわたくしなのだ
　　……蜂はどいつもみんな小さなオルガンだ……

　響平はしばらく歩き廻った。と、一匹の大きな蜂が威嚇するように頭上に羽音を立てて迫って来た。小さなオルガンどころではない。攻撃的な熊ん蜂だ。彼は幼い頃からその蜂の怖さはよく知っている。こんな所で刺されたらと……。彼はとにかく逃げた。ところが走ったのがよくなかった。蜂は離れずに頭上にいる。響平は枯れ木の適当なのを拾うと、頭上でプロペラのように回して必死に走った。道を下り始めて、もう大丈夫かと立ち止まると、まだ頭上で呻っている。さすがに彼は青ざめた。後悔の念がどっと湧いたが、とにかく逃げるしかないと走るに走った。腕も体もくたくたになって樹木が茂る少しばかり広い道に入っていたが、見上げると蜂の姿はなかった。彼は道ばたの草の上に座り込んだ。

地図を広げて位置を確認しようにも現在地が分からず、とにかく下るだけ下ってみようと響平は歩き出した。歩きながら、あの自分の姿を人が見ていたら何と滑稽だろう、と苦笑した。もし賢治さんなら生き物の殺生を極度に嫌った人だから、あんなことは起きなかったはずだろうし、あの人は昼夜山の中を歩き廻って、数奇な体験に襲われても、それはすべて童話の世界に昇華させたに違いないと思った。

しばらく道なりに下って行くと、山小屋が見え、話し声が聞こえていた。響平は救われた思いで小屋へ入って行った。男が三人お茶を飲んでいる。響平は種山ヶ原へ登ったいきさつなり、蜂に追われた話をし出すと、彼らは汚れた歯を剝き出しにして大笑いした。中でも三十前後の若い人が、響平に親しみを持ったらしく、東京の話をし始めた。

響平は人恋しさもあって彼の話し相手になっていると、

――もう少ししたら山を下るからトラックへ乗って行くか？

と言われた。響平は救われる思いで肯いた。

翌日は帰るだけだったので、宿をゆっくり出て列車に乗った。車窓に広がる海を見ながら、旅の収穫を考えたがこれといったものがない。ただ一人旅が絶えず自己と向き合いながら、回想や感傷に耽ったり、自意識に揺らいだりするもので、孤独を嚙みしめる場でしかなかったことを認識した。それにしても常につきまとうのは梨都子で、それを背負いつづける旅ともなった。

歩き出す背中に
意識だけが燦《きら》めいている
押し黙る道は一筋のかなしみを
白い叫びとなって雲が浮かぶ碧空へ
麦畑へ出て地球に一人たたずむ
叛乱する風に身をまかせていると
緑の擾乱《じょうらん》に髪なびかせて振り向くのは
かなしく目を瞠《みは》るあなたではないか

そんなにもあなたへのソナタは
よわい調べでしかなかったのか
追憶が激しすぎるほどに蒼ざめた山肌に光る
今は今でしかない
淡い陽の中でとぼとぼと歩く影は一つだ
この道はもう帰らぬであろう

――「海への道」

下村が同人の会合に顔を出さなくなった。杣野の話では君江さんのことでいろいろ悶着があって精神的に相当まいっているらしい。また「碧鈴」同人の解散話には、下村は反対とのことだった。しかし同人も十三名から八名に減少して、マンネリ化した同人の雰囲気を変えようとの意見が多かった。

そこでひとまず解散することになり、名称も「ひ」同人と改名した。これは毎号編集責任者が変わることで、「ひ」も編集者によって同音異義の語が当てられるという仕組みである。灯が扉であったり飛や悲になったりする。そのため下村の意見は無視されたことで、これも彼に二重の痛手を与えることになった。後で考えれば、響平や善明にしても下村の苦境への認識が足りなかったことは否めないが、杣野の情報も彼らしい謙虚さで、露骨な事情説明を避けた向きがあった。しかしそれ以上に、下村の強烈な自意識と言うか、こびり付いたコンプレックスは、隠し通せるものなら隠しておきたい気持だったのだろう。

二次会を居酒屋で上げてからも、響平には下村への慮《おも》いが頭の片隅から離れず、杣野と善明を誘い喫茶店へ入った。ウェートレスが側に立っているにもかかわらず、善明が杣野に言った。

——文人が来なかったのは君江さんのことでか？

——どうしようもないみたいですね。

——また浮気しちょるんか？

杣野の肯いた顔に、善明は大きくため息を吐くと、両足を前に投げ出しソファーへもたれ掛かりながら顔を天井へ向けた。

——彼女の浮気は遊びじゃなくて病気のようなもんだろう。

吐き出すように響平が言った。

——文人も辛いの。本気にこの女と打ち込んでおるからな。それで相手の男は店の客か？

——そうみたいですね。それも一人二人じゃないみたいで。文人さんはじっと我慢しているみたいだけど、崇人君のこともありますしね。

——別れてしまえ、と言いたいところだけど、文ちゃんにしたら彼女を嫁さんに出来たことは、まさに僥倖だと思ってるだろうから、ひたすら耐えるしかないんだろうけど。だけど、それも限度があるよ。彼自身がこわれてしまったら元も子もないからなあ。

言った後に響平も、善明が吸い出した煙草に手を出すと、大きく吐きながら沈黙した。言った言葉が自分に跳ね返って来たからだ。

〈たしかに下村が君江さんから逃れられないのは、自分が梨都子を諦められないのと似ているんだ。彼と共通する行為の根底には、下村が跛行への必要以上の劣等意識を持つように、自分のは自惚れによる錯覚であるかもしれないのだ。本当に自分は梨都子をどこまで知っているのか。他人《ひと》から見れば、自分で勝手に女を創り上げて独り相撲を取っている、と言われて反論出来るのか……〉

三人はしばらくして喫茶店を出た。渋谷で杣野と別れ、善明と井の頭線に乗り、下北沢で小田急線に乗り換えた。さして話もせずに向ヶ丘遊園に差し掛かると、響平は車窓を通した暗い町並みを見つめた。下村の堪え忍ぶアパートが意識され、彼の暗い表情が浮かんだ。

――おい、一升瓶でも下げて文ちゃんとこへ寄ってみないか？

ぽつりと善明に言った。

――うん、うーん。だけどな、あいつは今日俺たちと会いたくなくて来なかったんだから、むりやり押し掛けてお前、困らせてもな。それに今、どんな情況にあるかも判らんしな……。

二人は黙ったまま窓を見つめた。そして善明は読売ランド前で下りた。

＊　＊　＊

六日過ぎた土曜日に、響平の小学校時代のクラス会があった。後半の三年間、クラスを変わらずに過ごした級友と十年ぶりの再会だが、担任の飯塚恒男先生も出席するとのことである。

響平は何より先生に会いたかった。物心のつく年齢に達した響平にこれほど影響を与えた人はなかった。先生は横浜国大を卒業して間もなく、学校の事情で途中から響平たちの受持ちとなった。社会が専門だったが、創意工夫の授業やクラス運営は生徒たちを惹きつけ、他の六クラスとは活気の違いを見せた。朝のホームルームでの話に湧き、帰りはその日の授業から「帰りの問題」として、出来た者から順位が付けられ帰れるという仕組みで、生徒たちを夢中にさせ、授業への集中力が一段と上がった。

天性の教師としての真価は様々な面で響平たちを驚かせたが、夏休みなど勉強合宿だと言って、自宅へ男女別に大勢のグループを呼び、泊りがけの勉強会や、近くの酒匂川《さかわ》で釣り大会等をした。

響平は一度先生からきついビンタを喰らった。週番長の職務を忘れ、職員室前で走り回っていたからだが、この痛さは後の想いで先生に貰った勲章だった。もう一つ忘れられぬ思い出は、響平の父親のことで、朝夕の仏前での読経を疑問視して先生に訴えたところ、

——響平君、お父さんが毎日どんなおもいでお経をあげていると思う。家族のことを一生懸命祈っているんだ。それにお父さんは家庭訪問の時の話だけど、本当はお寺のお坊さんになりたかったそうだね。長男でそれは実現出来なかったとのことだが。誰であろうと、人をおもいやることは大切なことだよ。それは自分に反って来ることなんだから。

その時から響平の父親を見る眼が変わったことを覚えている。

またある時、先生に父親が酒に酔うといつも同じ軍歌を唄って……。と話すと「忘れられない思い出があるんだろう。その歌、僕が教えてやろうか」と言って、「戦友」の

歌詞を五番まで紙に書いてくれた。六年生になり、クラス最後のお別れ会の時だった。先生は最後に歌を唄うと言って、壇上へ上がると響平を呼び、「戦友」を一緒に三番まで歌った。歌い終わって響平は先生の顔を見た時、先生の目が涙で潤んでいたのを鮮明に覚えている。

その日のクラス会は、二十六名の生徒が出席した。先生は終始にこやかな表情で、教え子に近況報告をさせ肯いていた。

ところが場が盛り上がるにつれ興奮の余り酔っ払いが続出した。「酒の飲み方をもっと勉強しなければダメだな」先生の漏らしている声が聞こえた。それでも介抱する者が大勢いて、和やかなうちに三時間の会は終わった。響平は先生を四、五名で駅まで送ることになった。会場の「大川楼」から歩いて五分の距離を、彼は先生と肩を並べて歩いていると不思議な気持になった。十年前はワイシャツ姿で動き廻る先生を見上げながら、その体臭まで覚えていたが、今は先生の背丈に達して、先生と大人びた言葉を交わしている。嬉しいような面映ゆさがあった。

駅の改札口まで来ると、ちょうど急行小田原行き到着の知らせが入った。先生は松田で下車するため、挨拶もそこそこに皆に手を振りながらホームへ急いだ。響平たちは名残惜しげに見送ってから、二次会に出る者と帰る者に別れた。響平は迷ったが、出ることにして構内を出掛かった。すると側を通り過ぎる女性がふと目に入った。梨都子だった。地味な服装で、後ろ姿が少し太り気味に見え、イメージが変わったように思えたが、まぎれもなく彼女だ。もう三ヵ月近く会っていない。響平は二次会を断ると、帰ることにして彼女の後を追った。

梨都子は自分を意識して歩いている、と響平は思った。彼女とは新宿駅ホーム以来のことで、あの時の決意からすれば今走って行って声を掛けることぐらい簡単なことだ。彼は自分にそう言い聞かせながら、足早になった。人通りはほとんどなかったが、声高に喋りながらこちらへ向かって来る三人連れが見えた。響平は、あの連中を行かせてしまってからだと決め、梨都子との距離は二十メートルぐらいに離れた。中年の男連れだったが、中の一人は見たような顔だった。響平は速度を上げ、彼女に近づいて行った。すると靴音を察知してか梨都子の歩き方が速くなった。いつもと異なる彼女の出方に響平は戸惑った。〈なぜだろう。話し掛けるぐらいは受け入れてくれたのに……〉彼は靴音高く迫った。と、いきなり梨都子が駆け出した。響平は啞然として見送ったが、無念であり情けなかった。これが自分への回答かと思うと、むらむらと怒りが湧いた。長い年月慕い続けた結果が、こんな形で返されるとは、響平には思いも寄らぬことだった。

数日、響平の胸の裡は混乱と挫折にまみれた。一番の激しい感情は、梨都子が自分に襲われるのを危惧してのことではないか、といった屈辱感だった。〈一片の愛に餓《かっ》え切った男が、むりやり彼女を襲ってどうしようというんだ。彼女を抱きたいなんて一度として思ったこともないのに……〉響平は梨都子が、どこにでもいるような女に感じられて怒りに震えた。〈この屈辱は晴らさずにはおかない〉
響平は早速梨都子に手紙を書くことにした。

前略
突然こんなお手紙を差し上げるご無礼をお許し下さい。以前から私の一方的感情をどれほど貴女に押しつけて来てしまったか、それを思えばこの手紙の意義すら消し飛んでしまうほどですが。でも今回の貴女の私への仕打ちは、あまりに残酷で、ひと言貴女に申し上げずにはいられない気持で、急ぎペンを執りました。
あの日、私はクラス会の帰りで少し酔っていましたが、貴女にそれを知られるほどではなかったかと思います。貴女の後方を歩いていたのは、振り返られたりしたので気づかれていたようですが。私は貴女に会えた喜びで常のごとく動揺を抑え切れず、金縛りにあうほどになっていました。だから声を掛けるまではいつものことで、自己との葛藤に時間が掛かり、それに打ち勝ってこそ貴女の傍らに辿り着けるのです。

貴女はいつも待つだけの立場で、どんな気持でいられるのか、私には謎でしかありません。それでも貴女の後ろ姿や歩く速度に注意力を集中して、私の行為を受け入れてくれるかどうかを見定めるのです。それで自縄自縛となり、すごすごと帰ったことが何度もあります。

いまカミュの『シーシュポスの神話』という本を読んでいますが、私はギリシャ神話のそのシーシュポスそのものです。神の怒りに触れたシーシュポスが、罰として岩石を山頂まで押し上げた瞬間、岩石はまた谷底へ落下してしまう。その繰り返しの拷問に苦しむシーシュポスこそ、今日までの私の姿です。貴女への希望材料を拾い集めては、今度こその気持で落ちた谷底から這い上がり、山頂へ向かって転がして行く。そして結果は常に貴女のひと言で谷底へ真っ逆さまです。

私からすれば、この一途な繰り返しこそ、自己の真情に徹した行為であって、それがたとえ行為の洗練さ、スマートさに欠けていたとしても、どれほどの意味があるのでしょう。とにかく逃げ出すという貴女の行為について、そこまでの意思表示をするなら、方法は他に無かったのでしょうか。いつもの帰り道を逸らし町中を通って帰るとか。電話ボックスに入ってタイミングをずらすとか。それだけで私は貴女の気持を汲みとり、深追いはしなかったと断言出来ます。

今、貴女はどんな気持で居られるのでしょうか。これだけ長い間、貴女を慕い続けた男への処し方として、一顧だにせず過ごして居られるのなら、逆に私が貴女を偶像化するあまり、その人間性を見失っていたことになるのですが。
どうぞ貴女の真意をお聞かせください。

匆々

響平は書き上げると迷うことなく投函した。一週間心待ちにして郵便受けを何度も開けた。二週間目になると、いつもの出方かと諦めの気持になり、意識はしていたものの、やはり返事は来なかった。響平は谷底どころか地獄へ落ちたシーシュポスとなった。

梨都子がこれまで終始沈黙し続けることが、諦めさせるに有効な方法と考えてのことだとして、それを貫いて来たとするなら、なんと残酷な常套手段だろう、と響平は考えた。問い掛けに対する意思表示の拒否は、仕掛けた人間を絶えず原点に立ち戻らせ、眠らせないからだ。いずれ眠って忘れるだろうと意図するからには、徹底した忌避と無視の態度を取らなければならないが、梨都子はどうだっただろう。自分との出会いでは、かなり曖昧な態度が見受けられたことは事実だ。それに一縷の望みを託す自分は責められるだろうか。響平はまたこうも思った。彼女のような利発で美貌のタイプは、誰からも注目を浴び、人望と称賛を常に意識するから、人には意志的な態度に出られず八方美人に成りがちだ。

〈さあ、これで梨都子のことはお仕舞いにしよう〉と響平は呟いた。〈けれども今までこんな誓いを何度無為にしてきたか……〉その言葉は反語のように彼の脳裏を搔きむしった。〈で、俺はまた時間が過ぎれば梨都子を追い求めるんだ。マノンに裏切られ裏切られても追い求める騎士グリューのようなもんだ。あのグリューにも成れずに……。それにしても恋の魔性というのは、賭博者の心理にも一脈通じて、「俺としたことが、そんなはずはない、そんなはずはない」としながら、どんどん深みに嵌まって出られなくなるような……〉と、響平は蟻地獄からいまだに這い出せない自分を呪うのだった。

＊　＊　＊

同人に少し遅れて入った加藤正治という経済学部の苦学生がいた。素朴で心情的物言いは、とかくペダンチックに飾った表現を好む同人内で、一番年下ということもあり皆に可愛がられていた。彼は朝夕、新聞配達をして生計を立てていたようだが、バリケード封鎖された学校の現状は、彼のような学生には苦労してしがみつくほどの価値を失わせていた。加藤は中退して故郷の大分で公務員になるということで、同人での送別会の話が持ち上がった。杣野から連絡を受けた下村が、自分のときわ荘でやってもいい、と申し出たので、響平も善明も喜んだ。このところ同人に顔を見せない下村が、どういう風の吹き回しかと、誰しも思ったに違いない。が、加藤の人柄を日頃から好ましく思っていた下村にすれば、無理してでもの気持があったのかもしれない。

その日は年の明けた一月十日だった。下村の家族を加えれば九名ほどになって、部屋の六畳間はテーブルを並べるとすし詰め状態となった。

顔ひげを剃り落とした下村は、幾分瘦せたように見えたが崇人をあやしながら笑顔を浮かべ、君江も女一人で甲斐甲斐しく動き廻り場を賑わせていた。けれども厚化粧した彼女の表情豊かな言葉遣いには以前のような初々しさが消え、水商売でいかにも女を磨き上げた感じを与えた。

加藤の公務員試験の話や、同人の二泊三日の旅行の思い出話に盛り上がっていた時、下村が店を持つ話をし出した。スナックバーをやりたいとのことで、この一年、金を貯めて二人で頑張るしかないと言う。

――だけど文人、半端な金じゃあ店は持てんだろう。いくら君江さんの稼ぎがいいと言っても、大丈夫か？

――善明さんは近いから、演劇の人たちをいっぱい連れて来てもらわなくっちゃあ。

君江がおどけるような媚びた声を上げた。

——店の場所はもう決めてるの？

響平が訊くと、下村が、

——うん、君江の両親もこの沿線にいるし、近くでやりたいと思っている。だから僕もアルバイトを考えているんだ。

下村の表情には張りがあり、誰の目からも君江との仲が何とか収まっているように見えた。

送別会は加藤への贈る言葉であったり、同人の各々が歌をうたったりで、ときわ荘を出た頃には暗闇に包まれていた。

三月に入ると仏文第一回生の卒業式があった。響平の周辺で出席したのは島田と川田の二人で、響平は卒業の意志なく二単位落として留年。下村も卒論未提出で留年。善明は学費未納を二年続けていて、卒業の意志は無いとのことで、杣野はアルバイト先の印刷所へ就職して、一年前に中退していた。

大学を卒業したら社会人として出発するのが当たり前とする生き方を、響平たちのグループは無視していた。全共闘の連中がそうであったように、これからどう生きるかではなくて、今をどう生きるかでいっぱいだったとも言える。響平にしても就職への意志はあったが、文学にのめり込んでその世界で生きたいとする希望が、常識的な就職活動を毛嫌いする傾向にあったことは事実だ。そのため校内の就職に関する掲示板など一度として見た覚えはなかったし、酒席での話に〈金を数えたり、切符を切ったり、客の顔色をうかがったりするような職業には就きたくない。それからもう一つ、国家権力の従僕《しもべ》には絶対ならない〉は彼のうたい文句だった。

牛山は卒業すると大手の都市銀行に、角田は有名デパートへ就職したと聞いていたが、響平には彼等が自分とは無縁の方向へ歩み出したと思うだけで、自分との人生観のズレを意識せざるをえなかった。

当然梨都子も卒業して就職したはずだったが、あの手紙の一件以来、二ヵ月ほどして、駅へ向かう彼女の後方を歩いたことがあった。十四、五メートルに縮まったが、響平は追いついて手紙の返事について問いただす気持はなかった。それが出来なかったと言うより、する気は起きなかった。彼女は一度振り返って響平を確認していたが、足を速めるわけでもなく、自分のペースで歩いていた。改札を出て、ホームの前で下り電車の入線のため遮断機が下りていた時、響平は彼女のすぐ後ろに立ったが、不思議なほど冷静な自分に彼自身驚いていていた。

響平は留年したこの一年、自分の進路を真剣に考えてみようと思った。文学で身を立てるなら、詩を書いていても始まらないし、小説でどこまで勝負出来るかだが、五年や十年書き続ける覚悟がいるはずで、今のこの現状でそれが可能かどうかだった。大学を卒業して両親の期待を裏切り、家でくすぶりながら小説を書くなど、やはり不可能に思えた。

彼は自分の文学への可能性として、先ず詩集を出してみることだった。同人誌で発表した作品はかなりの数になり、少しは納得ゆく作品も書けるようになっていたので、第一詩集の上梓、これを目標にしようと思った。それと就職するにしても文学を捨てきれない以上、それに関連する職を探すしかないと心に決めた。

善明のすぐ上の兄の好孝《よしたか》が、画家志望で三年前に上京していたが、絵の好きな響平とは馬が合い、すぐに付き合うようになった。彼は山口薫や福沢一郎を信奉して、反具象の力強い人物造形の画風だったが、独学ゆえの癖も強く、フランスへ行って美術学校で三、四年修行したいというのが彼の夢だった。響平は好孝とよく美術展へ出掛けたりしたが、好孝が東京での初個展を終えると、フランス行きのアルバイトを始めていて、詩集発行を考える響平に、自分と同じアルバイト先を紹介してくれた。

アルバイトは大手スーパーでのあられ煎餅の出張販売である。大阪に本社を持つ菓子メーカーのヒット商品で、味付けが四種類あり、一袋百三十円だった。アルバイトは三日単位で、都内のスーパーを巡り、店頭や中程の一隅に子店を出し、小皿の上には小袋の試食品を並べて売るのである。響平は週三日のペースで売り子となった。初めのうちは買い物客への呼び掛けに戸惑ったが、慣れるにつれ、声のかけ方や購買心理が分かってくると面白いようにあられは売れた。不思議なことに善明兄も響平も売り上げ成績は抜きん出て、日程や場所の無理を担当者は聞いてくれた。二人は小田急沿線が多く、帰りにはよく善明兄と食事をして帰った。

しかし響平はアルバイトとは言え、社会と触れ合うことで学生気分も色褪せ、社会人への自立を深刻に見据えるようになった。

そんな日の朝、アルバイト先へ向かう車内で四、五人の高校生に囲まれるようにしてつり革に摑まっていると、彼らの邪気の無い会話が妙に新鮮に感じられた。響平はその会話に入って行きたいような、その話題を説明してやりたいような衝動に駆られた。下北沢で押し出されるようにホームへ降り立つと〈いつか自分は教師になろう〉彼はそう思った。

XI　凄絶な愛恋

今ここに廃刊号となった「悲」同人誌がある。昭和四十七年九月二十日発行になるが、響平が編集責任者となっている。状況的に同人のそれぞれの環境変化で存続が不可能になり廃刊となったのだが、巻末に下村康臣の「狛江之書抄」の掲載が見られる。それは原稿用紙百四十枚からなる、日記を許にした告白の作で、杣野への献辞が添えられている。

下村は同人誌の中心として、常に三分の一近くを自分の作品で埋めてきたが、裸の自己を語るとなると、文芸というフィルターを通して、その実像を曖昧にしてきたように響平は思う。

しかしこの書は違った。愛憎に煮えくりかえる腸《はらわた》の底の底を引っ張り出して、ある時は冷静さを失い彼は血迷っている。苦悩も限度を越えれば狂気か死となるように、その一歩手前でこれを書いていたのだ。そんな君江との私生活に気づくとしたら杣野だったが、彼にしても下村の苦しみの半分も感じ取れていなかったようだ。愛憎の器の大小にしても、その感情の深浅においても個人差があり、抱え込む苦悩については最もそれが当て嵌まる。下村はこの作品を書く動機について、

「この息苦しい個人の営為を、読者の前に晒すことで、それらの存在を借り、これを空無化させ、遂には一連の虚構へと化さしめることを希んでいる」

君江への未練をにじませながら、発表への意義を説くのだが、その反面、

「日記を発表するのはいいが、君江の方に迷惑がかかることがあるいはあるかもしれないという懸念が起こる。だが彼女のやって来たことは手に負えない暴力であり、私は先ずその前に起き上がらなければならない。少なくともこれから一人でやって行かなければならないのだ。この一冊のノートが、泥にまみれた敗者の手に残された唯一のものである以上、それが再起の旗印であり、紋章なのだから、粗末でも掲げる他にはない」

そんな作品ゆえに、ここに書かれた下村の君江への復讐と未練は、常軌を逸した彼の鋭い才気でそうした感情を剔抉《てっけつ》した。

あれから二人は、わりと早い時期に洒落《しゃれ》た感じのスナックバーを開店した。小田急線の東林間駅から六、七分歩いた所で、「悪の華」のネオンサインが出ていた。下村は彫刻の才があったから、あえて取り付けた天井柱にボードレールの詩の一節を原語で彫り刻

み、店内にはグレゴリオ聖歌を流していた。そして店の客には夫婦仲を隠し、あくまでもママとバーテンの関係であって、二階には自分等の部屋を借り、君江は時々二階へ上がって行っては崇人の面倒をみていた。

下村と君江の仲は何度も躓《つまず》いていたが、別れる気のない下村は、二人で店を持つことで何とか乗り越えようと考えていたのだが、君江の浮気性は依然として止まず、逆に下村と別れるためのやり口とも受け取れた。

「未だ店をやっている時に、男を見送りに出たまま朝まで帰って来なかったのだ。客のひとりが『ママさん今頃おねんねかな』と笑ったが、私はそれでも洗いものをしながら、上の部屋を思い、少し酔っていたから気分でも悪くなって、先に休んでいるのだろうと信じていたのである。男が車の中に引っ張り込んだとしても、妻は半分は自分から進んで身を任せたのだ。一応は夫である筈の私の目の前から、しかも店が開いているときに、そうしたのだ」

さらに君江の行状は激しくなるのである。彼女は新宿の勤めで知り合った男を自分の店へ呼んでいたようだ。

「私が風邪気味で店へ出ず二階で休んでいたことがあった。浅い眠りから覚めると時間ははっきりせず、ただもう朝が近いような気もし、下の店も静かなので、裏の扉を開けて、『ママ、もう閉めたのだろう?』と声をかけた。隅の座席に見てはならない影をじっと見てしまったから君江とは言わなかったのだ。二人はこそこそと滑稽な位にあわててその場を繕おうとしていた。『汚いことをするなよ』それだけ私は言えた。男は逃げるように出て行き、君江も私の顔を見て逃げようとした。引き倒し、私はただ一心に、祈るように暴力に頼るだけだった」

しかし下村はそんな君江を憎み切れずに悶え苦しむ。

「〈妻も狂っている、肉体の精神病質者! 私もそうなのだ〉神よ、あなたはなぜ狂ったこれらの存在を生み出したのか、人間が、動物が、植物までが狂っているのに。あなたはどうなのだ……いや多分、そうではない。『神』それは幾分確かなことだが、この思考だ、この部屋を頭とするこの考えている霊だ。間違いだった、あなたはあらゆるものの内に、少しずつ狂いを持って分散してしまったのだ。それが存在だ。この狂いはもはや、誰も理解し得ず戻し得ないものとして続くだろう」

下村はこうしたことから君江と崇人のもとから出て、近くの東芝病院裏のアパートへ三ヵ月ほど別居住まいとなる。彼は店からの収入は一切貰わず、九州の母からの仕送りすらほとんどを彼女に渡していたようで、「自分の金は一銭も持っていなかった」のである。だからそこでは飢えをしのぐだけの生活で店に通っていたことになる。

二人に決定的な亀裂が入ったのは、この晩の出来事からだった。

「その夜も男はかなり飲んでいるらしかった……君江は荒れている彼をなじるようなことをくどくど言っていた。会話の上では彼女の方が優っていたがその中には関係を持った相手に対する妙な馴れ馴れしさが含まれていて嫌だった。君江は二ヵ月位前に色んな条件から考えて、間違いなく彼の子供を堕ろしていた。男は私が君江の正式の夫だと知らなかったらしい」

二時頃から客は彼一人になり、三時になって店を閉めると君江は店で働いている女をアパートへ送りに出たらしい。残っていたその男も店を出たが、下村は以前の一件が頭にあったので、二人は示し合わせていると思い、外へ出た男をうかがっていると、男の影がうろうろしていた。下村は店へ戻るとペティナイフを布袋に入れて持ち出した。それは刃渡り十五センチぐらいからの万能の包丁で、殺傷も可能な凶器である。男の姿を見失って下村は君江の居場所を探し回りながら、とにかく現場を見てやらなければと思い続けていた。君江のアパートへも三度立ち戻ってみたが、彼女の履き物はなかった。そうこうしているうちに空も白みはじめたので、下村は自分のアパートへ倒れ込むようにして眠った。

朝になって君江のアパートへ行き、呼鈴を押してだいぶ待ってから彼女に夕べのことを問いただすと、最初のうちはしらばっくれていたが、問いつめるうちに認めざるを得なくなると黙りこくった。

下村はこんな状態がこれ以上続くと、自分の体に自信が持てなくなっていた。彼には狂気の発作が起きていた。

「発作は二、三ヵ月に一度位の割で起きるも、私が私から分離して私に話しかけるのだが、その呟きが全く私とは違っており、その恐怖が部屋を満たし始め、身動き一つしても最終的に狂ってしまうという予感がするのである。衣服を脱ぐこともできずに、ゆっくり横たわり、ほとんど眠ることができず、昼近くなってからやっと平静に戻ったほどだった」

そんなことからも下村は離婚を決意して、君江の店のある東林間から一人去った。そして杣野の手を借りて、狛江の暗い三畳の部屋に住み始めた。不動産屋のおかみが、隠者の住むようなひどい処だと言わしめたほどの部屋だったが、下村はろくに金も持たず、すべてに絶望した情況には、生きて存在すること自体が重荷だったようだ。

「『どうしたらいいのか杣野君、どうしたら、どうしたらいいんだろう？』それでも声を殺しながら泣いていました。暗い天井に白い影が見えて、神か何かの霊、救いのように思うこともありましたが、それがやはり二階の床下に下がっている電球に過ぎないと解ると、もう頭をかきむしる程に苦しいのでした。『最初から許していたのです、ええ、今でも愛しているのです』

〈なぜ最後まで許し続けなかったのだ!〉それは私の声のようではありませんでした。

『ああそうです、でも、ほんの少しでも僕の気持を解って貰いたかった。そうすれば、妻は誤りを避けることができる筈だと思いました。それが全くのひとりよがりだと知ったときの悲しさ。妻は私のことを好きでも嫌いでもなかったのです。それは僅かな私の意地でした。でもそれ以外の方法があったでしょうか。』神を知らない以上は、そうです」

下村は杣野だけには会っていたが、これほどの苦悩の身にありながら自身の事はほとんど語らず、今回の引っ越しのことも同人の連中への口止めを杣野に告げていた。下村の激しいコンプレックスがそうさせていたのだろうか。

そして下村は新宿の「らんぶる」という喫茶店へ勤め出したのだが、

「私の内心は殆ど自殺する位に女々しいくせに、表向きは平静を装ってしまうのだ。というのも、下半身が歪んでいるので、その跛行につられて顔付きが歪んでしまうことを恐れた結果ではないかと思う。内面の恥辱が強ければ強いだけ、人に見破られることを避けようとして、私の顔は人形のそれのように黙り込むのだ」

「何処へ行っても例えば容貌の事を言われる。偉そうな、先生のような、何か企んでいるような……そんな顔のために一層、世間を狭くしている。本当には色んな処へ這入って行けない。その晒された無表情な顔の下では、精神が迷い悩んでいる」

これだけの苦悩を背負って下村は生きていた。彼に抜きん出た文筆の才が無かったら下村はとうに死んでいただろう。書くという行為は、背負い込む苦悩のありさまを対象化して客観視することである。だから下村はメモ帳に絶えず書きつけていたが、間に合わなければ紙袋であろうと、書けるものには何にでも書きつける習性があった。そのため苦悩に溺れて流されることだけは、ぎりぎりのところで免れていたと言えるが、危機は何度となくあったようだ。

「も早何もできず、椅子にそっと存在を持たせかけている他にはなく、時間だけが恐ろしい重さを肩に加え、陰りが私を呪うのだった。息苦しい夕暮れ、涙はそのような狂気には勝てない。カウンターに立ってからも私はも早、死ぬことしか考えておらず、それは袋に入れて来たウイスキーを飲み、両手の動脈を小刀で切って、河の水に浸け、うつ伏して眠ることだった。あの多摩川、その最近行くことのない不在の河の傍らで」

そんな状態にありながらも彼は君江への愛を捨て切れなかった。女、異性としての存在は、絶望的情況にこそ絶対的存在感を生むのかもしれない。

「〈君江はどうしているだろう、キ、ミ、エ、どうか心だけは自由でありますように、そうだもう電車はない、もう遣《や》って来ることはできない、この眠りの中で、心だけは自由な神秘でありますように〉暗さの底で祈った。そうして君江を追う私の影を幻覚していた。存在を追おうとしているのか、それともそれを越えた君江そのものを追っているのだろうか、それからそれへと考えを巡らせていた。そうしてその思いを、再び起き出し、スタンドの明かりで書いている」

ところがその後、どういういきさつからか、二人は又よりを戻したようだ。下村の君江への愛の深さは渾身《こんしん》のもので、すべてを抛《なげう》っての命懸けであったのだろう。

彼は水商売からすべて足を洗うことを考え、君江に「悪の華」を閉じさせた。杣野の話では、どこかの出版社へ就職出来ないかと、大学の先生方をつてに動き廻ったらしい。しかしそれも水泡に帰して、君江の夫への侮蔑と飽くなき裏切りは、下村に「恐怖に近い感情」を抱かせた。彼が行為に及ばなかったのは、最愛の女としての君江を、また崇人の母親であるということが、娼婦性の汚名のもとに葬るにはあまりに情けなく、彼のプライドがそれを許さなかったのだろう。

「苦しい嗚咽の中で、笑い転げ、狂ったように無意味な呪文を叫んだ、下半身は裸で、陰茎を握りしめ、精液を流し、涙を流し、かすむ目で、壁の、おお、聖母！　彼女を見詰め、語りかけるように……

〈そうです、この苦しさ、それだけです、楽しさよりも淋しさに、歓喜よりも苦悩に、幸福よりも不幸に、価値がある、そう思えます、そのように思えます〉

それも又、永くは持続しない没我であることを、私は知らない訳ではなかった」

＊　＊　＊

「狛江之書抄」の衝撃的な告白は、同人仲間を絶句させた。〈君江さんが怒っている〉という話も杣野から聞かされたが、これだけの告白をしてしまった以上、下村が誰とも会いたがらず、手を差し伸べようがない深い穴蔵へ入ってしまったような印象を誰しもが持った。

「悲」の廃刊号の最後の合評会があった日、下村の消息も杣野すら途絶えがちになっていたようで、善明が、

――これだけの傷を負ってしまったんや、周りでどうこうもできんやろ。文人が立ち直るまで待つしかないのお。

これが大方の思いだった。そしてそれからまもなくだった。杣野から響平の家に電話が入った。下村が杣野にだけ見送らせて、九州へ帰ってしまったと言うのである。〈何

もかもが彼を見捨てた〉響平はそんな思いにたちながら、見捨てた中に自分も入っていたのか、と吐き出すように独りごちた。

そして、これが下村康臣との永遠の別れとなった。

後日談である。下村がどこでどのように生きているかは杳《よう》としてわからなかった。身を隠してしまったとしか言いようがない。しかし響平の人生に、これほど才能という衝撃を友人として与えた男はいなかったから、決して忘れることはなかった。響平は彼がいつ現れるか、どこかで出会うだろうと、その意識は持ち続けたし、夢もよく見た。たまに下村と見間違えて銀座の喫茶店へ飛び込んだり、デパートでそれらしき男を見掛けうろうろしたこともあった。が、二十七年が過ぎていた。別れた時の響平の年齢でもある。

その日は日曜で、突然大学の同級生から電話が入った。下村が札幌のすすき野に生きて、五十五歳で亡くなったと言うのだ。詩人として活躍している八木幹夫が雑誌に書いていたのである。

響平は、下村が肝臓癌で亡くなる直前まで詩を書き、生前に一冊、死後六冊の詩集を刊行したことに、彼の詩魂の本物さを痛感した。どのような場にあっても創作意欲は失わず、衒《てら》わず、媚びず、自分のみを信じた孤的生き方は、学生時代から少しも変わらないと思った。ただ四十代に刊行した『石の台座』という詩集が、仲間の誰一人にも届かなかった悲しさを嚙みしめざるをえなかった。

響平は下村が書きためた詩集の出版元が、自分の住む処から車で三十分の茨城県の竜ケ崎であること知り、早速に出掛けた。普通の一軒家で分かりにくく一時間近く探し廻った。

下村の詩集は当初三冊の発行で、その装丁のすべては簡素な白表紙で、控えめな臙脂の文字が刻まれていた。響平は四セットほど買い求めたが、抱えて車の中へ運び込んだ時、それが下村の小さな棺に思えてきて、運転する妻の傍らで泣いた。

それから暫くして下村の妹の多美子さんから、残りの詩集三冊が届けられた。響平は作品群を読み進むうちに、奇妙な偶然というか符合を発見した。

下村の遺作となった「水の唄」は、〈二〇〇〇年四月〉となっているが、五十五歳で亡くなったのは三月十七日未明とされる。死期間近のこの年度に書いた作品はこれのみで、おそらく誤記と思われる。

下村は肝臓癌末期と宣告されてからは一切の薬を拒否したらしい。意識の混濁を避けるためか、とにかく病室で作品を書き続けるために、ただ氷だけを囓っていたらしいが、おそらく氷を囓ることで痛みを幾分忘れられたのかもしれない。

水の唄

下村康臣

鳥類は
出血する内臓を
啄む
吸い上げる
私は囓《かじ》る
水の想いを
水への想いを
北国の大地を巡って来た
水の凝固、矩形の氷を
透明なガラス容器に受けて
囓る
囓る
ビーバーほど獰猛ではない
氷を囓るだけだから

既に手を組み
空を向いているから
悠久の大河
小川のせせらぎを
静かな地下水脈を
囓る
この水が全世界を
経巡っているであろうという
信頼の中で
ガリガリと
ガリガリと
ガリガリと
鳥類よ
囓歯類《けつし》よ
君たちも又滅びて行く
自らの地系に伏せる日が

しかし火の肉を通った
水の冷たさは滅びることはない
囓る
弾ける
囓る
弾ける
囓る
弾ける
囓る
弾ける

実は下村がしきりに氷を囓りながら、この詩稿を書き綴っている頃に、響平は不思議な作品を書いていた。この作品は響平の勤める高校の紀要『塔影』三十三号〈二〇〇〇年三月十四日発行〉に掲載したものである。

水のような男

水のような男になろう
かなしみの流動体としてではなく
虚無の透明度がしみわたってくる
ひとつの風景として
無味無臭の水の體
星を映すような静謐な受動
滴となって孤独がぽたりと落ちる
水の性状は飢《かつ》えの姿なのかもしれない

水のような男になろう
男は女の虚空をすりぬけて
饐《す》えてしまった愛の相克を
いつまでも死滅への花束として抱えている
朽葉《くちば》色にそまる水の體
黙す秋の時間の静謐な受動

眼を見開いたまま
流れて行く

水のような男になろう
逆巻く潮のように膨張する血のせつなさに
夢の浮浪をつづけた夜の記憶
白い樹液の地図をどのくらい描いて来たか
無形のやさしい水の體
抱擁して抱擁される静謐な受動
言葉を飲み込んで
鳥のようにくぐもる

響平はこの作品を書き出して二連目に入った頃から、常に自分が対象であるはずが、他者に変わってきたことの奇妙さを感じた。こういうことは今までに覚えがなかったからだが、それが三連目に入った時、イメージははっきり下村が浮かんでいた。それもあの学生の頃の彼の姿で、書かされているという感覚はなかったが、妙に下村を意識したことは確かだった。

響平は、死期の迫った下村の詩への執念が自分とスパークしたと考えることで、今ではそれを慰めとしている。

慰めと言えば、下村の没後に発表された六冊の詩集が、八木幹夫の努力もあり、現在活躍中の著名な詩人らにも注目を浴びたことだ。また下村の生涯で唯一の師となった入沢康夫は下村のことを「彼は自分を天才と思っていた。抒情を否定する地点に立つような希有な詩を書いたが、たしかにロートレアモンへの水脈を感じさせるすごい奴だった」と、「現代詩手帖」の写真入りの特集記事に書き、響平にも語ることがあった。

XII　雪の夜

善明兄とあられ煎餅のアルバイトを続けながら、響平は留年しても大学へは週に二日ほど顔を出していた。機動隊導入で学園封鎖は解除されていたが、いつ全共闘に占拠されるか判らないくらい不穏な雰囲気があった。授業をまともに受けられる喜びにひたりながら、特に講師で来ていた辻邦生の「近代芸術思潮」は単位は取れていたが、連続聴講した。まだ先生が作家として名前を売り出す前で、映画から美術、音楽への造詣の深さは、単に知識をまとめたような薄っぺらなものではなく、確かな美意識による実感からのもので、又感激家な一面も響平は気に入り、同族意識の気持になっていた。

もう一人、当時のフランス文壇を呼吸しているかのような顔と歩きっぷりの清水徹教授がいた。アンチ・ロマンの翻訳の評価も高く、「二十世紀文学」の授業はまさに大学ならではの充実したもので、プルーストやヴァレリーへの熱の入れようは響平の十分な肥やしとなった。

ところでそんな響平に、二年の留年は許されるはずがなかった。当然卒業後の進路は決めざるを得ない。ところが入学時に木越教授が言った「仏文科に入ったからには、就職は諦めて下さい」の言葉は嘘ではなく、周囲でまともな職に就いたのが何人いたか。ましてフランス語の教師の道など不可能に近く、響平は国語の教師への道を模索するようになった。

小雪がちらつく二月下旬だった。追い出しコンパのようなものが企画された。響平は善明を誘ったが、「中退を決めた人間が行っても変やろ。俺は止めとくわ」と断られた。仏文の後輩や美術部の友人、旧同人のメンバーも加わり、十三人が集まった。夕方の五時から駅近くの寿司屋の二階だった。対象者は響平の他に三人いて、その内の二人は飲み助である。女性は二名という寂しさで司会の不慣れもあり、それぞれが勝手に楽しんでいるといったふうだったが、追い出しとなる四名の歌が始まると、響平はおはことなっている下村直伝の「刈り干し切り歌」を唸った。

響平はセーブして飲んでいるつもりでも、順番に注がれるうちにかなり度を越していた。九時前にお開きとなり、二次会となったが、日本酒をかなり飲まされてそれどころではなく、新宿まで送ってもらうと、小田急線に乗り込んだ。

響平は伊勢原駅辺りで目が覚め、なんとか大秦野で下車出来た。雪が積もり始めて、濡れた靴底が痛いほど浸みている。雪を浴びても酔いの残りが寒さを感じさせない。車内に傘を忘れて来たことをぼんやり思い出したが、それよりもっと大事なものを忘れていたような気がして、しきりに梨都子の顔を思い出そうとした。雪がうるさく顔にまつわる。酔いのぶり返しにあっているのか、思い出とも感傷ともつかぬうちに彼女の家の近くの坂が見えて来た。この細道を入って行き止まりが梨都子の家だ。響平は立ち止まった。

〈もう何ヵ月も会っていない〉彼は呟きながら佇んでいると、何かの力に背中を押されるように、その細道へ足を踏み入れた。積もった雪は彼を後戻り出来ぬように靴底深く埋めた。響平は自分が今何をしようとしているのか、この行為がどれほど恐ろしく破廉恥なのか、今まで決して出来なかったその破廉恥を今していると思うと、身震いした。

が〈俺は酔っ払っているんだ〉そう自分に言い聞かせ、ずんずん進んだ。〈梨都子の呼吸する家が見たい。梨都子の面影を嗅ぎたい。それだけだ〉と、近づくにつれ怖じ気づく自分を鼓舞した。

十時半を過ぎている。降りしきる雪は辺りの物音を遮断している。玄関前へ来ていた。

ここがいつもの土手から眺めた緑の家かと、響平は立ち止まりその平屋を見つめた。気持が変に落ち着いて何をするという気もなく佇んだ。それから行き止まりとならない道を歩き出した。すると東側に当たる二十坪ぐらいの庭の奥の方から明かりが漏れて、廊下側の雨戸が一枚だけ開いている。ガラス戸にはカーテンが引かれてある。〈梨都子だ。まだ梨都子が起きている〉響平は直感した。いつか彼女に電話をしようと山の上からこの家を見つめていた時、南側の雨戸を閉めたのは彼女だと思ったように、彼女の部屋が南側の川沿いに面していると判断していた。以前にも、駅へ向かう早朝、川沿いの道を歩きながら小高い彼女の家を見ると、瞬間にカーテンが閉じられたことがあった。梨都子が見ていたと直感したが、やはり、出会うはずのその朝は彼女に会えなかった。

響平はその場にいま立ち尽くしていると、罪を犯しているような気分になっていた。心臓の鼓動も意識される。〈あの明かりの向こうに間違いなく梨都子がいる〉そう思うと響平は立ち去り難く、〈シルエットでいい、動いてくれ〉と祈った。頭から雪にまみれ、コートで包まれた体はそれほどでもないが、膝から下はずぶ濡れ状態で、凍りついた足先の感覚はまったくない。

〈寝る前に梨都子は必ず雨戸を閉めるはずだ〉響平はそれをひたすら信じて待つことにした。が、明かりに照らされたこの姿に気づかれたらと、響平は怖くなり、道が下りぎみになった所へ移動したその時、怒鳴るような男の声が聞かれ、廊下のガラス戸が開くと、雨戸を勢いよく閉めた。
響平は暗闇に放置されたまま、降りしきる雪の中に佇んでいた。

雪は降る

——梨都子に

ほとばしる熱情の旅をはじめたのは
降りしきる
降りしきる
雪の
酷薄な夢のなかに佇んでいる
喘ぎながらの私の
この雪の冥府を
黒い影を落とす憎しみの躰から
血のような愛をひびわれた掌でもって

わななく
わななく
冷えた長い喉から語りかける言葉は
壜の中に詰め込み封をして
ガチャガチャと鳴らしながら
遠ざかって行く電柱の
黄色い光と雪に
どっぷり濡れて
吠えてみる私は
いったい何だ
と問いかけた
花のように咲いた疵口を
桃色の美しい瘭疽《ひょうそ》かしら
それとも
狂いくる
狂いくる

倒錯した嵐の
やさしい思念の
あなたを求めての雪の舞踏の
顔で雪が泣き
私が泣き
もはや
切れてしまった感情のつながりは
どうでもいい
この白い地球をさまよう愛慕が
あしたになれば
踏みしめた雪の
あたたかな深い足跡にも降り積もり
掻き消してしまうだろうから
祭りのように浮かれて
一人だけの酩酊が
苦しくとも

雪空にこだましてゆくよう
ひらたい胸の
鼓を
強く打てば
聞こえるだろうか私の
血脈のかなたで雪の降りしきる
その音にも似てひそやかに
響きつづける
このいのちが
破れ果てたとえその中を
乱舞して雪が吹き抜けようと
さあ私のなかの
あなたと私の悲しい綱渡りの一夜だろう
降りしきる降りしきる追憶へ
さようなら
だ

この雪の夜の出来事こそ、梨都子への恋の幕引きだった。響平はそれから彼女には一度として会っていない。響平の中で生き続けた梨都子は、時間の浸蝕に任せるままとなった。

ディス・イズ・ミー

「ご臨終です」と、主治医が聴診器を外しながら立ち上がった時、「佳世《かよ》、おい佳世、おい、おい……」思わず佳世の額に右手を押し当て自分は叫んでいた。その時、佳世の目がうっすらと開かれ、唇が動いていた。〈あの時何を言おうとしたのか〉と、死に際の妻のことを長尾颯太《そうた》は思い出していた。

佳世が亡くなって三ヵ月近くが経っている。

携帯電話が鳴っていた。長尾はあわてて、階段を下ると洗面所に置き忘れたのを取りあげた。

「もしもし颯ちゃん、川西だけど。どお、少しは元気出たかい。四十九日が終わるとガクッと来るそうだから、ちょっと電話してみたんだけど」

「うーん、ありがとう。大丈夫だよ。まだそれほど老いぼれちゃあいないから。今ね、あいつが死んでから触る気もしなかったんだけど、仕舞い込んでいた物の整理をし始めたんだよ」

「形見分けでもやるつもりかい。整理するたって、なかなか大変だろう。ところで颯ちゃん、これからどうするんだ。家で一人ぶらぶらしていても仕様がないだろう」

「まあ、六十過ぎまでしっかり働いてきたんだから、何もしないで好きにするさ」

「そうかい。あんたは昔から殻に閉じこもるタイプだからな。でもそのくらい元気なら、一度ぐらいこっちへ帰って来ないかい。同窓会だって一度も出たことないんだもの、皆会いたがってるよ」

「そうだな、みんなに会えるのも元気なうちだな。秦野も四十年も経てばだいぶ変わっただろうし……」

そんな会話がしばらく続いた。

電話が切れると、長尾は気持をさらけ出した会話は久し振りだと思った。テレビを見ながら独り言を呟く日常で、〈自分には独り身が身に付いてしまっている〉と、いつもそんな意識をちらつかせていた。

押し入れに仕舞われた整理箱の妻の衣類は、今週の土、日に一人娘の和美が来て整理することになっている。長尾は整理ダンスの洋服にも手を付けずに、椅子に載って天袋を覗いて見た。いろいろな箱や、紙袋がきちんと整理されていて、開いて見ても何をどう捨てるか、迷うばかりだ。用意したダンボールの箱は空のままである。あっちのもの、こっちのものと開けて見たりするが手の出しようがない。それは生前の佳世の有り様を示しているものばかりで、佳世の存在感を今更のごとく意識せざるをえなかった。

天袋の一番奥に古めかしい紙袋が見えた。なんとか間近に引っぱり出すと、上下が紐で結ばれ、見覚えがあった。長尾のいちばん古い思い出の品である。引っ越し当初からそこへ仕舞い込まれたもののようだった。

長尾は紙袋をベランダへ持ち出して、ハタキを掛けてから中の物を取り出して見た。中学、高校の卒業アルバムと、筒に入った卒業証書。それに小学生の夏の課題で、竹細工による金賞の賞状や、そろばんの二級検定合格の賞状。それから二つ折りの変色しかけた画用紙の絵が出てきた。三本の大きな向日葵が縁側から庭にかけて描かれ、背景には青田が広がって、中ほどに小さく木立に隠れるような赤い屋根の家が見える。

長尾はその絵がどうして今まで保存されてきたか、自分に問うまでもなかった。木立に囲まれる赤い屋根の家をじっと見詰めた。すると少年の日が鮮やかな奔流となり蘇ってきた。

夏の暗闇には臭いがあった。昼間の熱をはらんだアスファルトからであったり、乾き切った甘い草いきれのようなもの。また闇に飛び交う虫たちが発していたかもしれないが、一人佇む十一歳の颯太《そうた》に怖さはなかった。

どこの家庭も夕食の時間はとうに過ぎている。八時を過ぎても仕事から帰って来ない父親の嘉和《よしかず》が、颯太には心配でならず、いつものことだが家を飛び出してきた。母親を二年前に亡くして、父と子の二人だけの生活が、そんな感情を掻き立てていたのかもしれない。

颯太は家の前の青田沿いの道から木造の橋を渡って、車道へ出た所に立っていた。もう九時だろうと思いながら、暗闇の道路の遠くをじっと見続ける。その時間になるとまれにしか車は通らない。ふっと強い二筋の光が少し蛇行している道路から現れ出ると、またたく間に颯太の前を通り過ぎた。あとはすっぽりと闇に包まれる。すると自転車のライトと思われる弱い光がこちらに向かって来る。颯太はきっと父ちゃんだと思ってライトの位置を見つめる。それは低い位置からのもので、ライトの明るさの感じからも父親の自転車でないことがすぐに判断出来た。父親の自転車は相当に使い古されていてライトは暗かった。

よく雨が降って仕事を休まざるを得ない日など、父親は物置から自転車を出してきて、ボロ布で拭いたり、油を差したりしながら、

「こんな自転車でもよ、けっこう遠くまで行っちまうんだ。ありがてえもんだよ。それも荷物を山と積んで、後ろが見えねえくらいだもの。俺よりよっぽど自転車様の方が骨が折れべえよ」

颯太《そうた》は縁側で父親の繰り言を何度聞いたかしれない。

また自転車のライトが行き過ぎた。そのたびに颯太は胸騒ぎがした。物騒な事件がよく起きているから巻き込まれたのではないかとか、父ちゃんは胃が悪いから、途中で痛みだして動けなくなっているんじゃないかとか、悪い予感ばかりした。

二台が前後してこちらへ向かって来るライトが見えた。颯太は目をこらし、じっと見つめていると、先のは自転車オートバイだった。が、後のは少しカーブを描いて颯太の方にゆっくり向かって来た。〈父ちゃんかもしれねえ〉じりじりと待つ気持が満たされる瞬間だった。

「父ちゃんお帰んなさい。遅かったなあ……」

颯太は涙がこぼれ出てそれ以上言葉にならない。

「いやあ、まいっちまったよ、今日だけは。自転車がよ、パンクしちまってな、困っちまってよ」

嘉和は自転車から下りると、半分以上売れ残りの荷物を重そうに引きはじめた。そして片手で被っている鳥打帽《ハンチング》を外しかげんにして、バンドに挟んだ手拭いを抜くと顔を拭いた。

「パンクして直してきたの？」

「人家から離れている所だったから、さんざ自転車を引いてよ、暗くなっちまってな、自転車屋探すのに手間取っちまったよ。直してもらったのが八時近かったもの。颯が心配していると思って、すっとんで帰って来たんだ」

颯太は、父親の汗臭さを感じとりながら、何とも言えぬ安堵感に猛烈な空腹感を感じた。

夏休みへ入って十日が過ぎた。颯太は三つ下の光治と毎日のように竹で編んだ細い筒状の鰻モジリを、夕方になると川に仕掛けた。その日も鰻の餌となるミミズを二人は探した。家の周りのミミズは取り尽くしてしまい、木橋から右に川沿いの藪に添った道まで やって来ていた。向こうには木立に囲まれた赤屋根の家が一軒ある。道幅に少しゆとりがあり、下は田圃の稲が土用干しの時期をむかえて、水の饐《す》えたような臭いが鼻を打ってくる。その道脇の所に放置された堆肥《つくて》や古藁《ふるわら》が敷かれており、ミミズのいそうな場所だった。

颯太は細い丈夫な女竹《めだけ》をしならせながら、ミミズの隠れているポイントにそれを差し入れ、飛び出てくるミミズを軍手でつかまえては空き缶へ入れた。光治の缶に比べれば、大きめで二倍は取っていた。缶の中がいっぱいになれば、三本の鰻モジリが仕掛けられる。

「ミミズ取れる?」

不意に、二人の後ろから声が掛かった。振り返ると伊根子だった。父親たちが、藪松の伊根子と呼び捨てするのを子供ながらに口まねしていたが、三十半ばの後家だった。白地に赤と緑のプリント柄のムームーを着ている。カールした赤ちゃけた髪が前にたれるのを左手で掻き上げるようにして、缶の中を覗き込む。

「颯ちゃんはモジリの掛け方がうまいから、鰻いっぱい取ったもん」

光治が口をとがらせて言った。

「へえー、うまいんだ。おばさんも鰻食べたいな……」

二人は黙ったまま、顔も上げずにミミズを取っていた。

「いた。これはでけえや、颯ちゃん、ほれ」

光治が泥まみれの手でつかんだミミズをかざすと、

「それキンタマミミズって言うのよ。ハハハハ」

大きな胸を揺らせて、伊根子のはすっぱな笑いが響いた。サンダル履きの白い素足は、しばらく二人の側に立ち続けた。

伊根子が母屋の方へ去って行くと、光治が言った。

「伊根子はインバイだって、母ちゃん言ってたよ」

「インバイって何だ」

「知らねえ。父ちゃんもそうだと言って、笑ってたもん」

二人はそれから夕方になるのを待って、モジリにミミズをたっぷり仕込むと、颯太が二本、光治が一本、それを持って川の目安としている場所へ仕掛けに行った。

その晩、団扇《うちわ》をあおりながら風呂上がりのビールを旨そうに飲んでいる父親の嘉和に、

「父ちゃん、インバイって何だ？」

颯太は訊ねた。

「誰がそんなこと言ったんだ」

「光治が伊根子のことをインバイだって」

「まーだ子供がそんなこと知らなくてもいいんだ。あそこの藪松の家はいろいろあってな、人は勝手なことを言ってるけど、川で流されて死んだ一造さんて人はいい人で、俺んちの植木の手入れは欠かさずやってくれたし、うちで何かあれば一番先に来てくれたもんだ」

「何で川に流されて死んじゃったんだ？」

「もう十二、三年は経っただろうよ。台風で大水が出た時、あそこはもともと流れの当

たり場だから、蛇籠《じゃかご》が敷かれた下に丸太を組んだ川くらが置かれてたべえ。そこへ根っ子のまま流されて来た木のでかいのが引っ掛かっちまったらしいんだ。放っておけば大水を呼びこんじまうちゅうことで、それを流そうと思って竹竿使ってやってるうちに、足をとられたみてえだな。流されて行くのを見た人がいて、助けたくても流れが速すぎてあっという間に呑まれちまったらしい。それでも一造さんは、馬に乗ってるみてえに泳いでいたらしいけんど。川の中はな、見えねえだけで大水が出ると、でけえ石まで流れるんだ。あぶねえんだ。大水が出ているうちは、絶対に川の側へ行っちゃあ駄目だ……」

「ミミズ取ってたら伊根子がね、鰻食いたいって」

「伊根子がか？　あれも町のパチンコ屋で働いていて、秀敏の嫁に来て、三十越えた若《わけ》え体で後家になっちまって、可哀想って言えば可哀想だ。秀敏は腕のいいペンキ屋だったけんど、あんな交通事故に遭わなけりゃなあ、今ごろ小僧の二、三人使って藪松の家も建て直しただろうけど、もう死んでそろそろ三年は経つべえ。保険金をいくら貰ったって、あれじゃあ仕様がねえなあ。子供の一人でもあれば、カネさんも惚けなかっただろうけどなあ」

「父ちゃん、男が通ってくるからインバイって言うのか？」

「ハハハハ、そうだ。おめえも大人になってきたなあ。それも一人じゃなくてな、カネさんが惚けてるのをいいことに、次々と男を替えるからな」

「俺、酒屋のオート三輪がちょくちょく止まっているのを見たことあるもん」

「酒屋の政幸だべえ。秀敏は大酒飲みだったから、ちょくちょく配達してたからな。それに政幸は、秀敏と同い年で、昔からの遊び友達だ。まあ、死んだらおしまいだ」

嘉和はコップに残ったビールを旨そうに飲み干した。

翌朝、颯太は五時前に目を覚ました。夏の朝は夜明けが早い。遠くの百姓家から鶏の鳴き声がしている。半袖の寝間着を脱ぎ半ズボンにはき替えると、玄関の格子戸を静かに開けた。

光治とは五時半頃に待ち合わせてあった。木橋の朽ちかけた欄干にもたれながら川の方を見ていると、朝の静寂《しじま》を裂くように伊根子の家の方で声がしていた。おカネ婆さんがわめきながら家の前に出て来た。

「わたしゃあ何にも食っちゃあいないよ。秀、秀はどこへ行ったんだ。帰って来てよお。秀、秀……」

まだ何かぶつぶつ言っている。振り乱した白髪頭で曲がりきった背中がよろけ、いまにも転びそうに見える。

その時、臙脂《えんじ》のネグリジェ姿で伊根子が飛び出て来た。明け放しの木戸にしがみつく婆さんの手を振りほどこうとするが、なかなか離そうとしない。

「婆ちゃん、婆ちゃん、婆ちゃんたら、秀ちゃんは家の中にいるよ」

握っている両方の手をようやく離させ、抱えるようにして連れて行こうとすると、また婆さんはその木戸の端をつかんで動こうとしない。

遠くの方で見ていた颯太は、つい家の近くまで来ていた。伊根子はまくれ上がったネグリジェにも気づかず、肉付き豊かな白い太腿をさらけ出している。

「嫌だよ。嫌だ、飯食うんだよ」

婆さんの手がようやく離れると、伊根子は力強く抱えこんで家の方へ向かいかけて、佇んでいる颯太に気がついた。

「困っちゃうんだわ。婆ちゃんがぼけちまってさ。これからウナギ取り？」

颯太は黙って大きくうなずいた。

橋の方に小走りでやって来る光治の姿が見えた。颯太も駆け寄って行くと、光治は起きたばかりの顔つきで、

「颯ちゃん、待ったあ。ごめん。母ちゃん起こしてくれねえから」

二人は土手から川へ下りて行った。夏であっても早朝の川の水は、足を入れるとその

冷たさが神経にしみ入ってくる。川岸の石の上や生えきった草を避けながら歩くより、川中を歩く方が肌に慣れると気持がいい。二人は水音立てて流れを遡って行った。

鰻はおもに夜から朝にかけて活動する。一年ものの鰻は背の黒さと腹の白さがきわだち、脂が乗り過ぎず味が良かった。その一年ものは夜になると流れを遡って来る。モジリに詰めたミミズの臭いでおびき寄せるのだが、その仕掛けは口元の川底は絶対に触れないし、水苔の付かない石は避けた。颯太はその鰻の道とふんだ大石の際へ一本目を仕掛けたが、モジリには何も入っていなかった。

そこから百メートルぐらい行った所に、流れが当たり蛇籠の竹が古びて中の石がくずれ、深くよどんだ場所があった。光治のモジリはそこに仕掛けてある。ああいう所には何年も巣ごもりしている居つき鰻の太いのがいそうだと、颯太に教えられたことから光治はその気になった。颯太は竹のモジリが水中で浮かないように、筒の中におさまる石を探してやって、それをゆっくり沈めさせてから、モジリの紐を蛇籠石へ巻きつけて縛った。

そこへ来た。光治はもどかしそうに紐をほどき、慎重に両手で紐を引き上げてゆく。モジリは水面を離れると水が流れ出し、それと同時に中の石の間を動きまわる黄色みがかった腹が見えた。

「やったあ。入ってる、入ってる」

川面をつんざくような光治の声。かなりの太さのもので、飴色の背はまさに居つき鰻だった。

「やっぱり颯ちゃんの言った通りだあ。父ちゃんが小遣いくれるって言ったから、颯ちゃん、カバヤ買ったらやるよ」

三本目は、流れが山の岩根に直接ぶち当たっている近くで、深くよどんだ所から少し上った草むらに仕掛けてあった。颯太は流れをザブザブと渡って行くと、押さえの石を外してモジリの上下を両手でゆっくり持ち上げた。

「おお、入ってる。やったあ、いいのが入ってるよ」

颯太は叫んでいた。黒い背びれが勢いよく動いて、高く掲げると、白い腹のうねりが、なんとも新鮮だ。颯太は対岸の石の上に座った。そして二人でモジリの中をかわるがわる眺め合った。濡れた脛《すね》がひりひりと痛痒かったが、しばらくすると二人は土手の上へ出て、モジリを下げて帰って行った。

颯太はいつもなら父親に見せて自慢するところだったが、捕った鰻を魚籠《びく》へ移し替えると、そのまま伊根子の家へ向かった。

裏の台所の方で音がしていた。颯太はそちらへ廻ると、戸口の板戸を叩いた。

「誰？」

乱暴な声が響くと、板戸が鳴って開いた。

「あっ、颯ちゃん、どうしたの。あれ、それ鰻？　捕れたの？」

伊根子はサンダルを突っ掛けると、出て来て魚籠の中を覗いた。

「あっ、いい鰻だ。これ、おばさんにくれるの、本当？　だけどあたし、鰻なんかさばいたことないのよ。颯ちゃん、やれる？」

「うん、父ちゃんみたいに上手くはねえけど。おばさんとこ、キリと出刃ある？」

「ある、ある。焼けるようにしてくれればさ。婆ちゃんも鰻好きだし……。ああ、ちょっと待ってて、出刃はここにあるんだけど、キリは物置にあったはずだから、今見てくるね」

伊根子は物置の方へ走って行き、すぐに戻って来た。

「こんなのでいい？　出刃はここにあるから。颯ちゃん、じゃあ、さばいてくれる。おばさんも手伝うからさ。さあ上がって」

颯太は慣れた手つきで、魚籠から鰻を取り出し、まな板にのせた。

「わあ、いい鰻ね。こんなの貰っちゃっていいの。ありがとね」

伊根子の片笑くぼを浮かべた嬉しそうな顔を颯太はちらっと見た。自分のしたことをこんなに素直に喜んでくれるのが嬉しかった。まな板へのせて鰻にキリを立てるとなると、太くて力のある生きのいいのはそう簡単にはいかない。つかんでも手いっぱいだし、のらりくらりと鰻は必死にもがき出てしまう。堪《たま》りかねた伊根子も手を出して押さえにかかったが、まな板から下の板の間へ飛び出てしまった。颯太はむきになって両手で鰻をつかみ、またまな板へのせた。伊根子は尻尾の方を押さえるがそれも頼りない。押さえこむ伊根子の顔がくっつくほど近くにあった。颯太は一瞬やさしい甘さのような匂いを嗅いだ。それは化粧した時の母の匂いだった。すると押さえ込んだ鰻がきゅきゅと鳴いた瞬間、颯太は頭へキリを立てた。すぐに出刃で首もとへ切り込むと、背びれを左手で寝かせるようにして、そのままゆっくり骨の感触をたよりに裂いた。はらわたを取り、背骨と頭をはずしてから、二つの切り身にした。

「颯ちゃん、上手いね。これなら、魚屋さん持ってけるよ。出刃入れたら鰻が動かなくなったもんね」

颯太は鰻のはらわたを洗い落としてから肝を取り出した。それにも出刃を入れ、置いてあった皿の上に切り身と一緒に移すと、まな板を洗いはじめた。

「颯ちゃん、幾つになったの？」

少し乱れた赤毛を首を振って掻き上げながら伊根子が訊いた。

「十一……」

颯太は伊根子の方は見ずに、ねばついて生臭い手を桶の水で洗いはじめた。

「ああ、ちょっと待って、石鹸使わなきゃ落ちないよ。石鹸ここにあるの。おばさんの手もぬめぬめしてるから、一緒に洗ってあげる」

伊根子の肉厚の手が石鹸をつかむと、陽に黒く焼けた小さい手へそれをこすりつけるようにして洗いはじめた。颯太はなぜか耳や頬が火照るように熱かった。伊根子の吐息と体臭には、やはり母とは違った甘苦しさがあり、そのネグリジェのフリルといい、肩に当たる乳房の感触は、颯太の体を固くこわばらせた。

「颯ちゃん、お母さんのこと思い出す。もう、亡くなって何年？」

「……」

颯太は応えられない。耳が燃えるように熱く、今のこの瞬間体が強く何かを感じていた。

「はい、これでいいかな。この手ぬぐいで拭いて」

いくぶん上気した頬の伊根子を、上目遣いでちらっと見るのが精いっぱいで、颯太は差し出された手ぬぐいで両手をふいた。息苦しいような気分におそわれた。颯太はそそくさと万年草履を突っ掛けると、黙って出て行った。

幾日かして、その日も颯太は父の帰りが遅いのにやきもきして通りまで出て来た。柱時計が八時を知らせてからだいぶ経っている。満月が東の空に浮かんで、辺りは昼間のように明るかった。

いつものようにエンジン音が聞こえて通り過ぎると、またもとの静寂に返るといった繰り返しだ。

颯太は佇みながら、例によって帰りの遅さを気にし出すと、不吉な想像に掻き立てられながら、こちらへ向かって来るライトの光を見つめた。やはり通り過ぎて行く。そして一つまた一つと通り過ぎて行くのを見守りながら、その空しさが必ず歓喜に変わる瞬間が待ち遠しかった。

後方の木橋の所に人影が見え、だんだん近づいて来た。

「あ、颯ちゃん、こんな所でどうしたの？　ああそうか、父ちゃんまだ仕事から帰って来ないいんだ」

「うん」

月明かりのなかで伊根子だとすぐに判った。

「この間はご馳走さんね。あの鰻おいしかったあ。颯ちゃんに何かお礼しなくちゃあね」

「そんなの、いいんだ……」

伏し目がちに見た伊根子の顔は、月明かりでもそれと分るような濃い化粧で、並び立

つと甘ったるい香水が匂った。伊根子はカールした長めの髪を手で掻き上げながら、

「おばさんも人を待ってんだけど……。まったく、待ちくたびれてさあ、うちから出て来ちゃったんだけどさあ。待たされる身になってみろってんだ、ねえ」

ハンドバッグを手で振りながら肩の上にポンと掛けた。

「あら、颯ちゃん、そんなに見ないで。何かあたし変？」

昼間見る伊根子とは別人だった。月明かりに妖しく張りを見せるあらわな二の腕から大きな胸のふくらみ。言われて颯太がうつむきかげんになると、

「やだあ、颯ちゃん。コイツませてきた」

伊根子は颯太の頭を右手で撫でながら、顔の辺りまでその手を下げてくると、鼻先をちょんとつまんだ。颯太はいい匂いと、手の感触で甘い気持になっていた。

その時、強いライトの明かりがぐーんと近づいて来た。大きなエンジン音は目の前で止まった。二五〇ccのホンダのオートバイに乗ったアロハシャツの男だった。

「悪い悪い、遅れちまって。仕事に手間食っちゃってよ、これでも風呂入って汗だけ落として、すっ飛んで来たんだ。あれ、その子どうした？」

「あたしの隠し子よ。颯ちゃんと言うの」

「ええ、本当にか。伊根子にそんなのいたっけ」

「バーカ、嘘よ。近所の子で、父ちゃんの帰りを待ってんのよ。鰻捕るの上手なんだから」

「ああそうか。なんか、そんなこと言ってたな。父ちゃん待ってんのか、ふーん……。そんじゃあ行くか」

「颯ちゃん、それじゃあね。心配しなくても大丈夫よ。父ちゃんもう帰って来るから」

伊根子は男のオートバイの後ろへまたがると、嬉しそうに両手で男の体に手を回した。男はペダルを勢いよく二、三度キックすると、エンジン音とともに闇の中へ消えて行った。

遠くにライトが立て続けに二つ見えた。だんだん近づいて来て、二つとも通り過ぎた。音が途絶え、辺りの静けさを意識したとき、川向こうでガチャガチャと鳴いていた轡虫《くつわむし》や蛙の鳴き声も静かになった。颯太は腹も空いていたが、心細さと心配で気持の高ぶりを抑え切れぬほどになっていた。

ライトが一つ見えた。ぐんぐんと近づいて来る。颯太は確信した。きっとあれがそうだ。やっと帰って来た。ライトは近くに来て、急に光を失うと、目の前で止まった。

「今だよ、颯、ごめんよ。待たしちまったな。今日はだいぶ遠くまで行っちまってよ、腹すいただろう」

颯太はただ嬉しくて、溢れてくる涙に何も言えず、黙って自転車の後ろへ廻った。

「颯の好きなダイフク買って来たぞ。今日はだいぶ遅くなっちまったが、遠くまで行った甲斐があってよ、商売はあったんだ。だけど暑かったなあ、本当に今日は……」

自転車の荷台には、売り切って折り畳まれた風呂敷包みが、ゴム紐に挟まれている。

颯太は半ズボンから薄汚れたランニングシャツを引っ張り出して涙を拭いた。

「今日はな、いいお寺の和尚さんに出会ってよ、残り物全部買って貰っちゃったんだけんど、まあ面白い人でな。大きな紙をただ巻いただけで笛を吹くんだよ。それがな、お寺さんに入っていったらよ、それを吹いている最中で、聴いてると何ともおかしな音でな。和尚さんが言うには、お経じゃあ成仏しねえ仏さんがお寺さんにはいるんだと。だからお経を読むより、その紙笛を吹いてやると、和尚さんにはそんな仏さんたちのすり泣きが聞こえるんだと。まったく冗談とも本気ともつかねえ顔してよ。だから、これはただの紙笛じゃなくて、神様の笛だから神笛と言うんだと。面白い人だ。そんなことからよ、いろいろと話をしているうちにな、暗くなってきちまって、晩飯食っていけと言われたけど、おめえが待ってるしな、そうもいかねえから飛んで帰って来たんだけどよ」

自転車を引きながら話す父親と肩を並べて歩いているのが、颯太には無性に嬉しくてならなかった。

梅雨明けから二週間近く雨は降っていなかったが、その日は朝から雨だった。父の嘉和は、田圃の見渡せる縁側に出ては、

「いいおしめりだ。いいおしめりだ」と、何度もつぶやいていた。

朝食をすますと嘉和は問屋へ出掛けた。二ヵ月分の品物を仕入れに、東京の浅草橋の問屋街へ出向いたのである。

颯太は雨で外へ出掛けることも出来ず、読み古した漫画雑誌を押し入れから出してきて、畳の上で寝そべりながら読んでいた。それにも飽きてくると、思いついたように画用紙を縁側に広げて絵を描き始めた。夏休みの宿題だった。

昼近くになって玄関の方で、

「いるのー？」

女の声がした。颯太は絵の具をいっぱいつけてしまった絵筆で出られずにいると、声の主は庭の方へ廻って来た。伊根子だった。赤茶けた髪を一つに束ね、化粧気のない顔へチェックの傘の派手な色を映して、手には布巾《ふきん》を掛けた皿を持っている。

「颯ちゃん一人？　父ちゃんは居ないの？」

「父ちゃんは東京へ仕入れに行った」

「そうなんだ。雨だから仕事は休みかと思ってさあ、ぼた餅を作ったもんだから、お昼に食べてもらおうと思って……。この間の鰻のお礼よ。颯ちゃん、ぼた餅嫌い？」

「好きだよ」

「そう、良かった。おいしいかどうかわかんないけどさ、あたし一生懸命作ったの。いっぱい食べて」

「うん」

颯太はいつもの感じと違う伊根子に戸惑った。

「あれ、絵描いてんの？」

「夏休みの宿題だよ」

「ちょっと見せて」

伊根子は傘を立てかけると縁側に横座りになって、ほとんど描き上がっている絵を手もとに取って見た。

「向日葵描いたの？　あっ、向こうにちっちゃく見える赤い屋根は私家《わたしんち》みたい。あれ、ここから見えたっけ？」

伊根子はサンダルを脱ぐと縁側に上がって、その方向を眺めた。

「あそこのケヤキが邪魔してるし、山田さんとこの栗の木だってあるから、ちっとも見えないじゃない。それに颯ちゃん、この向日葵なんで三本なの？　庭にまだいっぱい咲いてるのに。あっ解った。大きいのは父ちゃんで、こっちはお母ちゃんだ、そうでしょう？　ちがう？　そんで真ん中の小さいのが颯ちゃんじゃあないの？」

「………」

颯太が応えなかったのは、伊根子の指摘が自分でも気づかなかった心の裡を見透かしていたからだった。

「颯ちゃん、お母ちゃんのこと、やっぱり思い出す？」

「………」

「そうだよね。まだ死んでそんなに経ってないもんね。まだ小学生じゃあお母ちゃんのこと……」

颯太は顔を赤くしてうつむくと、いっそう黙りこくった。

「あっ、ごめん、ごめん。言っちゃあいけなかったね……。あたしだってさ、秀さんに早く死なれちゃってさあ、淋しくてね。あの家早く出たいくらいなんだけどさ、婆ちゃんがあんなだしさ、婆ちゃんだけ残していったら秀さんが怒ってお墓から出て来るかもしれないからさ」

「………」

「颯ちゃん、本当に怒ったの？　ごめんね。あたしおっちょこちょいだからさ、つい思ったこと言っちゃうのよ。そうだよね、もうオムツ取れてるもんね。ウナギさばくんだって一人前だし、父ちゃんに似て男前だしさ。あ、笑った。ア、ハハハハハ。颯ちゃん、おばちゃん嫌い？」

下を向いたまま颯太は頭を二、三度横に振った。

「本当、耳まで真っ赤になっちゃって、可愛い。あたし颯ちゃんのお母ちゃんになってあげようか」

伊根子はうつむいている颯太の両頬を両手ではさみながら左右に振った。颯太はされるがままに、伊根子の汗ばんだ体臭を思いっきり吸い込んだ。視点がぼやけ意識がぼんやりし出すと、自分の顔が伊根子の両手に挟み込まれたまま胸のうちへ抱きすくめられた。

「颯ちゃん、おっぱいあげようか。ほら、ほらほら……」

上ずったような興奮した声に、颯太はわけがわからず、突き出された白い大きな乳房へしゃにむに顔をこすりつけていった。未成熟な体の奥の見知らぬ部分に火がついた。伊根子はのけぞると、耐えきれずに仰向けに転がった。

「あ、あ、ちょっと待って、ちょっと待って。颯ちゃんも男だね。ここじゃあ、あたし痛いから、そっちへいこう」

伊根子は起きあがると、颯太の手を取って座敷の障子の隅へ座り込んだ。颯太は上気した顔で伊根子をみつめたまま、その前に立った。半ズボンの中ほどが恥ずかしいほど隆起している。彼女は座ったままで、颯太を引き寄せると、半ズボンの下から右手を差し入れた。強い手の感触が体の奥に走った。その手はやさしくさまざまな刺激を生んでくる。立っていられないほどの衝撃が何度もつづいた。颯太はおもわず伊根子の肩に両手を突いて、それでも堪えきれずにすがりつこうとした瞬間、急に体から力が抜けたようになって、彼女の膝の上にへたり込んでいった。

「ああ男の子だあ、颯ちゃん。可愛い、ああ可愛い……」

伊根子は颯太を激しく抱きかかえた。何度も頬ずりを繰り返しながら、熱い吐息を颯太の顔へ浴びせた。されるがままでどのくらいの時間が経ったか颯太には覚えがない。ただ下の方でじわじわと何か冷たい感触が生まれていて、熱に浮かされたようなぼおーっとした気持が醒めてきていた。

颯太は伊根子の膝の上から離れると、便所へ行こうとした。

「颯ちゃん、大丈夫？」

伊根子の心配そうな、見覚えのない表情が見つめてきた。颯太は背を向けると軽くうなずいた。

「あたし帰るから」

伊根子はすたすたと縁側へ出て、立て掛けてあった傘を持つと帰って行った。

夏休みに入り、一回目の生徒登校日だった。颯太が学校から帰って来ると、葡萄《ぶどう》が皿に盛られ卓袱台《ちゃぶだい》の上に置かれていた。そばに鉛筆のなぐり書きで、ぼた餅ごちそうさまでした、と言って伊根子の家へ借りた皿を返してこい、とある。一昨日、山梨に住む母方の叔母から、木箱に入った葡萄が送られて来ていた。毎年この時期にはたらふく葡萄が食べられた。

真夏の強烈な陽射しは、野球帽を被っていても地肌までじんじんと差し込んだ。汗がしたたり落ちる。颯太は伊根子とのあの出来事を思い出さないようにしていた。が、これから会えるとなると、嬉しいような恥ずかしいような気持のたかぶりに目が眩んだ。皿に盛った葡萄を落とさないように気づかいながら、木戸の所まで来た。玄関のガラスの格子戸が閉まっている。開けようとすると鍵が掛かっていた。葡萄だけでも置いてゆこうと思い、裏へ廻った。台所の戸を引くと開いたので、二度三度と声を掛けた。やはり留守だと思ったが、何か声がしたようだった。耳を澄ましていると、「ヒデ、ヒデ、」と、しゃがれた声が聞こえてきた。

〈婆ちゃんの声だ〉颯太はためらったが、万年草履を脱ぐと葡萄の皿を持って座敷へ上がって行った。声は苦しげに聞こえているし、伊根子は居そうもなかった。床の間のある奥の座敷へ入ると、右の北側に便所へとつづく小さな板の間があって、そこに婆ちゃんは居た。薄汚れた半袖の肌襦袢《はだじゅばん》に腰巻き姿。胴中には兵児帯《へこおび》のようなものが巻かれ、柱に繋がれている。白髪の抜け切ったやつれはてた顔はまさに別人で、四つんばいの姿は無惨だった。それでも颯太を下から見上げてくる。

颯太は、座敷との境の障子の桟につかまりながら立ち上がろうとして転ぶ婆ちゃんが、哀れどころか気味が悪く、逃げ出したくなった。それに何とも言えず臭かった。持って来た葡萄の皿をそこへ置いて出て行こうとした。すると婆ちゃんはうなり声を上げ、泣き出した。

「ヒデー、ヒデー、かんにんよ、かんにんよ、ヒデちゃあ、ヒデちゃあ……」

喉の奥からしぼり出してくる哀切な響きは、そのままにしておけない痛々しさだ。万年草履を履きかけたが、颯太はまた戻っていった。

「婆ちゃん、何か欲しいのか。水か？　水なら持って来てやるよ」

台所でコップを見つけると、外の水汲み場へ走った。ポンプで水を汲むと生ぬるく、何度も冷たくなるまでポンプをあおった。やっと冷たくなった水を自分でも一杯飲み干してから、コップに汲み直して、婆ちゃんの目の前へ持って行った。

「婆ちゃん、冷てえ水汲んできたよ、ほら、ほら」

婆ちゃんは飲もうともしない。颯太はコップを握り直して、婆ちゃんの口元へはこんでやった。半分まで飲むとコップを押しやるので、颯太は皿から葡萄の一房を取って、口元へ持っていった。婆ちゃんは臭いを嗅ぐように鼻を近づけながら、いきなり房の下の方を口にくわえた。

「婆ちゃん、だめだ。俺が食わしてやるよ」

颯太は葡萄の一粒一粒を食わせてやった。種も出さずに呑み込んでしまっていたが、味が感じられるのか、婆ちゃんの表情からけわしさが消え、颯太のなすがままになっている。一房食べさせてしまったところで、颯太はもう帰ろうと思った。座敷から出かかると、

「ヒデちゃあ、ヒデちゃあ、おしっこ、おしっこ……」

激しくわめきだした。颯太はためらっていたが、また戻ると、柱に繋がれた兵児帯をほどき、便所の戸を引っ張って開けてやった。婆ちゃんは這いずるようにして入って行った。が、すぐに、

「ヒデちゃあ、ヒデちゃあ……」中から呼んでいる。

颯太はもう我慢出来なかった。急いで万年ぞうりを突っ掛けると外へ飛び出した。

翌朝のことだった。父の嘉和が庭先で盆栽の菊をいじっている所へ、町内会の世話役をしている文蔵さんが訪ねて来た。颯太は向日葵に水をくれていた。

「お早うございます。朝早くからすいません。嘉和さん、伊根子んとこのおカネさんが昨日亡くなっちまいましてね、今朝方連絡があったもんだから、お知らせに上がりました」

颯太は愕然とした。昨日、自分の目で見たあの婆ちゃんがいきなり死んだとは不思議でならなかった。だが、昨日自分の関わったことが、と思った時、父親が文蔵さんに問い掛けていた。

「そりゃあまた急だったね。惚けちまったとは聞いてたけど、どこか具合悪くてかね」

「いやあ、そうじゃあねえみていだよ。伊根子の話じゃあ、昨日留守してる間に外へ出ちまって、裏の藪の端っこの田圃に落っこっちゃって、見つけた時にゃあ虫の息だったんだと。そんで、酒屋の政幸に頼んで車で日赤に運んでもらったらしいよ」

颯太は足が震えてジョウロを下へ置かざるをえなかった。

「また昨日は暑かったからなあ。あの田圃の崖《まま》みてえな所から落っこって、上がれねえでそのままじゃあ、あの日照りだもの。尋常の者だって日射病じゃあすまねえや。だけど伊根子も仕様がねえなあ。遊び呆けて、おカネさん一人面倒もみれねえんじゃなあ」

「まったくどういうわけだか、あそこはみんな畳で死ねなくてなあ。一造さんもそうだったけど、秀敏もだろう。どういうわけだか」

文蔵さんは口もとに力を入れながら言った。

颯太は居たたまれずにその場から離れると、サンダルを脱ぎ捨て縁側から上がると、そのまま便所へ駆け込んだ。〈自分のせいだ。自分があのままにして出て来てしまったから、外へ出ちゃったんだ〉

颯太は便所の中で半ズボンを掃いたまま、声を潜めしゃがんだままだった。

葬式があった日から颯太はしばらく外へは出なかった。それでなくても、いつ伊根子が訪ねて来るか、内心びくびくした日々を送っていた。あの日葡萄の皿が置いてあったことで、当然自分が疑われても仕方がないと思ったからだ。

だが伊根子は訪ねて来なかった。

玄関のチャイムが鳴っている。長尾は二階から下りていった。

「どなた?」と声を掛けると、

「宅急便です。お届けに上がりました」

ドアが開いて差し出されたものは、佳世宛の一抱えほどのダンボール箱で、送り主は川上舞子とある。長尾は一瞬、佳世が生きていた時の感覚を呼び起こされ、急いで梱包を解いた。観葉植物だった。力みきった滑稽な形の幹に緑葉のグリーンが独特で、ガジュマルの木と名札が掛かっている。長尾はしばらくそれを眺めていた。

土曜日になると長尾は朝から気持が弾み、早めの朝食を取ってから庭へ出た。和美夫婦が息子の拓也とやって来る日だ。

久しく放ったらかしてあった庭木の剪定《せんてい》を始めた。かなりの熱の入れようで、娘が庭へ入って来たのにも気づかなかった。

「お父さん、植木の手入れ？」

白のブラウスにニットのジャケットを着て、ショルダーバッグを肩に掛けながら、右手には手提げ袋を持っている。

「おや、早かったね。庭がね、ほったらかしになっていたもんだから、気になってな……。もうおしまいにするよ」

脚立の上から、甲高い声が響いた。

「宏昌君と拓也は今日はどうなってんだい？」

「それがね、今日はパパは新築祝いでお招《よ》ばれなの。部下の人が船橋の方へ家を建てたんですって。でも夕食までにはこっちへ廻るとは言ってたけど。拓はね、土曜の塾に行ってるから、それが終わったら来るはずよ」

「そうかい、彼も課長さんだから忙しいんだ。それじゃあ、今日は三人ばらばらなんだ」

刈り落とした枝葉をそのままに、長尾は長柄鋏みと脚立を物置に仕舞いに行き、庭の手洗い場で丹念に手を洗った。体についたゴミをタオルで払い、濡れ縁から上がって居間へ入った。

「お父さん、仏壇の所に鉢が置いてあるけどあれどうしたの。いただきもの？」

普段着に着替えた和美が訊ねた。

「ああ、あれか。どうも母さんが死ぬ前に高校時代の友達の川上さんに頼んでたらしいんだ。ガジュマルの木と言うんだが、元気の出る木なんだそうだ。母さんは前々からクモ膜下を起こすような兆候を感じてたんだな。なんか体に力が入らないって、川上さんに電話でこぼしてたらしいよ」

「そうなのよ。私にも電話で言ってたことがあって、車で病院へ連れて行こうか、と言ったら、それほどでもないのよって、例の調子で、本当にお医者さん嫌いだったから。でもお父さんこそ気がつかなかったの？」

そう言われてみると、長尾は返す言葉がなかった。和美の注いだお茶を手には取ったが、奥の仏壇の遺影に視線を走らせた。

「実はねお父さん、うちの人来年の四月から海外赴任になりそうなの。最低でも三年、長い場合で五年ぐらい行っている人もいるんだって」

「ああ、そう。それでどこの国へ行くんだい？」

「イギリスなの。ロンドンのテムズ河に近い所で、日本人もかなり住んでるらしいの。家族の場合は教育費とか、家族手当も日本にいるより条件はいいんだけど……」

「拓也は来年中学生か。英語には強くなるし、いいじゃないか」

「ええ、でもね。お父さん一人になっちゃって心配だし、あの人一人で行ってもらおうかと思ってるの。それに拓も私立中学の受験受けたいと言うし、行きたい学校もあるらしいの」

「私の事なら心配いらないよ。まだなんだって一人でやれるさ。宏昌君は何と言ってるんだい？」

「あの人は拓の気持次第よ。こっちで中学受験したいと言うんならそれでもいいって……」

「向こうの両親にはその話したのか？」

「部長さんから辞令が出るって聞いてから、向こうのお父さんと電話で話してたみたい」

「うーん、最低でも三年じゃあ大変だな。だから私の事は心配しなくても大丈夫だよ。それより彼にとっては今が一番大事な時だろう。出世コースから外れないようにお前も協力してさ、頑張って貰わなくっちゃあ……」

急に長尾は立ち上がると、サイドボードの一番下の抽出から古いアルバムを出してきた。それをテーブルの上で広げ、めくり始めた。

「これを見てご覧」

和美に指さして示したのは、色も褪せてきている川村製紙工場の門前で写した家族三人での写真である。

「覚えてるかな。私が苫小牧の工場へ転勤してた頃のものだけど、和美は当時小学校……」

「四年生の時、忘れもしないわ。お父さんが向こうで女の人つくっちゃって、私お母さんと死ぬかもしれないと、あの時本当に思ったんだもの」

「うん、たしかに母さんを泣かしてしまった時の写真だけどね。これ工場長の長井さんが気を利かして撮ってくれたんだが、これ一枚だけしかなくて、あとのは佳世が破いてしまったらしい」

「あれは私が破いたの。だってあの頃初めて買って貰ったカメラだったのよ。嬉しくて何を撮ろうかと、しょっちゅう持ち歩いていてたら、お母さんが急に、五月の連休に入ったとたんよ。北海道のお父さんに会いに行こう、と言い出したんだから。だけど、羽田から飛行機に乗っても、全然お母さん普段とちがって口もきかないし変だった。子供ながら私解ったわ。お父さんにきっと何かあったんだって。でも、今見てもこんなお母さんの悲しそうな顔、後にも先にも無いわ。それなのにどういうわけか、お母さんがこの写真だけは残しといてって、私に言ったの」

「うーん、証拠にということでもないんだろうけど。何か感じるところがあったんだろう。あいつらしいなあ」

「でも何でお父さんにそんな女《ひと》が出来たことを知ったのかしら」

「それはね、今だからこんな話になるんだけれど、女の方から母さんに別れてくれって、電話したらしいんだ」

「ええ、そうだったの。そんな事ってある。だってお父さんとつきあって好きになったからって、私たちに別れろはないんじゃない。どういう人だろう……」

感情を顕わにした和美の目つきが、佳世がたまに見せた目つきと似てきた、と長尾は思った。

「日本の常識なんて、サハリン辺りから働きに来ていた女性には通じないさ。それより私の子供が出来てしまったんだよ」

「外人さんだったの。子供まで。ちっとも知らなかった。だってお母さん、絶対にこの話に触れたがらなかったから」

「まあそれで、子供など育てられる状況じゃあないから下ろしてくれと、彼女に言ったら、自分で育てても産みたいと言うんだ。向こうの女性は自立心が強いんだ。ところが彼女には妹がいて、妹には何でも話をしていたらしいんだが、口封じをしていたはずの妹が、心配のあまりサハリンの両親にその話をしちゃったらしいんだ。当然親は怒って、自分一人で育てると言うんなら、サハリンへは帰ってくるな、と言われたらしい。それで苦しんだあげく、私の手帳を見て電話をしたんだ」

「だけどいくら苦しんだって、外国人だからって、お父さんにはちゃんとした家庭があって、私だっていてさ、普通じゃ考えられない。お父さん、そんな女性本当に愛していたの。それとも一時的な淋しさから？」

「うーん……。私もまだ若かったから、本気になってた面もあったんだと思う」

「それじゃあお父さんはあたしやお母さんを捨ててまで、そのサハリンの女性と結婚したいと思ったの？」

「まあ、そこまではね……」

長尾は和美から目を逸らすと、登別の宿で、佳世に別れてくれと言ったことを思い出した。

「だからお母さん必死だったんだわ。あの日、車でお父さんが私たちを登別の温泉に連れて行った晩、私は早く寝かされてしまったけど、お父さんとお母さんが部屋を出て行ってずっと帰って来なかった。私眠ってしまっていたら、夜中にお母さんの怒鳴る声で目が覚めて、もう帰らずに和美とここで死にます。死にますからって、それで私起きていって、お母さんと大泣きしたの、今でも昨日《きのう》のようにはっきり覚えている……」

「本当にあの時は、母さんにもお前にも迷惑掛けてしまったよ。だけどなあ……」

長尾は言いかけて口籠もった。和美に今、古傷を開き血の噴き出すような事実をさらけ出して、何をわからせようというのか。長尾はまたふいっと仏壇の方へ目を向けた。

「だからお母さんはあんな人だから、きっとお父さんとの心の絆が薄れちゃったんだわ。お父さんに気兼ねばかりしてたもの。だけど、お父さんも淋しい人だって、いつも感じてた。その女性と別れてからというのじゃなくて、なにか家庭がつまらなそうに私には見えたの……。今になってからの話だけど、私、お父さんを許せるようになっていたの。だってさ、私も子供を持つような身になって、夫婦の相性ってあるじゃない。お母さんは丈夫じゃなかったから、一人しか子供を産めなかった、と言ってたけど、お父さんは淋しがりやで子供は大勢欲しかったんでしょう。でも、別れなかったのは私がいたからかな、って思ったりしてさ……」

和美は流れる涙をハンカチで拭った。

「お前も一人前の大人になったんだね。嬉しいよ……。このアルバムをね、見せたかったのは、解ってると思うけど、私の二の舞を心配したからなんだ。宏昌君は大丈夫だろうけど、やっぱりお前もね、拓也を連れて一緒に行った方がいいと思うんだ」

「わかってるわ、お父さん。そうかもしれないけど、でもね、まあ、いいわ。パパにもう一度相談してみるから」

「それがいいよ。私の事は本当に心配いらないから」

「じゃあお父さん、二階のお母さんのかたづけやっちゃおう」

和美は洗面所で化粧くずれを直すと二階へ上がって行った。長尾は仏壇に線香をあげると、湧き上がる思いを両掌に仕舞い込むようにして合掌した。

夕食には全員が揃った。おしゃべりな拓也の話を宏昌がいつもの調子でからかうと、和美の甲高い笑い声がおこり、隣近所に聞こえるほど、長尾家の団欒は遅くまで続いた。

長尾が寝床へ入ったのはだいぶ遅くなってからだった。かなり飲んだにしては寝つかれず、娘との話から、あのスヴェートカとのことで佳世をどれほど悲しませてしまったかと、呟《つぶや》いていた。しまいには堪えきれずに嗚咽が出た。それがいつの間にかスヴェートカとのことにも及んでいった。

身ごもったスヴェートカへの自分の仕打ちが、なんと身勝手で冷酷だったか。彼女は興奮すればするほど、もどかしげな日本語になり、自分と別れてだって一人で子供を育てると、繰り返しては泣きわめいた。そんなスヴェートカを自分は冷ややかに拒み続け、自暴自棄になった彼女を数日してタクシーに乗せ、産婦人科へ連れて行ったのだ。心身ともに深く傷ついたスヴェートカの、病院を出る時の彼女の顔が克明に浮かぶ。それから無理やり金を持たせて、サハリンへ帰してしまったのだから。あれほど事務的で保身に汲々と生きていた自分が、今ではたまらなく嫌で情けなかった。

けれども長尾は、自己嫌悪に打ちのめされているうちに、酔いも手伝い、スヴェートカとの恋着の日々を想い起こしていた。彼女との愛欲は、佳世との蜜月の時期にも味わったことのない新鮮な驚きの連続で、スヴェートカはまさに若い獣だった。豊満だが引き締まった眩いほどの白い肢体。それが奔放に求めては過敏な仕草で応えてくる。あのブロンドの髪をかき抱いた時の匂いなどが今想い起こされると、体が火照ってならなかった。

古い柱時計がボーンと一つ鳴った。長尾は睡れぬまま寝返りを打ち続けた。

和美は結局、拓也と共にイギリスへ行くことになった。それは夫の宏昌がロンドンへ赴任した一ヵ月後の事だった。その日、長尾は宏昌の両親と一緒に成田空港まで二人を見送りに行った。

リュックを背負った拓也の晴れがましい顔と、どこか沈んでいる和美の表情が、長尾には対照的に見えた。搭乗手続きも終わり、それからまもなく二人は十一時二十分発のロンドン直行便で成田空港を飛び立って行った。

見送ってから長尾は宏昌の両親と昼食をとり、エスカレーターで下へ降り立った時だった。不意に声を掛けられた。

「長尾さん、長尾さんでしょ？」

がっしりとした上背のある体軀をこごみがちに、髪の薄れた丸顔の男が人懐っつこい目つきを向けてきた。

「やあ、島崎さん、こんなところで。これはお久しぶりです。まったく偶然ですね」

長尾が川村製紙に入社してダンボールの紙器加工事業部の営業マンであった頃、二つ下の島崎はダンボール原紙の素材開発部にいて、加工、デザイン設計をしていた。二人は学部こそ違い早稲田の出身だったことから急速に親しくなり、会社帰りに誘い合っては飲んだ間柄だった。

「奥さん亡くされて、お悔やみにも行かず大変失礼しました」

「いやいやとんでもない。ジャカルタからの弔電や、ご香奠まで頂いたりして、その節は有り難うございました。それで今日は？」

「これから二時の飛行機でバンコクへ行くところです。もう私も外国勤めは退《ひ》きたいところなんですが、会社にいいように使われてます。今日は長尾さんは？」

「ええ、娘夫婦がロンドンへしばらく行くことになったもんですから、見送ってきたところです」

その時、宏昌の母親が声を掛けてきた。

「私どもはお先に失礼します」

会釈しながら二人は去って行った。

「長尾さん、どうですか、お茶でもやりませんか。会社の者も二人ほど行くんですが、私が少し早く来すぎたようで」

二人はエスカレーターで上がると、軽食を並べた店へ入った。

「すっかりご無沙汰してしまって、私も外国生活が長いもんで、礼を欠くことばかり多くて申し訳ありません。どうですか、気持のほうは一段落されましたか？」

「ちょっと早過ぎたのでまだ戸惑いはありますが、あまり思い出さないように淡々とやっています……。島崎さんはまだ現役で有能だから、もうそろそろ本社の役員に？」

「いやあ、そんなに言わんで下さい。私なんてまだまだですが、実はこの四月から役員室へ入ったんですが、バンコクに大きな話が持ち上がったりすると、こうやって引っ張り出されんですよ」

「あなたは言葉は堪能だし、部下の使い方もうまいから、一線に立って会社を引っ張って行く存在になっているんでしょう」

「いやあ、どうですか。それより長尾さん、昔新宿でよく飲みましたね。あの頃が懐かしいですよ。八王子に帰れなくって、よく代々木八幡の家に泊めてもらいましたよ。まだお父さんが元気でおられて、ぎりぎりまで寝てると起こしてくれて、あの朝飯の時の味噌汁は忘れられないなあ」

「そんなことあったねえ。お互いに独身で、まだ若かったからねえ。親父もまだあの頃は自転車で買い物に行ったりしてたから」

「お父さんの印象は今でも強く残ってるなあ。長尾さんが羨ましくてね。うちの父とずいぶん違うと、いつも思ったもんですよ……。

覚えてるかなあ。三人で晩飯食いに行ったことがありましたね。その時お父さんも飲まれて、あなたがトイレに立った時だったか、なんかの話の流れで、わっしには財産も何もないですからね、颯太には小さい頃から寂しいおもいをさせてしまったし、学歴だけがあいつの財産になればと思ってねえ、って、あのしみじみと言ってた顔が忘れられないなあ……」

「そんなことがありましたか。まあ、いま想うと、そんな親父が本当に喜んでくれたのは、早稲田に合格した時だったなあ。あの時は本当に嬉しかったみたいで、合格証書を見せると、すぐにそれを仏壇へ供えて母の遺影の前で泣きだしましてね。それからあまり仲の良くなかった本家の兄さんの家へ、合格証を見せに自転車で飛んでったくらいですから。そんな親父だったですよ……。いやあ、つまらない話をしちゃって」

「いや、いや、いいんですよ。僕も最近は昔の事を想い出すことが多くてね。あの頃に比べりゃあ、お互い歳を取ったということでしょう。ハハハハ」

破顔一笑すると昔の懐かしい島崎の顔になった。

話は途切れることなく続いていたが、島崎の携帯が鳴った。部下の一人からのようで、それを潮に二人は席を立った。レシートを持って島崎が支払いに向かう背中に、長尾は風格を感じながら、〈昔は対等以上の関係の時期だってあったんだ〉と、そんな自意識のかけらを喉もとへ呑み込んでいた。


五月も下旬に来ていた。川西からまた誘いの電話に、出不精の長尾も秦野へ出掛ける気になった。

明け方からの雨は止んで、朝食のかたづけを終えた頃にはゆるい陽ざしがカーテンに当たっている。窓から薄紫の桐の花の薫りが風に運ばれてくる。和美が生まれたとき、佳世が自分の田舎の事を言い出して、桐の木を植えることにしたが、一本は植えられず、一本だけ植えたのだが、今では庭芯《にわしん》になるまで成長している。それに向かって長尾は、二日、三日空けるよ、と呟いた。

家を出たのは十一時前だった。新宿の駅ビルで土産品を買い、早めの昼食となったが、それでも一時前の急行へ乗ることが出来た。車内は空いていた。二十分も睡っただろうか。長尾は下腹が張ってガスの出そうな嫌な案配になっていた。原因は天ぷら蕎麦を食べたことしか思い当たらない。大きなゲップが二度ほど出た。なんとか秦野まではもたせたいと我慢していた。が、やはり無理のきく体ではないからと、愛甲石田で下車することにした。

長尾は黒のショルダーバッグを肩から下げ、紙袋を持って急ぎ足で階段を上がった。改札近くのトイレへ駆け込もうとすると、掃除中のビラが出ていて、五十年輩の掃除婦が便器を洗っている。仕方なく改札口へ行った。

駅員に切符を見せ事情を話すと、駅を出た左の突き当たりにもトイレがあると言う。そのまま出させてもらい、人影のないトイレへ入った。冷や汗をハンカチで拭きながら、用を足しおえて出ようとすると、置いた紙袋が何かを引きずって落とした。使い古した黒の革財布だ。一万四千円とカードがいっぱい差し込まれている。駅員の所へ戻っていった。その財布を差し出して説明すると、あのトイレは駅の管轄ではないので、すぐ近くに交番があるからそこへ届けてほしいと言う。

交番はすぐ見つかった。中へ入って行くと若い巡査が電話を掛けている最中で、年上の方のもう一人が、奥から出てきた。

「いまそこのトイレへ入ったら財布が落ちてたもんだから……」

「ああそれは有り難うございます。こちらで届け出用紙の記入お願い出来ますか」

「秦野まで行こうと思って、途中下車しちゃったもんだから、なるべく面倒は省きたいんですがね」

巡査は受け取った財布の中を調べながら、

「ああ、ちょっと書くだけですから、面倒掛けません。なにせ一万円超えてますからね」

人懐っこそうな笑みを浮かべ、巡査は用紙とボールペンをカウンターへ置いた。長尾が書き終わると、

「えーと、お名前は……」

「そうたと読むんです」

「あ、失礼しました。そうた、ですか。あのー、そう言えば秦野まで行かれると言われましたか？」

「ええ、ちょっと用事があって東京から出て来ましたが、何か？」

「あ、どうも失礼しました。秦野の出身の方かと思いまして、私は秦野の生まれなもんですから」

「私も秦野の出身ですよ」

「ええ、あ、私は秦野の里中と言う所なんですが」

「それは驚いた。私も昔、そこに住んでいたことがありますよ」

「やっぱりそうですか。私の父親は中沢光治です」

「あなたは光治ちゃんの息子さん？　これは驚いた、そうですか、それはまた偶然だ」

長尾は思わず巡査の顔をまじまじと見つめた。目つきもそうだが、鼻から口元にかけて、癖のある喋り方をした光治の幼な顔が思い出された。

「名前が珍しいし、親父からよく聞かされた名前だったもんですから、年格好といい、もしやという気がしたんです」

「そうでしたか、それでお父さんは健在ですか」

「四年前に亡くなりました」

「ああ、それはお気の毒なことをしましたね。どこか悪かったんですか？」

「食道ガンでした。父は酒が好きでしたから……」

「ガンでしたか。それにしても、早過ぎましたね。お父さんとは昔、良く遊んだんですよ」

「ええ、その話はよく聞きました。颯ちゃんは、颯ちゃんはって。学校に通っている頃は、私も弟も、颯ちゃんみたいによく勉強すると一流会社に入れて、親も仕合わせになれるんだ、って口癖でした」

「そんなことがありましたか……」

「まいどー」交番のドアが開いた。ジーパン姿の若いのが出前を下げに来たらしく、つかつかっと入って来た。

長尾は腕時計を見ながら、息子の巡査に別れを告げた。

ホームへ戻ると、まもなく各駅停車が入って来た。長尾はそれに乗り込んだ。相模川を過ぎて、遠くに懐かしい山並みが見え始めていたが、光治のことで背中を突かれたように思い出すことがあった。

川村製紙に就職しての五年間というもの、長尾は父親を東京へ呼び寄せることだけを考えて働いた。嘉和は足腰が弱り以前のように働けなくなっていた。そのため長尾は父親の五十坪足らずの家を、土地だけの値段でなんとか売ることが出来た。そしてローンを組みながら代々木八幡に中古のマンションを買ったのである。

父親が引っ越す日のことだった。光治は朝一番にやって来ると、餞別を差し出しながら、

「颯ちゃん、墓も移すんだと親父さんから聞いたけど、本当にいなくなっちまうんだなあ。たまには顔見せてよ。俺は小さい時から、颯ちゃんにはいろんなこと教わったから、兄貴みたいな気がしてたんだ。本当に淋しくなっちまうなあ」

周りも気にせず泣き出しそうな顔を見せていた。長尾はその時の顔を思い出していた。彼自身も一人っ子の身で、光治は弟のような存在の時期があった。

秦野駅へ着いたのは予定より四十分以上も過ぎていた。駅へ車で迎えに行くから、と川西から言われていたので携帯を入れると、これから迎えに行く、と言う。長尾は今夜の集まりは六時からと聞いているので、墓参りをして行きたいんだ、と切り出した。

「ええ、そうなの……。相変わらずだね、颯ちゃんは。何十年振りかでしょうからお好きなように。送ろうか?」

「すんだら携帯入れるから、申し訳ないが迎えに来て欲しい」

と言って、長尾は駅前のスーパーで、花と線香を買うとタクシーに乗った。

里中にある長蓮寺へは車で十五分とは掛からなかった。走り始めて十分も過ぎると、市内を二分するような二つの川の合流地点へ出た。その近くが、昔長尾の住んでいた所だった。車がその近辺へ差し掛かった時、彼は身を乗りだすように車窓から眺めた。やはり風景は一変して当時の面影など何一つ残していない。車は川沿いに蛇行しながら下って走ると、また橋を渡り道幅の狭くなった急坂を今度は上りはじめた。まもなく長蓮寺の門前が見え出して、石段の前で止まった。

車から下りると、長尾は昔とあまり変わっていない風景に佇んだ。七、八十メートル下を流れる川のせせらぎの音。それを隠すかのように樫や榎が枝をいっぱいに広げ、そのすき間に大きな富士が顔をのぞかせている。なだらかな丘陵の木々の緑はさまざまな層を成し、正面近くには懐かしい丹沢の峰々が見える。

長尾は大きな溜め息をしながら四十年振りか、と呟いた。

正面の急な石段をゆっくりと踏みしめながら上ると、境内へ出た。銀杏や欅が大木となり本堂を囲んでいる。水汲み場で桶に水を満たすと、本堂の右手奥にある庫裏《くり》を訪ねた。

昔とはだいぶ変わった入母屋造りの立派な玄関である。

「ごめん下さい。いらっしゃいますか？」

喉もとに力を入れて声を上げた。静まりかえって、人の気配が感じられない。もう一度声を掛けようとすると、奥の方から、

「はい、どなたかな」

出て来たのは、ごま塩の坊主頭でやや太り気味の住職だった。長尾は顔を合わせた瞬間、どこか見覚えがあった。たしか二つほど年上の久壽《ひさとし》さんだと思った。

「お忘れでしょうか。颯太です。久壽さんですよね？　ご無沙汰してしまいまして」

「ああ、長尾の颯ちゃん。これはめずらしい。お元気でしたか」

「はい、なんとかやっております。久壽さんもお元気そうで」

「ずいぶんお会いしてませんが、お互いに歳をとりましたな」

「私も六十五になりました。たしか久壽さんとは二つ違いでしたねえ。子供の頃は野球だのベーゴマだのと遊んだ覚えがありますが」

「そうでしたね……。それで東京の方へ出られてから、もうだいぶ経つでしょう。私がたしか身延山で修行の身であった頃でしたか、引っ越されて、墓も移されたんですよね。修行から帰って父から聞いて、何か淋しく感じたのを覚えてますよ。あなたはこの辺では勉強の出来た人だったから。そう言えばお父さんは……」

「もう亡くなってだいぶ経ちますが、七十一でした」

「そうですか。それで今日はお一人で？」

「ええ、去年の暮れに妻を亡くしまして、今日は高校時代の仲間に誘われたものですから、久し振りに帰って来ました」

「それはお淋しいですね。それで、今日寺に見えられたのはどなたかの墓参りに？」

「そうなんです。幼なじみのあの光治が亡くなったと、息子さんから聞いたもんですから、思い立って寄ってみました。それで墓地の場所をお聞きしようかと」

「ああ、そうでしたか、中沢の光治をね。それはそれはご奇特なことで……。まあこの寺も昔よりは少し広くなりましたが。喜んでいいことか、仏さんだけはどうにも増える一方でしてね、ハハハ。それじゃあご案内しましょう」

住職はそのまま白鼻緒の庭下駄を突っ掛けると玄関から出た。境内を一緒に歩きながら長尾は、久壽の少し背を丸めて歩く姿に、自分を見る思いがしてきた。

「ナカ光と言えば、ずいぶん寺役を長くやってもらいましてね。惜しい人を亡くしましたよ。人柄が気さくで、私も頼りにしていたんですが、ガンにかかっちゃあどうにも仕様がない。ただあの男は酒好きで、酒が入ると人が変わってしまうところがあってねえ、家の者は苦労したんですよ……」

「そうでしたか。でも総領息子が警察官になって、実はその息子に今日、偶然愛甲石田の交番で出っくわしまして、それで光治が死んだことを聞かされたもんですから、墓参りを思い立ちまして」

「ほおー、そんなことがありましたか。それはきっと引き合わせとでも言うんでしょう」

「ええ、私も歳のせいか、そんなことばかり感じてしまいます」

住職に案内されたのは、蓮華台の黒御影の墓石だった。彼岸に供えた花なのか、枯れきってしまっている。長尾は持って来た花に生け替え、線香をあげた。深々と額ずきながら長尾が掌を合わせると、背後で住職の念誦の声が聞こえた。

「こうして人を忘れずに墓参りする気持は、なかなか気持が熟さないと出来ないものです。ナカ光も久し振りに颯ちゃんに会えて喜んでますよ、きっと」

「そうでしょうか……。今さらですが、生きてる間に一度なりと会いたかったですね。それから、私の母の墓があった所へも寄ってみたいのですが」

「そうですか、案内しましょう」

住職はその墓の側の細い坂道となった所を下ってから、新たに造った石段を七、八段上った。そこは昔見たことがある墓石が一つあるだけで、洋風にデザインした石碑や五輪の搭など、当時とはまったく様変わりしていた。

「この辺だったですかね」

「はい、そこの古い墓石には見覚えがありますから。それにしてもだいぶ時間が経ってしまいましたから、昔の面影はないですね」

長尾はしばらく辺りの風景を眺めた。山間の寺の静けさを掻きたてるように鳥の鳴きねが聞こえる。見上げると、頭上高く二羽の鳶が舞っていた。

「そろそろ行きますか？」

住職に促されて、十メートルも行った所で、白御影の墓石に松野の文字が目に入った。たしかあの伊根子の家は松野と言ったが、と長尾は思い、その墓の前に立った。住職も振り返って立ち止まった。

「その墓はお宅の近くの藪松さんですよ」

「やっぱりそうですか。何となく見覚えがあって、子供の時分に父親と一緒に線香をあげたような気がしまして」

「秀敏さんが事故で早くに亡くなって、あの伊根子が、伊根子を覚えてますか？」

長尾が深く肯くと、

「男好きの業の深い人だったから、挙げ句の果てに殺されて……」

「ええ、殺された、それは本当ですか？」

「ご存じなかったですか。もうだいぶ昔の事ですよ。新聞にも出ましたがね。私が所帯を持った頃ですよ。あの時はうちの父がいろいろ世話をしたようで、あそこの一造さんとは、うちの父は同い年だったはずです。カネさんが亡くなった時だって伊根子はろくな葬式も挙げられなかったのを、父がいろいろ世話を焼いたんですから」

「私も伊根子の事は、子供ながらに覚えてますが、それは驚きましたね、誰に殺されたんですか？」

長尾は墓の前であることも忘れ、語気に力が入った。

「もう、三十年以上にもなるでしょう。たしか店で使っていた若い女にでしたかね……。伊根子はここからいなくなってから、伊勢原の駅前で男と居酒屋をやってたようです。前に、墓参りに来た息子から聞いたことがあります」

「息子が居たんですか？」

「その男との間に出来た子らしいんですが、男は歳がいっていて、早くに死んでしまったようですよ。だから息子が言うには、伊根子も苦労したらしいんですけど」

「それにしても何でまた店で使ってた女に殺されたんですか？」

「伊根子の持って生まれた業とでも言うんでしょうね。その女の亭主に手を出したみたいですよ」

「そんなことがありましたか。それにしても、あの人は……」

住職が見守る中で、長尾は跪《ひざまず》くと深々と頭を下げ、合掌した。

二人はそこを離れ、本堂の方へと向かった。

「人はこの世に生まれ出て、死出の道まで無明の闇をさ迷うんですよ。どうあがいたって結局は自分が選んだ道です。ひとの性《さが》というか、心根のあり方で自分の一生のかたちが作られて行くんでしょう。すべては己によったものだから、誰を恨むわけにもゆきません。伊根子も五十半ばで、店の若い娘《こ》の亭主に手を出して殺されても、みんな自分に負ったものですよ。怨みようがないし、もう成仏してるでしょう」

長尾は住職の話に感じ入りながら、本堂の方へと下って行った。

「どうです颯ちゃん、上がってお茶でも飲んで行きませんか？」

「ありがとうございます。実は、今日は仲間が待っているのに無理やり墓参りへ来ちゃったもんですから……」

「ああ、そうでしたね、それじゃあ、この次はぜひ寄って下さい」

長尾は丁寧な挨拶をして、境内から石段を下って行った。腕時計を見ると四時を過ぎている。陽射しはまだ強い。

長尾はあまりに思いがけない伊根子の話に動揺していた。川西に携帯を入れるのも忘れて、タクシーで来た道とは反対の坂道を下りはじめた。この道を四、五分も行けば、昔育った自分の家だった。

〈あの人懐っこい愛くるしい伊根子の笑顔。自分は激しく抱かれて可愛がられたんだ。自分の母親願望は伊根子にもあって、お互い表裏の関係だったのかもしれない〉

長尾の胸には、当時のことが不思議なほど生々しく想い出されていた。〈孤独な自分をどれほど大人に、いや、それだけではない。それどころか、閉ざされてもがきようの

ない苦悩の渦へ、あれから自分はたたき込まれたんだ〉
長尾は歩行感覚を失うほど、当時の夏の記憶へ埋没して行った。

おカネ婆さんの葬式が済んでからも、伊根子は現れなかった。夏休みも終わりに近づいたその日、颯太は残暑に汗を流しながら机に向かっていた。

「颯ちゃん、ちらし好き？」

足音がして、突然伊根子が縁側から顔を出した。ちらしご飯を山盛りにして持って来た。颯太はすぐにおカネ婆さんが食べた葡萄の皿と判ったが、伊根子はそれには触れず縁側に横座りになった。

「お勉強、えらいね。夏休みももう終わっちゃうね……。お昼まだなんでしょう？　ちらし食べて、おばさん作ったの」

「………」

久し振りに伊根子の顔を見て、颯太は机に向かったまま口を開けずにいた。

「なんて今日は暑いんだろう。じゃあね」

伊根子は帰っていった。

颯太は立ち上がると、自分への憤りに胸がいっぱいになり、家を飛び出した。〈伊根子は自分を許してくれたんだ〉嬉しいような切なさが渦巻き、山かげの方へうなりながら走った。

その数日後だった。颯太はイケスにためた鰻を一匹さばくと、切り身にして伊根子の家へ持って行った。伊根子は喜んで颯太を居間に上げ、大きなコップに粉末のオレンジジュースを入れて出してくれた。ぐずぐすして帰らないでいる颯太を見て伊根子は笑った。抱かれたのはこの時が二度目だった。

二学期が始まって学校から帰って来ると、木橋を渡った辺りから少し離れた藪蔭で、伊根子に呼び止められた。

「もう、帰って来ると思った。颯ちゃん。後であたしんとこ来ない」

伊根子は髪をアップして、いつもより若く見えた。颯太はカバンを家の中へ放り投げると、駆け出した。途中隣の小母ちゃんが、買い物かごを提げて帰って来たのにぶつかったが、声を掛けられても生返事で通り過ぎた。伊根子の家へ入って行ってからも、息が上がったふりをして照れ隠しのつもりだった。そんな颯太を伊根子は笑いながら抱き寄せ、何度も頬ずりしながら、

「颯ちゃんにいいもの買って来てやった」

と言って、居間の隅に置いてあった紙袋から、紺地に白のチェックの半袖シャツを差

し出した。それはセロハンに包まれてまばゆく、自分にはとても不釣り合いなものに見えたが、颯太は嬉しかった。父親が問屋辺りから買って来くるものと比べようがなかった。

「おばさん、ありがとう。こんなの買って貰っちゃって本当にいいの。ありがとう」

手にとって眺めていると、父親に内緒にしなければという気持が強く湧いた。

「颯ちゃん着てみなよ。おばさん、それ見たくってさ。ね、ね」

汗ばんだランニングシャツの上から着るのはためらわれたが、颯太は言われるがままにした。

「似合うよ、颯ちゃん。中学生になったみたいだ。颯ちゃん男前だから、組の女の子が見たら人気者だよ。コイツ」

伊根子の両手が顔に伸びてくると、抱えるようにして胸のはざまへ押し当てられた。汗ばんでぼってりした乳房は熱く、息が出来ないほどで、颯太はただがむしゃらにその乳房にむしゃぶりつくしかなかった。極度な興奮状態がつづいた。そして二度目と同じように伊根子の求めに応じようと腰を浮かした時には、その手に握られたまま果てていた。

「おばさんさ、あさってからパチンコ屋で働くことにしたんだ。颯ちゃんと少し会えなくなるけどさ……」

颯太はぼんやりした気持で聞いていた。

それからしばらくは伊根子に会わなかった。何か物足りない切ない気持にせきたてられる日が続いた。木橋を渡って来ると、きまって伊根子の家の方を眺めた。

その日は土曜日だった。夕方、友達の家から帰って来ると、伊根子の家の方でバイクをふかす音が聞こえていた。颯太は自転車を止め、そちらの方を見た。かなりのスピードでバイクに乗った男が通り過ぎた。いつか夏の夜に伊根子を迎えに来たあの男だと、颯太は思った。むこうもこっちをちらっと見ていた。どういうわけか悔しさではち切れそうになり、颯太は家のトイレへ駆け込むと涙が溢れてきて声をあげて泣いた。

それからというもの颯太は、しきりに伊根子のことを気にするようになった。父親には理科の宿題で星の観察をしてくると言って外へ出た。伊根子の家の灯りが見える棚田の畦まで上って、しばらく眺めていた。なぜ伊根子はあれから自分に声を掛けてくれないんだろう、と佇みながらそんなことばかり考えた。

別の日の夕方だった。颯太は木橋の方へぶらっと歩いて行った。右へ曲がれば伊根子の家へ向かうことになるが、自然にそちらへ足が向いた。庭先が見える位置まで来ると、やっぱりオートバイが止まっている。すぐに颯太は引き返したが、どうしていいか判らないほど混乱していた。夕飯もそこそこにすますと、

「光治に貸したマンガの本を、友達に貸すので取りに行って来る」

と言って颯太は家を出た。足早にずんずん伊根子の家の方へ向かった。自分が何をしようとしているかも分からず、庭先まで来るとバイクはまだある。どうしようかと迷っているうちに、伊根子の甲高いはしゃぐ声が聞こえて、そちらの方へ引き寄せられるように廻っていった。

風呂場からだ。男の声も聞こえる。颯太は物置の蔭に身を置いた。灯りのもれるスリガラス向こうでの、二人の淫らな光景が浮かんだ。颯太はそのガラス窓へ石をぶつけようと思った。しかし拾ってはみたが出来なかった。

そのことがあってから、伊根子への復讐の気持が湧き立った。二日経っていた。学校から帰ると、颯太は彼女に買って貰った半袖のシャツを取り出し、ずたずたにハサミで切り裂いた。それを紙袋へ押し込み、自転車で伊根子の家へ向かった。玄関のガラスの格子戸が開けたままになっていて、その近くまで乗り付け、中へ向かって紙袋を放り投げた。

また土曜の夜がやって来ると、颯太は伊根子の家の庭にひそんだ。話し声が聞き取れず、おそるおそる居間の窓ぎわへ這い寄って行った。よく喋るのは伊根子の方で、酔っぱらっていた。

「十一の子供でも男は男だわ。この間あたしが買ってやった半袖の柄シャツがさ、めちゃくちゃに切り裂いてあったのよ。あんたの事がわかってやきもち焼いたみたいよ。ふふふ、可愛いね。だからあたしは男が大好きさ」

「バカ、まだほんのガキだろう。何も出来やしねえのに、みさかいもなく手を出しやがって、おめえって女は……。そうだ、そういやあ、あの鈴野だって、おめえの尻追いかけているっていうじゃあねえか。この間、景品替えの親父に言われたぞ」

「向こうの勝手さ、言い寄ってきたって、嫌いなものは嫌いだよ。だけどさ、あの子には悪いことしちゃった。淋しそうにしてたもんだからさ……」

「なに言ってんだ。まだチンボに毛もはえていねえガキじゃねえか。そういやあ、いつかの帰りに俺の顔をにらんでたことがあったなあ」

「そういう時はさ、乗せてやろうかって、声掛けるくらいのキモがなくっちゃあ」

「何を抜かす、あんなガキ。オヤジのボロ自転車に乗ってるのがいいとこよ。だれが俺のオートバイなんかに……」

颯太はそれを聞いたとたんにその場を離れると、走り出していた。無性に腹が立って、走りながら涙をぼろぼろ流していた。声を出すまいと思いながら、〈畜生、馬鹿にしやがって、何だあんなオートバイ、絶対に復讐してやる……〉声が出そうになっていた。

家へ戻ると、父親は町内の寄合に出掛け、まだ帰っていなかった。押し入れを開け、首を突っ込んで、積まれた古新聞の中からチラシ広告を抜き出した。それを両方のポケットへ丸めて押し込み、抽出からマッチを取った。そしてまた闇の中へ走って行った。秋の虫のすだきが足音で急に途絶え、不安な感情が噴き出した。ためらう気持も一方にあったが、足は伊根子の家へ向かっていた。

薄ぼんやりした暗闇の中に、まだオートバイが止まっている。それを見ると気持が高ぶってきて、物置の方へと向かった。木戸が鳴らないようにそっと開け、中へ入ると颯太は少し震える手を意識しながらマッチを点けた。黴臭いペンキ缶の臭いが鼻を打つ。農具の奥には箕《み》や大ザルが吊るされて、古い自転車などが雑然と押し込まれてある。片隅にダンボール箱が幾つか見えた。側にぼろ布が掛かっている。颯太はダンボールの箱の一つを空にしてから、ポケットの紙を取り出し火を点け、ぼろ布を燃やしてからダンボールの中へ突っ込んだ。燻っていた火が勢いよく燃え出し、煙が充満しはじめた。

颯太は急いで戸を開け放ったまま、家の裏手へ廻り、孟宗竹の藪を抜けると山へ入った。少し登って、家全体が見渡せる木によじ登った。居間のガラス窓からの灯りで、煙りが見えだした。と、二人が勢いよく飛び出て来た。近くの井戸ポンプの桶の水をバケツに汲むと男が物置の中へ入って行く。伊根子はしきりにポンプを扇ぐ。そのうち伊根子は台所へ駆け込むと桶を持って出てきた。慌てふためく二人の姿は、奇妙なくらい滑稽だ。

颯太の木の枝に挟まれた足の震えは激しくなるばかりで、幹にしがみついていないと落ちそうになった。歯までガクガクと鳴っている。どのくらいそうしていたか。火の手は上がらず、どうやら鎮火されたように見えた。うわずった男の声が怒鳴っていた。

「あのガキだ。あのガキが火を点けたんだ。許せねえ、伊根子、警察へ届けるか？」

「ボヤだったんだから、そんなに騒がなくたって。それにあの子がやったっていうはっきりした証拠もないしさ……」

「だっておめえ、火のねえところで、こんなことをするのはあのガキしか思いつくめえ。ええ、だったら親父にねじ込むか、本人を叩きのめすしかあるめえ。とんでもねえガキだ」

男は興奮しきっている。颯太は木から下りられず、しばらくそのまま木にしがみついていた。

それから三日、四日と日が経つにつれ、颯太はあの男がどういう出方をするか不安でならず、落ち着かなかった。父親へ怒鳴り込まれるのが何より嫌だったし、学校に告げられたらどんな処罰を受けるか、それも心配だった。けれども復讐は足りないと思ったし、とにかくあの男が憎かった。

学校の帰りに、父親が親しくしている磯崎の自転車へ寄った。ここには必ずオートバイの二、三台が止めてあった。颯太は空気入れを借りる振りをして、オートバイのことを訊ねるつもりだった。

「おじさん、このオートバイのブレーキはどうなってんの？」

「父ちゃんは仕事に行ってんのか」

野球帽をいつものように阿弥陀に被って、店の奥から出て来た。おじさんは止めてあったバイクの前にかがみこむと、後輪の中央部に指を差し入れながら言った。

「これはなあ、ドラムブレーキってなあ、レバーを引っ張るとブレーキシューってのがな、ほら、おめえの自転車のブレーキのゴムみていなもんだが、それがドラムの壁に押しつけられて止まるようになってんだ」

「そいじゃあ前に友達がふざけて自転車のタイヤ止めに油さしてブレーキがきかなくなったことがあったけど、それと同じけ」

「そりゃあそうだ。オートバイだってここへ油をさしゃあ滑ってブレーキはきかねえだろうよ」

颯太は土曜の晩が待ち遠しかった。けれどもその週の土曜の晩になると、男のオートバイどころか、伊根子の家には灯りはなく、暗く静まり返っていた。

翌週の土曜日は長蓮寺のお会式だった。光治との約束もあって、夕方から近所の子たち三、四人と連れ立って出掛けた。寺へ向かう沿道には出店が並び、人の出はいつもより多かった。万灯の立ち並ぶ境内。その仄明かりは、祭りとはちがう官能的な熱気を帯び、四方で爆竹や煙硝が鳴っている。

しばらくするといくつかの纏《まとい》が入場して来た。バシャ、バシャと赤く染めた闇を叩くような馬簾《ばれん》の音は、観衆の掛け声も交じり、賑わう境内の興奮を煽った。

けれども颯太はいつもと違った。その熱気の渦からはみ出され冷めていた。そのうちに境内の熱狂がいっそう高まり、纏を囲む人々の渦がだんだんと狭まってきた。と、颯太の眼に一人はしゃぐような掛け声の男が目についた。〈アイツだ〉颯太は眼をこらして見つめた。その赤い顔の男は派手な着物姿の伊根子を連れていた。

颯太はやにわに人混みから抜け出ると、自家《うち》へ急いだ。父親も檀家の役員でお会式に出掛けている。颯太は用意しておいた自転車の油差しをタオルに包んでから、伊根子の家へ向かった。

雲間の月明かりで、暗闇に浮き出るようにオートバイが見える。ずんずん近づいていくと、オートバイの前へしゃがみ込んだ。マッチを擦って前輪の中央部のそれらしい箇所を探り当ててから、何度か油を差し込んだ。油が垂れてくるとタオルで丁寧に拭き取り、同じことを後輪にもした。颯太はその行為が男にどんなケガを負わせるか知る由もなかったが、オートバイの上で慌てる男の顔がしきりに浮かんだ。

朝方、話し声で目が覚めた。外の方で父親が誰かと話している。夕べのことが思い出され、すぐには起きる気がしなかったが、不安がよぎって、急いで蒲団を畳み始めた。そこへ父親が顔を出した。

「起きたか。ゆんべ夜中にそこで事故があったみていだ。隣のタミさんは朝が早いから見に行って来たらしいが、伊根子んとこへ来ていた男がな、単車で川へ落っこって死んじゃったそうだ。かわいそうになあ」

颯太は起きがけだったこともあり、ただ無愛想に洗面所へ行って顔を洗おうとした。手が震え出して、まともに顔が洗えない。仕方なく突っ立ったまま、必死に泣くまいと堪えた。

それでも父親に気付かれるのを怖れ、朝飯はご飯に味噌汁をぶっかけると、三口、四口で腹へ流し込んで家を出た。自転車で木橋まで来た。橋を挟んで向こうとこちら側に車が三台止まっている。橋の上には、近所の顔見知りの人たちが立って下を見ている。警察官と私服の人が何人か川へ下りて調べていた。木橋のそばまで行くと、古びた低い木の欄干が打ち破られ、その五、六メートル下の流れ際の大石の側には、横倒しになったオートバイが水に浸かっている。その大石は黒く焼け焦げたあとを残しているが、その傍らの大石には血痕が飛び散って、颯太は思わず目をそむけた。すでに死体はなかったが、颯太は全身が震えてきて、自転車のハンドルが握れないほどになっている。

「よく、伊根子んとこへ通って来てたもの……」

「ゆんべはお会式で酒喰らってたんだべえ、ひとつハンドルを切りそこなえば、オートバイは怖えよ」

「伊根子もよくよく男運がねえなあ」

そんな話し声が聞こえていた。

颯太はがむしゃらにペダルを踏んで学校へ向かった。

その日の夕刊には、酒酔い運転による事故死、と小さく記事が出ていた。

それからというもの、颯太は用事のないかぎり外へは出なくなったし、極力伊根子には遇わないようにしていた。

十二月の冬休みに入った頃だった。光治から、伊根子は無尽の金を取ったら、家をからっぽにして居なくなっちゃったという話を聞いた。颯太は救われた思いで、棚田へ出ては伊根子の家を見続けた。

長尾は坂を下り切ると、昔住んでいた家の近くまで来ていた。田圃は埋め立てられ、宅地が並び、かろうじて自分の家の位置が推し量られたくらいで、何の感慨もなく辺りを見回しながら橋まで来た。もう木橋ではなく、コンクリートの立派な広い橋になっている。

だが川筋を辿ったそこからの山の眺めは昔のままで、長尾は一瞬の間に当時の自分を呼び戻していた。

〈あの頃、自分はこの風景から逃げ出したくて、どれほど心に誓ったことだろう。外へも出ず夢中で勉強した。孤独と常に満たされることのない飢《かつ》えきったあの気持。私の青春はすべてこれに塗りつぶされていた。今こうしてこの地へ帰って来て、それじゃあいったい自分の何がどう変わったというのか……〉

長尾は急に込み上げてくる感情に戸惑った。橋の欄干に持たれて川面を覗き込んだ。見ているうちに川へ下りてみたくなった。この地へ帰って来たおもいを、何かに強く受け止めてもらいたかった。

ジャケットを着込んだ初老の男が、革靴のまま川原の石の上を歩く。その姿は奇異に違いなかったが、それでも長尾は頓着しなかった。持っていた荷物を橋の根方へ置き、伊根子の住んでいた家の方向へと遡って行った。いまにも石を踏み外し、転びそうになりながら、奇妙な歩行を続けた。大石の側の水たまりが先を遮る形で広がっている。長尾は軽く跳んだ。が、滑って前のめりに転んだ。濡れはしなかったが、右膝をしたたか打って、両手を突いたまま痛みに堪えていると、下の水たまりに顔が映った。

〈何て馬鹿げたことをしているのか、それもこの醜さは。これをずうーと隠し持って生きて来たのか。これが私というやつだ……〉

長尾はゆっくり立ち上がると、ズボンについた汚れを手で払った。もう前へ進もうとはせず近くの石に腰掛けた。膝をさすりながら川の風景をぼんやり眺めていると、風が身にしみるようで、せせらぎがやさしく感じられた。

業苦の恋

定価（本体1600円+税）

乱丁・落丁はお取り替えします。

2018年 2月 9日初版第1刷印刷
2018年 2月15日初版第1刷発行
著　者　関口 彰
発行者　百瀬精一
発行所　鳥影社 (www.choeisha.com)
〒160-0023 東京都新宿区西新宿3-5-12トーカン新宿7F
電話 03-5948-6470, FAX 03-5948-6471
〒392-0012 長野県諏訪市四賀229-1(本社・編集室)
電話 0266-53-2903, FAX 0266-58-6771
印刷・製本　モリモト印刷・高地製本

ISBN978-4-86265-658-2 C0093